DIE MAGISCHEN LOGRONOS
DADDY
LEO
ISABEL
ALMA & BELÉN

Anna Meriano

Love, Sugar, Magic

Hilfe, die Geister sind los!

ANNA MERIANO

LOVE, SUGAR, MAGIC

HILFE, DIE GEISTER SIND LOS!

Aus dem Amerikanischen
von Anne Braun

cbj

Sollte diese Publikation Links auf Webseiten Dritter enthalten, so übernehmen wir für deren Inhalte keine Haftung, da wir uns diese nicht zu eigen machen, sondern lediglich auf deren Stand zum Zeitpunkt der Erstveröffentlichung verweisen.

Dieses Buch ist auch als E-Book erhältlich.

MIX
Papier aus verantwortungsvollen Quellen
FSC® C014496
FSC www.fsc.org

Verlagsgruppe Random House FSC® N001967

1. Auflage 2019

Die Originalausgabe erschien 2019 unter dem Titel
»Love Sugar Magic – A Sprinkle of Spirits«
bei Walden Pond Press, an imprint of HarperCollins Publishers

Aus dem Amerikanischen von Anne Braun
Lektorat: Carola Henke
Umschlaggestaltung: Geviert, Grafik & Typografie
Umschlag- und Vorsatzillustration & Kapitelvignetten: Laura Rosendorfer
ml • Herstellung: UK
Satz: KompetenzCenter, Mönchengladbach
Druck: GGP Media GmbH, Pößneck
ISBN 978-3-570-17476-0
Printed in Germany

www.cbj-verlag.de

Für meine Großeltern, Mary Lou und Vince Meriano.
Ich danke euch für eure Klugheit,
euren Humor und eure unerschütterliche Unterstützung

KAPITEL 1

Willkommen zurück

Leonora Elena Logrono, wo steckst du?«

Beim Klang dieser Stimme zuckte Leo zusammen und warf einen erschrockenen Blick über die Schulter auf die blauen Schwingtüren, die die Küche vom Verkaufsraum der Bäckerei trennten und sie und ihr Experiment vor den neugierigen Blicken ihrer Familie schützen sollten.

Mamá war zurück!

»Mija? Da ist noch Gepäck im Auto und ich will ein Begrüßungsküsschen haben!«

»Sie ist drüben im Laden, Mamá!« Leos sechzehnjährige Schwester Marisol streckte den Kopf über die Türflügel und fügte mit einem spitzbübischen Grinsen hinzu: »Drückt sich wieder mal vor der Arbeit.«

»Stimmt nicht!«, rief Leo und hüpfte von der Ladentheke, auf der sie ohnehin nicht sitzen durfte. »Ich bin an der Kasse, genau wie es unser Plan vorsieht.« Leo verzog das Gesicht. Keine sehr gute Ausrede, da die Bäckerei erst in zwanzig Minuten öffnen würde, aber im Lügen war Leo bei Weitem nicht so einfallsreich wie ihre Freundin Caroline. Doch zum Glück hörte ihr sowieso keiner zu.

Neben Marisols Kopf tauchte der von Mamá auf. Die große weinrote Reisetasche an ihrer einen Schulter und der kleinere Rucksack über der anderen knallten gegen die Türflügel und ließen sie auf und zu schwingen. »Und?«, fragte Mamá. »Was ist nun mit dem Begrüßungsküsschen?«

Mit einem breiten Lächeln rannte Leo in die Küche und in die ausgebreiteten Arme ihrer Mutter.

»Willkommen daheim!«, nuschelte Leo in ihr Shirt. »Wie war's?«

Mamá ließ ihr Gepäck neben den langen Holztisch fallen, der den Mittelpunkt der Küche und Backstube bildete, und strich sich lächelnd ein paar vorwitzige Strähnen aus dem Gesicht. Für die frühmorgendliche Autofahrt hatte sie Jeans-Shorts und ein schwarzes T-Shirt angezogen. »Interessant wie immer, mija.«

Mamá und Isabel waren am Wochenende bei dem alljährlich stattfindenden Treffen des SRBZ gewesen – des Verbands der Southwest Regional Brujería und Zauberkunst – bei dem die Brujas und Hexen und Zauberer aus ganz Texas, Oklahoma und Louisiana zusammenkamen, um ihre Erfahrungen auszutauschen und sich mit Krähenfedern und Spinneneiern und anderen magischen Zutaten einzudecken. Der SRBZ-Verband verschickte auch monatliche Newsletters, doch die stapelten sich bei den Logronos meist ungelesen auf dem Küchentisch.

»Wir sind gut klargekommen, als ihr weg wart«, berichtete Leo und warf sich ein bisschen in die Brust. Da noch Winterferien waren, hatte sie fast Vollzeit in der Bäckerei mithelfen dürfen. »Wir haben dich und Isabel bei den Vorbereitungen für den Día de los Reyes gar nicht gebraucht.«

In der Familienbäckerei, die mit offiziellem Namen *Panadería Amor y Azúcar* hieß, roch es tatsächlich superlecker, nach Süße und Hefe. Auf den Backblechen lagen dicke Teigringe, auf dem langen Holztisch standen Schalen mit Trockenfrüchten und Schüsseln voller Zuckerguss. Heute war der dritte Januar, und das bedeutete, dass in den nächsten drei Tagen mit Hochdruck gebacken werden würde, denn die Einwohner der Stadt Rose Hill würden massenhaft Roscas de Reyes, Dreikönigshefekränze, kaufen, um den Día de los Reyes gebührend zu feiern.

»Sieht gut aus«, sagte Mamá mit einem anerkennenden Nicken. »Und es riecht auch lecker!«

»Wie Leo schon sagte«, warf Marisol grinsend ein, »sind wir bestens klargekommen.«

»Oh, dann will ich euch nicht weiter stören.« Mamá trat einen Schritt zurück und tat so, als lege sie die Hand an ihr verwundetes Herz.

»So war es nicht gemeint«, stellte Leo schnell richtig und umarmte ihre Mutter zur Entschuldigung gleich noch ein zweites Mal. »Ich freue mich, dass ihr wieder da seid.«

Mamá lachte. »Ich auch, Süße. Ich möchte den Feiertag für nichts auf der Welt ohne meine Familie verbringen.«

Der Dreikönigstag wurde genau zwölf Tage nach Weihnachten gefeiert, zu Ehren der drei Weisen, die dem Jesuskind zwölf Tage nach seiner Geburt Geschenke gebracht hatten. Es gab längst nicht so viele Filme über den 6. Januar wie über Weihnachten, doch die Kinder freuten sich immer sehr darauf, da sie wussten, dass sie am Morgen in ihren Schuhen Süßigkeiten, Kuchen und Geschenke vorfinden würden. Und dass dieser Tag immer mit Menschen gefeiert wurde, die man liebte.

»Hast du die neue Schaufenstergestaltung schon gesehen?«, fragte Leo ihre Mutter. »Das meiste davon habe ich gemacht. Okay, Marisol hat mir ein bisschen geholfen.«

Neben den goldenen Kronen und dekorativen Roscas de Reyes, die zu dieser Zeit das Schaufenster zierten, mochte Leo die Figuren der drei heiligen Könige am liebsten – den dunkelhäutigen Balthasar, Kaspar mit den aufgemalten glatten, schwarzen Haaren und Melchior, der wie Dumbledore aussah. Ungefähr eine Woche nach Weihnachten wurden sie ins Fenster gestellt und Leo durfte sie jeden Tag ein Stück näher zur Krippe rücken.

»Du wärst sehr stolz gewesen auf Leo«, verkündete Tía Paloma, die gerade mit zwei weiteren Reisetaschen ihrer Schwester zur Hintertür der Bäckerei hereinkam. »Die Mädchen waren mir eine große Hilfe, was ich natürlich erwartet hatte, aber Leo war an diesem Wochenende besonders fleißig. Die ganzen Ferien über, genau genommen. Sie hat enorme Fortschritte gemacht.«

Leos Lächeln erblühte und erlosch dann wieder. Dieses Wochenende und in den Ferien? War sie nicht immer fleißig? Sie studierte fast jeden Tag, welche Kräuter wofür nützlich waren, und das so intensiv, dass inzwischen sogar ihre beste Freundin Caroline die Anwendung der meisten grundlegenden Bruja-Kräuter aufsagen konnte.

»Außer heute, als sie bei den Püppchen mithelfen sollte«, murmelte Marisol, die an der Wand lehnte und an ihrem dunkelvioletten Nagellack herumpulte.

»Ich habe sehr wohl mitgeholfen.« Leo schnitt eine Grimasse in Marisols Richtung. »Ich habe sämtliche Backbleche fertig gemacht, die auf dem Tresen standen.« Den ganzen Morgen über hatte sie winzige Plastikpüppchen in diversen Ladungen Kuchenteig versteckt, die Tía Paloma zum Backen aufgereiht hatte. Die Roscas de Reyes waren etwas Besonderes, nicht nur, weil sie so herrlich schmeckten oder so farbenfroh dekoriert waren, sondern auch, weil in jedem Hefekranz ein Babyfigürchen versteckt wurde. Wer später in seinem Stück das Püppchen fand – es stellte das vor zwölf Tagen geborene Jesuskind dar –, hatte die Ehre, alle Anwesenden am einige Wochen später stattfindenden Día de la Candelaria einzuladen und sie mit Tamales zu bewirten. Leo kannte keine andere Gebäcksorte, die quasi schon das nächste Fest organisierte.

Bevor Marisol noch eine schnippische Bemerkung machen konnte, kam Isabel mit leeren Händen vom Parkplatz herein. Ihre Bluse war von der stundenlangen Autofahrt zerknittert. Leo fiel ihrer ältesten Schwester um den Hals und diese strich Leo lachend über den Kopf.

»Hi, kleine Leo. So stürmisch? Ich war doch nur zwei Tage weg.«

»Hat sich aber länger angefühlt«, meinte Leo.

»Nur weil du meine Schichten übernehmen musstest«, witzelte Isabel. Marisol schnaubte und murmelte etwas Unschönes, doch Isabel ignorierte sie. »Mir kamen die zwei Tage sehr kurz vor. Es gab so viel zu lernen! Mamá ließ mir kaum Zeit, mit jemandem zu reden, ich musste ihr dauernd als Packesel für die vielen Zutaten dienen, die sie gekauft hat.«

Dieses Jahr hatte Isabel Mamá zum ersten Mal zu diesem Treffen begleiten dürfen. Isabels Abwesenheit hatte Leo mit Schaudern an das nächste Jahr denken lassen, wenn Isabel ins College gehen und vermutlich von zu Hause wegziehen würde, vielleicht sogar sehr weit weg, nach San Antonio oder Houston. Wer würde Leo dann vor Marisols Sticheleien in Schutz nehmen? Nur der Gedanke, dass auch sie selbst eines Tages Mamá begleiten und die Magie ihrer Bäckerei bei dem großen Treffen vertreten durfte, tröstete Leo ein kleines bisschen.

Isabel deutete auf die Taschen, die Mamá und Tía Paloma schon angefangen hatten auszupacken: Gläser und Gefäße mit Flüssigkeiten und Pülverchen, mit Bindfaden zusammengebundene Kräuterbündel und Plastik- und Papiertütchen mit allem Möglichen – angefangen von Holzperlen über Kristalle bis hin zu einfachem Sand. Leos Finger juckten vor Lust, das alles anzufassen, an den Päckchen zu schnuppern, um den verräterischen Zimtgeruch der Magie zu riechen und zu erfahren, wofür jede einzelne dieser Zutaten gut war. Sie hätte am liebsten alles auf einmal gelernt, doch Tía Paloma und Mamá legten Wert darauf, dass sie zuerst die Grundlagen lernte – und das bedeutete, dass ihr Lernprozess so langsam vor sich ging wie Hefeteig, der erst aufgehen musste. In den letzten drei Monaten hatte Leo seitenweise die Eigenschaften von Kräutern auswendig gelernt und konnte inzwischen auch die Kasse in der Bäckerei bedienen. Aber eigentlich wünschte sie sich nichts sehnlicher, als einen richtig komplizierten und mächtigen Zauber zu backen.

Wenn Leo ehrlich zu sich war, verstand sie aber auch, warum Mamá und Tía Paloma sie ständig bremsten. Als sie vor drei Monaten die Familienmagie entdeckt und erfahren hatte, dass alle weiblichen Mitglieder ihrer Familie Backhexen waren, wollte sie alles darüber lernen – aber natürlich heimlich, weil sie ja angeblich noch zu jung war. Und in ihrem Eifer hatte Leo Rezepte ausprobiert, denen sie nicht gewachsen war. Sie hatte so ein Chaos angerichtet, dass es einen komplett neuen Zauber gebraucht hatte, um alles wieder rückgängig zu machen. Und wenn sie noch ehrlicher zu sich war, musste sie zugeben, dass die Zeit, die ein Hefeteig zum Aufgehen brauchte, ein wichtiger Teil des Backprozesses war. Doch das änderte nichts daran, dass ein ungeduldiges Stimmchen in ihrem Kopf ihr ständig zuflüsterte, dass sie ohne praktisches Üben nie etwas lernen würde.

Und aus diesem Grund experimentierte sie nun mal gern herum. An echt komplizierte Sachen wie die missglückten Liebesbisschen im letzten Jahr traute sie sich natürlich nicht mehr, nur an kleine magische Teilchen wie die, die an diesem Morgen vorne auf der Verkaufstheke lagen.

Isabel machte sich sofort ans Vorheizen der Backöfen, während Mamá und Tía Paloma die neu erworbenen magischen Zutaten in den hohen Schränken an der gegenüberliegenden Wand verstauten. Daddy kam kurz aus dem Büro, um die Heimkehrerinnen zu umarmen. Doch als er an einem Beutel mit einem dunklen Pulver schnuppern wollte, scheuchte Mamá ihn weg, und er kehrte zu seinem Schreibkram zurück. Leo wollte gerade wieder nach vorn in den Verkaufsraum gehen, um ihr Zauberexperiment fortzusetzen, als das Telefon läutete und gleich darauf zwei fast gleich aussehende Köpfe aus dem Büro gestreckt wurden.

»Leo …«, begann Alma.

»... Telefon für dich«, führte Belén den Satz ihrer Zwillingsschwester zu Ende. Die beiden hatten letzten Monat ihren fünfzehnten Geburtstag gefeiert, indem sie die verblassenden pinkfarbenen und blauen Strähnen in ihren Haaren grün und violett färbten. Wer genau hinschaute, konnte die Zwillinge ganz gut unterscheiden, aber die meisten Leute sahen nicht genau hin und verwechselten die beiden Mädchen ständig.

»Sag Caroline, dass wir dieses Telefon für Bestellungen brauchen.« Mamá seufzte, denn sie ahnte, wer am Apparat war. »Das hab ich dir schon oft genug gesagt.«

»Entschuldigung«, murmelte Leo. An jedem anderen Tag hätte sie protestiert und ihrer Mutter erklärt, dass sie endlich ein eigenes Handy bräuchte. Aber heute war sie so glücklich, dass ihre Familie wieder vereint war, dass sie nicht widersprechen wollte.

Leo warf einen besorgten Blick auf die blauen Schwingtüren, weil sie ein bisschen Angst um ihr Experiment hatte, das so offen dalag. Doch niemand schien es eilig zu haben, die Bäckerei zu öffnen. Leo ging nach hinten ins Büro, wo Alma und Belén den größten Teil von Daddys Schreibtisch mit vergilbten Karteikarten belagert hatten, die sie gerade zu Stapeln sortierten. Dabei spähte Belén ständig in eine leere Ecke des Büros, nickte und stellte flüsternd Fragen.

Hätte Leo nicht gewusst, dass noch eine unsichtbare Person im Raum war, hätte sie ihre Schwester für ziemlich schräg gehalten. Doch als Drittgeborene hatten die Zwillinge die besondere Fähigkeit geerbt, Geister zu sehen und mit ihnen sprechen zu können. Für diese Winterferien hatten sie sich vorgenommen, sich mit Abuela, Bisabuela und anderen Ahninnen mütterlicherseits zu beraten, um zu entscheiden, welche Rezepte in einer Computerdatei erfasst werden sollten und welche nicht.

Leo wusste noch nicht, welche besondere Fähigkeit sie später haben würde, und folglich hatte sie auch noch keine speziellen Projekte.

Leo nahm den Hörer aus Daddys Hand, und er klopfte ihr kurz mit seinem Stift auf den Kopf, bevor er sich wieder seiner Inventurliste zuwandte. »Hallo?«

»Hallo, Leo!« Caroline Campbell, Leos beste Freundin und manchmal auch Komplizin, zwitscherte aufgeregt: »Ich bin wieder da!« Caroline war zwei volle Wochen weg gewesen. Sie hatte über Weihnachten und Neujahr ihre Großmutter und ihre Tanten in Costa Rica besucht.

Leo lachte. »Willkommen im Club! Mamá und Isabel sind auch gerade von ihrem Treffen zurückgekommen.«

»Magst du bei mir vorbeischauen?«, fragte Caroline. »Später vielleicht, wenn du mit der Arbeit fertig bist? Ich habe ein paar tolle Souvenirs mitgebracht.«

Leo zögerte. Mamá rechnete sicher fest damit, dass beim Abendessen alle anwesend waren, um ihre Rückkehr zu feiern. Klar, Leo hätte Caroline gern besucht, aber andererseits wollte sie auch keine Geschichten von anderen Brujas aus Texas oder über verschiedene Arten von Magie verpassen.

»Vielleicht …«, sagte sie zögerlich.

»Hey, was soll das?!«, hörte sie da Marisol aus dem Verkaufsraum rufen.

Gequält schloss Leo die Augen. »Oh nein …«

»Mamá!«, rief Marisol. »Leo zaubert wieder!«

Alma und Belén blickten von ihren chaotischen Karteikartenstapeln auf und zogen die Augenbrauen hoch. Leo krümmte sich innerlich. Von allen Menschen, von denen sie *nicht* bei ihrem Experiment ertappt werden wollte, war Marisol die Nummer eins.

»Caroline, du, ruf bitte in fünf Minuten noch mal an.« Mit etwas Glück konnte Leo diesen Anruf als Ausrede benutzen, um der Strafpredigt zu entgehen, die ihr unweigerlich bevorstand. Hastig legte sie auf und flitzte durch die Küche in den Verkaufsraum.

Marisol, Mamá, Isabel und Tía Paloma standen um die Ladentheke herum, genau an der Stelle, wo Leo vorhin noch zugange gewesen war. Dort stand ein Glas Honig, und auf einem Tablett lagen klebrige Plastikpüppchen – die Bestandteile von Leos Experiment.

»Leo, was ist das?«, fragte Mamá.

»Sieht nach einer ziemlichen Schweinerei aus«, sagte Marisol, hielt das Tablett schräg und ließ die Püppchen im Zeitlupentempo nach unten rutschen, wobei diese schleimige

Honigspuren hinterließen. Isabel schnalzte mit der Zunge über Marisols unhöflichen Kommentar, doch sie sah ähnlich verwirrt aus.

Leos Gesicht begann zu glühen, als stünde sie vor einer offenen Backofentür. »Ich wollte es nicht vor euch verheimlichen«, versicherte sie. »Ich hätte es euch gezeigt, sobald ich fertig gewesen wäre.« Sie streckte Marisol heimlich die Zunge heraus.

»Gut«, sagte Mamá. »Aber zeig es uns doch gleich.«

Leo musterte ihre Mutter. War sie verärgert oder wirklich neugierig? Wollte sie es wirklich wissen? Alles, was sie in Mamás Gesicht sehen konnte, waren müde Falten und Tränensäcke, die von dem anstrengenden Wochenende herrührten.

»Du bist eingeweiht«, rief Mamá ihr in Erinnerung. »Du bekommst keinen Ärger, wenn du ein bisschen zauberst. Aber wie dem auch sei, wir wollen keine weiteren unbeaufsichtigten Fiaskos. Sei einfach ehrlich, Süße.«

Isabel beugte sich über das Tablett, um die Püppchen aus nächster Nähe zu betrachten. »Ich spüre eine gewisse Magie«, sagte sie. »Was hattest du vor, kleine Leo?«

Leo versuchte, bei dieser Anrede aus Babytagen nicht die Augen zu verdrehen. Sie rief sich lieber in Erinnerung, dass sie offiziell in die Familienmagie eingeweiht worden war, nachdem Mamá von ihrem missglückten magischen Experiment mit Brent erfahren hatte – obwohl sie damals noch gar nicht hätte zaubern dürfen. Und dass sie, genau wie ihre älteren Schwestern, eine Bruja war.

»Es sollte ein Reichtumszauber werden«, erklärte sie, hob das Honigglas hoch und schüttelte es, damit alle die klimpernden Münzen darin sahen. »Ich dachte, wer das Püppchen in seinem Stück findet, könnte etwas finanzielle Unterstützung brauchen, weil er oder sie ja bald das Candelaria-Fest mit Tamales ausrichten muss.«

Mamá griff nach dem klebrigen Glas und schnüffelte daran. »Keine schlechte Idee«, sagte sie dann langsam, »aber etwas chaotisch. Vielleicht versinken die Püppchen dadurch im Teig. Warum den Zauber nicht ohne den Honig direkt in die Püppchen packen?«

»In *Plastik?*« Tía Paloma legte den Kopf schief. »Kein guter Leiter, selbst in menschlicher Gestalt, was ihn natürlich verstärkt, aber … gut.« Sie nickte, weil sie entweder vergessen hatte, dass sie ihre Gedanken laut aussprach oder weil sie gerade einem Geist zuhörte – das wusste man bei Tía Paloma nie. Als Drittgeborene neigte sie wie die Zwillinge dazu, in ihrer eigenen Welt zu leben. »Aber die Idee, etwas Süßes beizumischen, ist ziemlich clever für eine Anfängerin.«

Leo nickte. Die Magie der Familie ihrer Mutter war die Magie, nach der auch ihre Bäckerei benannt war: Amor y Azúcar – Liebe und Zucker. Alles, was süß und köstlich war, konnte ihre Magie leicht festhalten, und aus diesem Grund gehörten zu allen Rezepten, die im Familien-Rezeptbuch standen, Zutaten wie Butter, Zucker und Mehl (dessen Kohlehydrate zu Zucker verstoffwechselt werden). Mit ihrer Tía Paloma studierte Leo an fast allen Tagen nach der Schule die Eigenschaften von Kräutern und Pflanzen, aber sie hatte noch nie einen Zauber ausprobiert, der nichts mit Zucker zu tun hatte.

Tía Paloma und Mamá starrten nachdenklich auf den Honig und bei beiden zuckten die Mundwinkel. Die Hitze in Leos Gesicht kroch bis zu ihren Ohren, aber jetzt war es ein Gefühl von warmem Stolz, da ihr kleines Experiment immerhin als echter Zauber galt. Vielleicht würde sie sich damit den ersten Eintrag ins Buch der Zaubersprüche sichern. Vielleicht war sie ein magisches Wunderkind. Vielleicht …

»Leo!« Oberhalb der Schwingtüren tauchte Beléns Kopf auf. Sie hielt das Geschäftstelefon hoch. »Deine Freundin mal wieder …«

Hupps, die fünf Minuten waren aber schnell vergangen. Leo griff nach dem Hörer. »Hallo, Caroline«, sagte sie hastig. »Du, entschuldige, aber ich bin gerade …«

»Schon gut«, sagte Caroline, »ich wollte dir nur von meiner Reise erzählen.«

»Wenn die Püppchen aus Wachs wären«, sagte Isabel gerade, »würden sie den Zauber besser halten, da würde ich wetten.«

»Aber sie würden schmelzen, sobald sie im Backofen sind«, gab Marisol zu bedenken und verdrehte die Augen.

Caroline redete weiter, doch Leos ganze Aufmerksamkeit galt ihrer Familie. Dass Wachs einen Zauber besser hielt als Plastik hatte sie nicht gewusst. Natürlich interessierte es sie, wie Carolines Reise verlaufen war, aber im Moment wollte sie keine neue Information über Magie verpassen – besonders wenn es um einen Zauber ging, den *sie* kreiert hatte!

»Du, Paloma, wäre es nicht an der Zeit, die drei Jüngsten mit Kerzenmagie vertraut zu machen?«, sagte Mamá. »Zum Herbeirufen von Geistern müssen Alma und Belén sowieso mehr über Kerzen erfahren, und Leos Neugier sollte besser auch gestillt werden, damit sie weniger Experimente auf eigene Faust macht.« Sie zwinkerte Leo zu, die zurücklächelte und den Hörer vom Ohr sinken ließ.

»Gut, nach dem Día de los Reyes?«, fragte Tía Paloma.

»Warum noch warten?«, fragte Mamá. »Ich habe meine Backstube vermisst, und da die Roscas de Reyes so weit vorbereitet sind, kommen Isabel und ich mindestens bis Mittag alleine klar. Geh du mit den drei zu dir nach Hause, dann sind sie mir für eine Weile aus dem Weg.«

»Hallo?! Hörst du mich?«, rief Caroline.

Erst da fiel Leo das Telefon in ihrer Hand wieder ein und sie hielt es sich schuldbewusst schnell erneut ans Ohr. »Ja, bin da.«

»Schlechter Empfang.« Caroline seufzte. »Meinst du, du kannst zu mir kommen? Ich habe dir so viel zu erzählen. Du hast mir gefehlt.«

»Ich …«

Tía Paloma klatschte in die Hände und rief Alma aus dem Büro. »Komm mit, Leo, bei mir zu Hause gibt es gleich eine Lehrstunde in Sachen Magie. Sag deiner Freundin, ihr könnt später reden.«

»Wisst ihr, warum Leo in letzter Zeit so fleißig war?«, gab Marisol zum Besten. »Caroline war verreist.«

»Stimmt.« Isabel nickte. »Mir ist auch aufgefallen, dass Leo weniger abgelenkt war, doch ich dachte, das läge daran, dass wir keine Schule haben.«

Wäre Leos Gehirn nicht gerade in zehn verschiedene Richtungen gezerrt worden, hätte sie Marisol und Isabel sagen können, dass Caroline sie ganz bestimmt nicht ablenkte! Gut, sie kam zwar fast täglich nach der Schule in der Bäckerei vorbei, doch meistens half sie Leo dabei, die neuen Kräuter auf ihrer Liste auswendig zu lernen oder sich coole Zaubersprüche auszudenken. Im Moment jedoch zupfte Belén an Leos Ärmel, und in Tía Palomas Lächeln lag die Aussicht auf neue Erkenntnisse über Magie, und das wollte sich Leo auf gar keinen Fall entgehen lassen.

»Du, ich muss los«, erklärte sie Caroline. »Wir sind gerade irre beschäftigt.«

»Soll ich später zu dir kommen?«, schlug Caroline vor.

»Ja, mal sehen.« Stirnrunzelnd starrte Leo auf Isabel und Marisol, obwohl die sie im Moment gar nicht ansahen. »Wir reden später, okay? Tschüs.«

Sie drückte die Austaste und ließ den Hörer neben ihrem Reichtums-Honig auf der Theke liegen.

»Wartet auf mich!« Sie rannte in die Küche und sah Tía Paloma mit den Zwillingen gerade durch die Hintertür verschwinden. »Ich komme!«

KAPITEL 2

Kerzenmagie

Januarregen tröpfelte von dem grauen Himmel, als sie die Bäckerei verließen. Tía Paloma wohnte in Abuelas altem Haus, das eigentlich nicht weit weg von der Bäckerei lag. Doch Leos Tante fuhr so, wie sie auch redete: Sie wechselte von einer Spur auf die andere, bog falsch ab und wollte abkürzen, obwohl sie sich dabei nur wieder verfuhr. Als sie dann endlich vor der durchhängenden Veranda des kastenförmigen Holzhauses anhielten, hatte Leo das Gefühl, durch ganz Rose Hill gefahren zu sein, und das gleich zweimal!

»Immer hereinspaziert!« Tía Paloma führte Leo und ihre Schwestern ins Haus. Es war schmal, aber hoch, und hatte ein hohes, spitz zulaufendes Dach und Wände aus Holz, während in Leos Nachbarschaft fast nur gemauerte Häuser standen. Im Inneren sah es wie immer ziemlich chaotisch aus: In jeder Zimmerecke standen oder lagen Kartons, Papierstapel und

Bücher sowie interessanter Schnickschnack, von Generationen von Backhexen angesammelt. Leo war gern im Haus ihrer Tante und liebte es besonders, hier herumzustöbern. Es gab Steinstatuen mit zu vielen Beinen, Holzbilder mit Heiligen, die man wie Bücher aufschlagen konnte, winzige Samenkörner an farbigen Fäden, dünne rostige Schlüssel, in Schubladen versteckt. Schon bevor Leo von der Familienmagie wusste, hatte sie irgendwie gespürt, dass Tía Paloma mit Geistern zusammenlebte.

Alma und Belén gingen sofort zum Esstisch. Seit sich ihre Gabe gezeigt hatte, Geister zu sehen, waren sie öfter hier gewesen, um von ihrer Tante Spezialunterricht zu bekommen. Leo dagegen hatte alles, was sie inzwischen über Magie wusste, über das Surren von elektrischen Mixern und das Piepen der Zeitschaltuhren der Backöfen hinweg aufschnappen müssen.

Als die Zwillinge sich setzen wollten, winkte Tía Paloma ab. »Nein, heute nicht dort. Wir gehen in den *Kerzenraum*. Ich möchte euch zeigen, wie Kerzen zum Zaubern verwendet werden, über das hinaus, was ich euch bereits erklärt habe. Wir haben noch nicht darüber gesprochen, dass … was?« Sie drehte den Kopf zum hinteren Bereich des Raums und Alma und Belén taten es ebenfalls. »Ja, hab ich. Klar, sie wissen es. Na schön, ich sage es ihr gleich, falls du mich lässt …« Seufzend schüttelte Tía Paloma ihren Pferdeschwanz und das Gespräch mit Abuela oder welchem Geist auch immer war beendet. Darüber war Leo froh. Es war nicht lustig, als Einzige im Raum keine Geister hören zu können.

»Kommt mit, Mädchen«, sagte Tía Paloma. »Heute werdet ihr etwas Neues lernen.«

Leo konnte es kaum erwarten und wippte auf den Fersen. Für sie gab es nichts Spannenderes als Orte, an denen sich Magie verbarg. Sie folgte ihrer Tante und den Zwillingen durch die große Küche, deren verblasstes Obstmuster der Tapete ihr genauso vertraut war wie die Collage mit den Fotos an der Kühlschranktür, auf denen die Frauen und Mädchen von Leos Familie lächelnd in immer derselben Backstube standen, vor Rührschüsseln oder Backblechen mit perfekt glasierten Keksen oder Kuchen. Und auf sämtlichen Fotos, ob nun den körnigen, verblassten Polaroids von Abuela und ihren drei Töchtern oder den erst kürzlich ausgedruckten Schnappschüssen von Alma und Leo, die gerade die Törtchen für das letzte Erntedankfest füllen, waren dasselbe Hängegestell mit Kupfertöpfen und Pfannen und dasselbe blau-weiße Butterfass zu sehen, das unerklärlicherweise mit so vielen Pennys und anderen Münzen gefüllt war, dass es keiner mehr von der Stelle neben der Arbeitsfläche bewegen konnte.

Wie jedes Mal, wenn sie an der Collage vorbeikam, strich Tía Paloma mit den Fingerspitzen über das Foto in der Mitte, auf dem Mamá als Kleinkind, sie selbst als Krabbelkind und ein größeres drittes Mädchen mit zerzausten Zöpfchen und einem schelmischen Grinsen zu sehen waren. Tía Paloma weinte auf dem Bild und streckte das Händchen nach einem Keks aus, den ihre grinsende große Schwester so hoch hielt, dass sie ihn nicht zu fassen bekam.

Leos älteste Tante war bei einem Unfall ums Leben gekommen, als Mamá und Tía Paloma noch jung gewesen waren. Und obwohl Leo wusste, dass ihre eigene Schwester Isabel nach ihr benannt worden war und als Erstgeborene ebenfalls die Gabe hatte, die Gefühle ihrer Mitmenschen beeinflussen zu können, klang das, was Mamá und Tía Paloma von ihrer großen Schwester erzählten, eher so, als sei Tante Isabel so rebellisch gewesen wie Leos Schwester Marisol.

Gemeinsam gingen sie durch den vollgestellten Flur, vorbei an Tía Palomas früherem Zimmer, in dem sie heute Bastelsachen und halb fertige Projekte aller Art aufbewahrte, dann an Mamás altem Zimmer, das inzwischen ein ziemlich überfülltes Gästezimmer war. In den Schachteln unter dem Bett hatte Leo einmal eine Sammlung von polierten Steinen gefunden, und Tía Paloma hatte ihr erlaubt, sich einen auszusuchen. Leo hatte sich eingebildet, der silbrig glänzende schwarze Stein sei magisch, doch inzwischen wusste sie, dass Tía Paloma einem Kleinkind nie etwas Magisches in die Hände geben würde. Die magischen Gegenstände bewahrte sie alle in speziellen Schränken und Regalen auf und offenbar auch im Kerzenzimmer.

Am Ende des Flurs gab es zwei Türen. Eine führte in Tía

Palomas Schlafzimmer, und hierhin zogen sich die beiden orangefarbenen Katzen gern zurück, wenn die laute Logrono-Sippe zu Besuch kam; die andere Tür führte in den einzigen Raum, den Leo noch nie gesehen hatte: Tía Isabels altes Jugendzimmer.

Die Tür war mit schwarzen und neonfarbigen Stickern beklebt und in den beiden oberen Ecken hing je ein Kräuterbüschel. Schaubilder von verschiedenen Mondphasen überlappten Poster mit zornig dreinblickenden jungen Musikern, und es gab auch Fotos und Zeichnungen von *Ofrendas* zum Tag der Toten, in leuchtendem Orange und mit Ringelblumen und Kerzenflammen. Leo fragte sich, ob Mamás Tür früher auch so vollgeklebt gewesen war und ihre Persönlichkeit widergespiegelt hatte. Wie mochte ihre Tür wohl ausgesehen haben? Hatte ihre Mamá Magie auch früher schon so sehr geliebt wie ihre große Schwester? Hörte sie ebenfalls die Songs von Bands, deren Mitglieder nur Schwarz trugen und ihre Fäuste in die Kameras reckten? Hätte Tía Isabel all ihre Poster und Aufkleber abgemacht, wenn sie älter geworden wäre?

Vor der chaotisch beklebten Tür blieb Tía Paloma stehen, holte tief Luft und klopfte an.

Leo verkrampfte sich, weil sie dachte, gleich würde etwas Gespenstisches passieren. Alma und Belén blickten durch den Flur und legten die Köpfe schief, doch dann fing Alma Leos Blick auf und zuckte mit den Schultern. Keine Geister.

»Ich vergewissere mich immer zuerst, ob Isabel da ist – nur

für den Fall der Fälle.« Tía Paloma seufzte, schüttelte den Kopf und öffnete dann die Tür.

Alma und Belén schnappten, links und rechts von Leo, unisono nach Luft. Leo war davon ausgegangen, der Raum sei wie die Tür in dem Zustand erstarrt, in dem Tía Isabel ihn verlassen hatte, doch es gab weder ein Bett noch ein Nachttischchen. Es sah eher wie Tía Palomas Bastelraum aus, mit ähnlichen, leicht zu montierenden Plastikregalen zwischen uralt aussehenden Holzregalen, die so windschief an den Wänden lehnten, als könnten sie jeden Augenblick in Staub und Asche zerfallen. Außerdem gab es sehr viel Arbeitsfläche in Form der langen Holztische, die aneinandergestellt den ganzen Raum ausfüllten. Die Tische hatten dunkle Beine, in die vertraute Formen und Muster geschnitzt waren, und Leo schmunzelte, als sie sie erkannte. Die Tische passten zu den hohen Schränken in der Bäckerei, in denen normale und magische Zutaten aufbewahrt wurden. Sowohl die Plastik- als auch die alten Holzmöbel glänzten im schwachen Licht.

In den Regalen flackerten auf jedem freien Plätzchen Kerzen, deren Flammen den dunklen Raum nicht etwa in ein orangefarbenes, sondern in ein gespenstisch blaues Licht tauchten. Auf einem Tisch standen reihenweise Gefäße mit Pülverchen, ordentlich mit Etiketten versehen. Daneben lagen Kräuterbüschel und gefaltete Zettel sowie eine Streichholzschachtel in einem hell-orangefarbenen Lichtkreis von ein paar wenigen Kerzen, die ganz normal brannten. Es sah fast wie eine Ofrenda am Día de los Muertos aus, doch Leo nahm an, dass diese ›normalen‹ Kerzen das ganze Jahr über brannten, nicht nur im November. Es war also ein Altar.

Obwohl die Kerzen am anderen Ende des Raums standen, kitzelte die Wärme der winzigen Flammen Leos Gesicht und tanzte in ihrem Magen.

»Wunderschön«, flüsterte Alma ihr ins Ohr.

Belén kicherte und griff an Leo vorbei, um Alma an die Schulter zu stupsen. »Besteht da keine Brandgefahr?«

Tía Paloma drückte auf einen Lichtschalter und alle blauen Flammen verschwanden im grellen Lichtschein der Deckenlampe. Zurück blieben ein rauchiger Geruch und ein Hauch von anderen Düften, sowohl seltsam als auch vertraut, und nur der Kreis von Kerzen in der Mitte des Raums brannte weiter. Leo ging darauf zu und untersuchte den winzigen pinkfarbenen Stummel, der noch auf dem Boden eines hohen Glasgefäßes glimmte.

»Die hatte ich für eure Mamá angezündet«, sagte Tía Paloma und zog das Glas schnell weg von Leo. »Ich bin davon ausgegangen, dass sie für das Bruja-Treffen am Wochenende eine kleine Unterstützung ihrer Kommunikationsfähigkeit brauchen konnte. Wisst ihr, in einer doch recht kleinen Gemeinschaft will jeder zu Wort kommen. Ich bin mir sicher, du und deine … Zaubermissgeschicke waren auch ein Gesprächsthema, Leo.«

Verlegen starrte Leo auf ihre Füße. Im November hatte sie

sich auf eigene Faust an einem Zauber versucht und der war total schiefgegangen. Sie hatte einen Jungen, Brent, geschrumpft, der dann von der Polizei gesucht worden war. Kein Wunder, dass sich die Sache unter den Brujas und Magierinnen herumgesprochen hatte. Es war keine schöne Vorstellung für Leo, dass eine Gruppe von erfahrenen und erwachsenen Zauberinnen die Köpfe schüttelten, als sie über die kleine Logrono-Bruja redeten, die verfrüht und unkontrolliert eigene Experimente durchführen wollte. Leo war es mehr als peinlich, dass sie ihre Mutter damit blamiert hatte.

Aber inzwischen war sie eingeweiht und wurde ganz offiziell in die Geheimnisse der Magie eingeführt. Beim Bruja-Treffen im nächsten Jahr würden sicher alle mit Stolz über Leo reden.

»Aha«, sagte sie und konnte es kaum erwarten, dass Tía Paloma endlich anfing. »Kerzen können also dabei helfen, besser mit anderen zu kommunizieren?«

»Das ist eine der Funktionen von pinkfarbenen Kerzen«, erklärte Tía Paloma. »Aber ich greife mal wieder zu weit vor. Immer schön der Reihe nach. Eure Mutter und ich legen großen Wert darauf, dass ihr eine umfassende Ausbildung im Zaubern erhaltet. Und Kerzen und Kräuter sind nun mal sehr wichtig. Das hat eure Mamá sicher deutlich gespürt, nachdem sie ein Wochenende mit einer größeren Gruppe verbracht hat. Mit seiner eigenen, angeborenen Gabe zu arbeiten ist natürlich wunderbar, aber wir dürfen die Werkzeuge und Traditionen nicht vergessen, die uns alle verbinden. Deshalb finden auch regelmäßig diese Treffen statt, richtig?« Sie holte kurz Luft, bevor sie fortfuhr: »Das hier ist also der Kerzenraum, wo wir Kerzen für alles präparieren und anzünden, was wir …« Sie verstummte kurz, wie in Gedanken versunken. »Oh, und ihr Mädchen könnt die Kerzen natürlich verwenden, wann immer ihr sie braucht; sie gehören nicht mir allein, sondern der ganzen Familie.«

Leo legte den Kopf schief und überlegte sich, ob es wohl unhöflich wäre, Tía Paloma darauf hinzuweisen, dass sie sich noch unklarer ausdrückte als sonst.

»Also …« Tía Paloma deutete mit dem Kinn in eine Ecke des Raums. »Das soll natürlich nicht heißen, dass ihr es allen Leuten erzählt, die ihr kennt.«

Alma und Belén sahen Leo an und zogen die Augenbrauen hoch.

Leo verdrehte die Augen. »Mach ich doch nicht!« Da fiel ihr ein, worauf die Zwillinge anspielten, und sie sagte schnell: »Caroline ist nicht *alle Leute*.«

»Ach herrje …« Tía Paloma seufzte. »Ich hätte eine für mich selbst anzünden sollen, bevor ich euch das alles erkläre. Das war nicht auf dich gemünzt, Leo. Und deine Freundin schien ja immer sehr vertrauenswürdig zu sein.« Sie legte die Stirn in Falten, als sie die pinkfarbene Kerze hochhob, sie inspizierte und dann einen Deckel auf das Glas legte, sodass die kleine Flamme schrumpfte und schließlich erlosch.

Leo biss sich auf die Lippen und versuchte, ihren Ärger hinunterzuschlucken. Dass ihre Familie Caroline nicht mochte, war im Moment zweitranging. Sie war hier, weil sie etwas lernen wollte.

Als hätte Tía Paloma Leos Gedanken gelesen, klatschte sie plötzlich in die Hände und machte dann eine schwungvolle Handbewegung durch den Raum. »Veladoras«, sagte sie, »gibt es in allen Formen und Größen. Wie die Kräuter, über die wir schon gesprochen haben, hat jeder Kerzentyp spezifische Eigenschaften, und sobald ihr alles über sie wisst, könnt ihr sie als wichtige Bestandteile von komplexen Zaubern verwenden.«

»Zum Beispiel, wenn wir Geister herbeirufen, damit sie mit den Lebenden kommunizieren«, sagte Alma und nickte. Leo erinnerte sich daran, wie die Zwillinge es mit einer Kerze geschafft hatten, ihre Abuela als Geist mitten in Leos Zimmer erscheinen zu lassen.

»Aber das ist unsere spezielle Gabe als Drittgeborene«, warf Belén ein. »Isabel oder Leo könnten nicht einfach eine Kerze anzünden und mit Geistern reden, oder?«

Tía Paloma suchte gerade eines der Regale ab. »Niemand weiß genau, was Leo kann oder nicht kann, da wir noch nie eine Viertgeborene in der Familie hatten. Aber ihr habt recht; eure Schwestern können auch mithilfe von Kerzen nicht dasselbe bewirken wie ihr beide. Hier, halte mal!«

Sie nahm eine hohe, dünne, braune Kerze vom Regal und

reichte sie Belén. Diese Kerze steckte in einem runden Pappteller, was Leo an ein Schwert denken ließ, als Belén sie nun am unteren Drittel anfasste. Tía Paloma nahm ein Streichholz vom Altar und zündete die Kerze an. Sie kniff kurz die Augen zusammen, bevor sie Leo und Alma um die Schultern fasste und sich mit ihnen so eng um Belén stellte, als wollte sie mit ihnen ein Selfie machen.

Leo schaute zu den Zwillingen und sie schauten zu ihr, und die Augenbrauen ihrer Schwestern verschwanden vor Verwirrung unter ihren gefärbten Stirnfransen. Leo nahm an, dass Tía Paloma mit der braunen Kerze gerade einen Zauber über die drei Mädchen zu legen versuchte.

»Rosmarin!«, rief Tía Paloma plötzlich. »Das würde es zu einem echten Zauber machen. Ich weiß, dass ich irgendwo welchen habe – Rosmarin steigert die Konzentration, wisst ihr, deshalb habe ich immer welchen im Haus. Das hilft mir, etwas …« Sie legte den Kopf schief und fixierte Leo, die schnell versuchte, nicht mehr wie ein nach Luft schnappender Fisch auszusehen. »… ähm, mich besser zu konzentrieren. Ich rede ziemlich wirres Zeug, nicht wahr?«

Leo zuckte nur mit den Schultern, obwohl die richtige Antwort ein klares Ja gewesen wäre.

»Es gibt viele Arten von Magie, doch in unserer heutigen Lehrstunde wollen wir sie in zwei Kategorien unterteilen: Eignungen und Kultgegenstände. Mit Eignung meine ich angeborene magische Fähigkeiten, wie zum Beispiel das Talent unserer Familie im Umgang mit allem, was mit Zucker und Mehl zu tun hat, und unsere jeweilige Gabe, die auf der Geburtsreihenfolge beruht. Selbst ohne magische Utensilien könnte jedes von euch Mädchen aus eigenen Stücken ein beeindruckendes Rezept zubereiten oder einen Zauber wirken.«

Leo nickte. Isabel hatte ihr letztes Jahr mit einer Handvoll Mehl einen Zauber gezeigt.

»Kultgegenstände dagegen besitzen eine eigene Macht. Kräuter oder Kerzen, Kristalle oder religiöse Symbole oder ein Singsang und sogar manche Lebensmittel können Kultgegenstände sein, wenn auch normalerweise nur schwache.« Tía Paloma deutete auf die Kerzen, die überall im Raum standen. »Selbst jemand, der so gut wie keine Begabung hat, kann mit einer Kerze Magie in sein Leben rufen, genau wie jemand ohne Talent fürs Backen etwas Essbares backen kann, wenn er sich genau ans Rezept hält.«

Dank ihres Probier- und Backclubs in der Schule hatte Leo schon viele Kekse und Kuchen probiert, die von Freundinnen ohne Backerfahrung gebacken worden waren. Sie schmeckten ganz okay, waren aber nicht mit den Leckereien zu vergleichen, die ihre Mamá backte – und sie hatten auch nicht die Macht, ein Lächeln auf die Gesichter von allen zu zaubern, die sie kosteten.

»Kerzen können also die Backmagie steigern«, sagte Leo nachdenklich. »Aber für Backmagie braucht man doch nicht unbedingt Kerzen, oder?« Sie fand, dass es wie eine der Logik-

Aufgaben in Mathe klang, für die man von ihrer Klassenlehrerin, Ms Wood, einen Extrapunkt bekommen konnte.

»Aber wir benutzen doch Kerzen, um Geister herbeizurufen«, sagte Belén, ohne die flackernde Flamme der braunen Kerze aus den Augen zu lassen. »Bedeutet das, dass es jeder tun könnte?«

»Nein, nein.« Tía Paloma schüttelte den Kopf. Sie stellte die Kerzen auf dem Tisch beiseite, holte eine dicke violette Kerze aus dem Regal und streute etwas Pulver darüber, bevor sie sie anzündete. »Kultgegenstände an sich sind normalerweise subtiler, sie öffnen Pfade und intensivieren andere magische Kräfte. Begabung allein kann durchaus zu einem Ergebnis führen, aber normalerweise ein recht begrenztes, so wie unsere Begabung im Umgang mit Geistern darauf beschränkt ist, sie sehen und hören zu können.« Die Kerzenflamme flackerte, als Tía Paloma mit der Hand hindurchfuhr. Ihre Finger warfen lange Schatten, die sich zu einem Regenbogen von dunklen Farben und zu einer sternenförmigen Lichtreflexion an der Decke kräuselten.

Alma schrie leise auf, Belén pfiff durch die Zähne und Leo bekam vor Staunen den Mund nicht mehr zu.

»Wenn man seine Begabung aber mit Kultgegenständen kombiniert, sind erstaunliche Dinge möglich. Auf diese Weise kreiert unsere Familie höchst komplexe Rezepte, und deshalb lege ich Wert darauf, dass ihr Mädchen sämtliche Anwendungsmöglichkeiten von Kräutern und Kerzen kennenlernt.

Das alles kann euch helfen, mehr aus euren magischen Fähigkeiten zu machen.«

Leo spürte etwas in ihrer Brust brodeln, als Tía Palomas Worte endlich einen Sinn ergaben. Natürlich wollte sie mehr aus ihren magischen Fähigkeiten machen. Sie war bereit, alles nur Mögliche zu benutzen, was ihr half, ihre Kräfte zu bündeln und somit zu steigern.

Sie wollte *alles* lernen.

»Gut, und womit fangen wir an?«, fragte sie.

KAPITEL 3

Caroline ist vor den Kopf gestoßen

In diesen Ferien war Leo jeden Morgen voller Tatendrang aus dem Bett gesprungen, weil sie in die Bäckerei mitgehen durfte. Gut, das bedeutete, schon um fünf Uhr früh mit Mamá und ihren Schwestern loszufahren, doch Leo war schrecklich gern dabei, wenn die Lichter angingen, die Backöfen aufgeheizt wurden und sie riechen konnte, wie die ersten Bleche mit Conchas und Bolillos goldbraun wurden. Mehr Zeit mit ihrer Familie zu verbringen, bedeutete natürlich auch, dass sie größere Chancen hatte, magische Tipps aufzuschnappen. Auch wenn niemand ihr ausdrücklich etwas erklärte, hielt Leo stets Augen und Ohren offen und hatte auf diese Weise schon eine ganze Menge gelernt. Manchmal durfte sie sogar Isabel helfen, die Zutaten für eine der speziellen magischen Bestellungen zusammenzustellen. Leo konnte den Tag kaum erwarten, an dem Mamá ihr zutrauen würde, ganz allein eine Geburtstagstorte für einen Kunden zu backen.

Der Morgen nach der Kerzenlektion, der vierte Januar, begann noch früher als sonst. Blechweise mussten Roscas de Reyes, die runden Hefekränze, gebacken und verpackt, Regale aufgefüllt und alle möglichen Teigsorten zubereitet werden. Hinter ihren verschlafenen Schwestern hüpfte Leo in die Bäckerei, holte eine der Amor-y-Azúcar-Schürzen aus der Tüte von der Wäscherei und zog sie über ihre frisch frisierten Zöpfe.

Tía Paloma kam zwanzig Minuten zu spät mit einer riesigen Stofftasche voller Kerzen, einem dünnen Buch mit vergilbten Seiten und einem halb zerfledderten Umschlag an. »Ich habe Kopien gemacht«, sagte sie und drückte Leo einen Stapel schlecht lesbarer, grauer, handgeschriebener Seiten in die Hand.

Leo nahm sie erfreut entgegen. Sie sah Abbildungen von verschiedenen Kerzenarten, gezeichnet von einer zitterigen Hand, neben einem Schaubild, auf dem die Anwendungsmöglichkeiten der verschiedenen Farben aufgelistet waren. Obwohl das Büchlein auf Spanisch geschrieben war, erkannte Leo einige der Informationen wieder, über die Tía Paloma am Vortag gesprochen hatte: Pink für gute zwischenmenschliche Beziehungen, Braun für geistige Klarheit, Gelb für die Verbindung mit der Geisterwelt, Violett zum Erzeugen von Illusionen. Leo kam es fast so vor, als gelte es, in einem Algebra-Vorbereitungskurs die Variablen auszurechnen. Vor einigen

Monaten hatte Leo überhaupt erst erfahren, dass es so etwas wie Magie gab, und inzwischen wusste sie, dass tausend Möglichkeiten existierten, sie zu nutzen.

Leo legte den Papierstapel ab, während ihre Familie gähnend mit der morgendlichen Routine begann. Mamá und Tía Paloma fegten wie Wirbelwinde durch die Küche, füllten Rührschüsseln mit Mehl und holten mehrere Eierkartons aus dem begehbaren Kühlschrank. Leo half Alma und Belén, den Geschirrspüler mit der gestrigen Beladung auszuräumen, während Isabel die grummelnde Klimaanlage einschaltete und dann die Schaukästen und Regale abwischte. Das Glühen der Backöfen passte zu dem glühenden Sonnenaufgang draußen vor den Fenstern. Marisol leerte die erste Kaffeekanne dieses Morgens und beeilte sich, eine zweite Kanne aufzusetzen, bevor Mamá mitbekam, dass sie den für sie bestimmten Rest getrunken hatte.

Die Sonne erhellte den Himmel immer mehr, und die Zeitschaltuhren der Öfen klingelten nacheinander, als Daddys kleiner Lieferwagen auf den Parkplatz einbog. Er sagte gern, dass er Glück hatte, denn Rechnungen und Quittungen konnten im Gegensatz zu Brot ruhig eine oder zwei Stunden warten, wenn ihm danach war, morgens etwas länger zu schlafen.

Als Leo ihre morgendlichen Aufgaben erledigt hatte, knabberte sie an einer Concha vom Vortag und hörte sich an, wie Alma und Belén darüber stritten, wer wessen Lieblingsshirt zuerst stibitzt hatte. Sie fragte sich, ob es wohl auch einen Zauber gab, um Diebe zu schnappen, und was für eine Art von Kerze oder was für Kräuter man dafür bräuchte.

»Leonora!«, rief Daddy da aus dem Büro. »Eine Nachricht für dich auf dem AB, von gestern schon.«

Leo zuckte zusammen. Sie hatte so intensiv über die Lektion vom Vortag nachgedacht, dass sie glatt vergessen hatte, Caroline zurückzurufen.

»Genau genommen sind es *mehrere*.«

Alma und Belén wechselten einen kurzen Blick und verdrehten die Augen. Leo stöhnte innerlich. Wenn ihre Schwestern sich über sie mokierten, fühlte sie sich immer fünf Zentimeter kleiner.

»Ich höre sie mir später an!«, rief sie zurück. »Im Moment will ich lieber lernen.« Eigentlich sollte sie nicht beweisen müssen, dass es ihr ernst war mit der Magie, doch sie nahm Tía Palomas Päckchen mit den Kerzen und drückte es an die Brust. Caroline wäre so früh am Morgen ohnehin noch nicht wach.

Sie ging zur Verkaufstheke, denn sie musste nicht erst auf dem Whiteboard im Büro nachschauen, um zu wissen, dass sie Kassendienst hatte – wieder einmal. Ursprünglich hatte sie fragen wollen, ob sie nicht Isabel beim Dekorieren der ersten Roscas de Reyes helfen durfte, aber jetzt setzte sie sich lieber missmutig auf einen Hocker und versuchte, die kopierten Buchseiten zu entschlüsseln.

Die Tabellen waren leicht zu verstehen und die Illustrationen waren auch hilfreich, doch die verschnörkelte Schreibschrift und das Spanisch waren eine Herausforderung für sie. Tía Paloma vergaß oft, dass Leo kaum je mit ihrer Abuela gesprochen hatte, bevor diese starb, und deshalb bei Weitem nicht so gut Spanisch sprach wie ihre älteren Schwestern. Das war ein weiterer Punkt, bei dem Caroline ihr immer half. Im Gegensatz zu Leo konnte Caroline Spanisch perfekt lesen und schreiben, nur mit der Aussprache haperte es manchmal ein bisschen. Das war ein weiterer Grund, warum Leo ihre Freundin gern hier hatte: damit sie ihr bei den magischen Lektionen half. Da hatten ihre Schwestern doch keinen Grund zu meckern, oder?

Leo überflog die Seiten auf der Suche nach den einfachsten Stellen, während vor den Fenstern der morgendliche Verkehr vorbeirauschte und Isabel die Auslagen und Regale um Leo herum mit frisch gebackenem Pan dulce füllte. Leo war so in ihre Seiten vertieft, dass sie die Ladenglocke nicht bimmeln hörte, als die erste Kundin dieses Tages eintrat.

»Leo?« Vor Schreck ließ Leo den Stapel fallen und einzelne Blätter rutschten aus der Büroklammer und landeten wild durcheinander auf dem Boden.

»Caroline!« Leo sprang von der Ladentheke und bückte sich, um die Blätter wieder einzusammeln. »Was machst du so früh hier?«

»Ich habe nichts mehr von dir gehört«, sagte Caroline. Unsicher blieb sie unter der Tür stehen und zog ihren violetten Hoodie vor dem Bauch zusammen. »Ich wollte nur schnell vorbeikommen und sehen, ob …«

Leo ließ die kopierten Seiten auf die Theke fallen und lief zu ihrer Freundin, um sie zu umarmen. »Wie war's in Costa Rica? Wie geht es deiner Großmutter? Sag mal, hat dich dein Dad etwa ganz allein herkommen lassen?«

Egal was ihre Familie auch sagte, Leo hatte nie das Gefühl, dass Caroline sie vom Arbeiten oder vom Lernen ablenkte. Sie war Leos Freundin und mit ihr zusammen ging alles leichter. Zum Beispiel auch schwierige spanische Kapitel über Kerzenmagie zu lesen …

Caroline lächelte erleichtert, als Leo sie wieder losließ. »Danke, es war schön. Ich meine, es war okay.« Sie streifte ihre Kapuze zurück.

»Magst du eine Zimtrolle?«, fragte Leo. Wenn sie Carolines Magen füllte, würde das beklemmende Schuldgefühl in ihrem eigenen Magen vielleicht nachlassen.

»Oh, ich habe bereits einen Toaster Strudel gegessen«, antwortete Caroline. »Ich wusste, dass du heute schon ab fünf Uhr hier bist, und deshalb bin ich früh aufgestanden und habe auf deinen Rückruf gewartet.«

Die Gewissensbisse gruben sich noch tiefer in Leos Magen. »Ach was, nimm einen«, bettelte sie und war froh, als ihre Freundin lächelnd nickte. Caroline hätte bestimmt Verständnis, sobald sie von der Kerzenmagie erfuhr. Es war schwer, an ganz normale Dinge zu denken, wenn man so viel über Magie zu lernen hatte.

Caroline nahm eine der Greifzangen vom Haken an der Wand und löste damit eine der Zimtrollen vom Blech. Die trockenen Röllchen waren nicht ganz so lecker wie die feuchten, die Leo manchmal zu Hause backte, doch die Kunden konnten sie besser in der Hand halten.

»Danke«, sagte Caroline. »Mein Dad hat mich bis zur Hauptstraße gebracht. In seinem Erziehungsratgeber steht, dass ein Kind in meinem Alter anfangen sollte, *seine Unabhängigkeit in einem sicheren Umfeld* zu erkunden. Deshalb ließ er mich den Rest des Weges allein gehen, während er zum Baumarkt weiterfuhr. Die schlechte Nachricht ist, dass er Wandfarben kaufen will, was vermutlich bedeutet, dass ich ihm am Wochenende beim Streichen eines weiteren Zimmers helfen darf.«

Leo nickte. Seit dem Tod von Carolines Mutter vor nicht ganz einem Jahr hatte Mr Campbell damit angefangen, die Möbel im Haus umzustellen und die Wände neu zu streichen. Er wurde allmählich ein ziemlich guter Innendesigner, doch Caroline behauptete, die vielen Dämpfe der Farben würden ihr Wachstum verlangsamen. Aber da ihr blonder Pferdeschwanz gut fünfzehn Zentimeter über Leos Kopf baumelte, fand Leo es nicht weiter tragisch, wenn Carolines Wachstum etwas verlangsamt wurde.

»Willst du was ganz Cooles sehen?« Leo schob die Blätter

zu einem ordentlichen Stapel zusammen und hielt ihn dann hoch, während Caroline mit ihrer Zimtrolle zu ihr hinter die Theke kam. »Tía Paloma bringt mir etwas ganz Neues bei. Ich muss keine Blattformen und so mehr auswendig lernen.«

»Oh.« Caroline löste den äußeren Rand ihrer Zimtrolle in kleinen Stücken ab. »Ich fand die Sache mit den Pflanzen interessant. Und das hier ist etwas anderes?«

»Ja, es ist total cool.« Leo grinste. »Es geht um Kerzen und wie sie die Energie einer Situation verändern und manche Zauber verstärken können. Ich lerne, welche Art von Kerze – oder ähm, Veladora, glaub ich …«

»Oder Vela«, warf Caroline mit einem Schulterzucken ein. »Wie du willst.«

»Gut, welche Art man wofür benutzt und was man damit bewirken kann. Deshalb habe ich gestern Abend nicht zurückgerufen. Tía Paloma hat uns eine Lehrstunde gegeben, und das hat mich total abgelenkt, sorry.«

Caroline rollte kleine Stückchen ihrer Zimtrolle zu Bällchen und steckte sie dann in den Mund. »Verstehe. Mit Kerzen zu zaubern ist sicher viel aufregender, als sich in Costa Rica zu verlaufen.«

»Ihr habt euch verlaufen?«, fragte Leo. »Wie? Wo?«

Carolines Miene entspannte sich und sie blickte mit einem verlegenen Grinsen von ihrer Zimtrolle auf. »Im Flughafen. Alle hielten uns für Touristen. Ich meine, das waren wir eigentlich auch.« Sie seufzte. »Es war … seltsam. Ohne Mum. Es fühlte sich so anders an.«

Carolines Familie war wegen der Behandlung ihrer Mutter nach Houston gezogen, sodass Leo während Carolines traurigsten Wochen nur wenig Kontakt mit ihr gehabt hatte. Und als Caroline und ihr Vater nach Rose Hill zurückgezogen waren, hatte der Nachbarjunge Brent sie oft besucht und ihr geholfen, über den größten Kummer hinwegzukommen, bis Caroline sich so weit erholt hatte, dass sie wieder zur Schule gehen konnte. Manchmal sprach sie von ihrer Mutter, aber wie schmerzlich der Verlust für sie war, darüber hatten sie und Leo noch nie gesprochen. Leo hatte nicht mal registriert, dass die Reise über Weihnachten und Neujahr der erste Besuch in Costa Rica ohne ihre Mutter gewesen war.

»Das tut mir leid«, sagte sie. »Es klingt so …«

»Es war, als hätte ich …«

Das leise Quietschen der blauen Schwingtüren ließ die beiden Mädchen zusammenzucken.

»Leo!«, sagte Isabel, die die Türflügel mit einer Schulter nach hinten drückte und rückwärts hereinkam, mit einem Blech frischer Conchas in den Händen. »Mamá sagte, solange noch keine Kunden da sind, kannst du schon mal anfangen, die Zutaten für die Spezialbestellungen zusammenzusuchen. Wir sollen Ozeanbrise-Conchas zur Entspannung backen, und sie will, dass Marisol und ich schon mal mit dem Teig für die Zuhör-Orejas anfangen …« Vorsichtig drehte sie sich um und verstummte. »Oh, Caroline. Guten Morgen. Hmm.« Isabel trat von einem Fuß auf den anderen und die Conchas auf dem Backblech kamen gefährlich ins Rutschen. »Gut, wir reden später, Leo.« Sie ging eilends an die Auslage, um die Conchas zu den anderen auf die Regale zu legen, und zwar so, dass sie mit der richtigen Seite nach oben lagen und verlockend aussahen.

Caroline zog den Kopf ein, bis ihre Augen fast unter ihren Ponyfransen verschwanden.

Frustriert schob Leo den Unterkiefer vor. Warum musste Isabel so tun, als sei Caroline eine Fremde, die nichts von Magie hören durfte? Es war sowieso sinnlos, da Caroline im November, als Leo sich mit einem katastrophalen Zauber versucht hatte, ihre Komplizin gewesen war. Caroline wusste, dass die Logrono-Frauen und -Mädchen Brujas waren, und deshalb begriff Leo nicht, warum Isabel jetzt so heimlichtuerisch tat. Als Caroline nun die Schultern hängen ließ, nervös von einem Fuß auf den anderen trat und an ihrem Daumennagel kaute, wurde Leo sauer.

Sie wusste allerdings nicht so recht, ob sie auf Isabel sauer war oder auf sich selbst, weil sie nichts sagte.

»Ich muss sowieso gleich wieder weg«, sagte Caroline.

»Nein, warte …«

»Ich wollte dich nicht …« Isabels Worte stolperten über die von Leo.

»Kein Problem. Ich hätte nicht so früh herkommen sollen,

wenn ihr alle so viel zu tun habt. Ich bin euch nur im Weg. Ich will nicht …« Caroline holte tief Luft. »Und ich gehöre auch nicht hierher.«

Sie ging zum Abfalleimer am Ende der Verkaufstheke und ließ den Rest ihrer Zimtrolle hineinfallen. Als sie sich danach schwungvoll umdrehte, stieß sie mit Belén zusammen, die mit einem Armvoll *Veladoras* gerade durch die blauen Schwingtüren kam.

Caroline schrie auf. Belén konnte den Großteil ihrer Last zwar retten, indem sie wie ein Jongleur mit den Armen ruderte, doch zwei dicke violette Kerzen donnerten auf die Bodenfliesen und brachen an den Enden ab. Eine dünne pinkfarbene Kerze in einem Glasgefäß landete an der Kante der Theke und das Glasgefäß zersplitterte in mehrere Teile.

Belén entschlüpfte ein unschöner Ausdruck, so laut, dass Mamá aus der Küche empört ihren Namen rief. Caroline ging in die Hocke, um beim Einsammeln der Glasscherben mitzuhelfen, doch Isabel scheuchte sie weg. Belén gab die Kerzen an Leo und Caroline weiter, die sie auf die Theke stellten, während Belén die Scherben mit der Kehrrichtschaufel, die Alma ihr flugs gebracht hatte, zusammenfegte.

»Tut mir leid«, raunte Leo Caroline zu. »Meine Schwestern sind … einfach komisch. Sie wollten dich sicher nicht …«

»Leo!« Mamá kam in den Verkaufsraum, und als sie das Chaos sah, begannen ihre Augen gefährlich zu funkeln. »Was hast du wieder angestellt, Leo? Du sollest uns doch unterstützen oder lernen. Und was machst du? Bringst den ganzen Ablauf durcheinander. Du weißt, dass wir diese Woche viel zu tun haben. Was hast du dir nur dabei gedacht?« Enttäuscht sah sie ihre Jüngste an.

»Ich habe gar nichts gemacht!«, protestierte Leo. »Es war Caroline, die ...«

Sie schlug sich schnell die Hand vor den Mund, doch es war schon zu spät. Caroline traten Tränen in die Augen, und Leo merkte, wie verletzt ihre Freundin war. Caroline vergrub die Hände in den Taschen ihres Hoodies, schüttelte den Kopf, drehte sich um und stürmte wortlos davon.

KAPITEL 4

Entscheidungen

Au Mann, was hat sie für ein Problem?«, fragte Belén, als sie die Kehrrichtschaufel leerte und an Alma zurückgab.

Mamá tätschelte Leos Schulter und ihre Stirn glättete sich wieder, als sie Caroline nachblickte. »Entschuldige, Leo, aber ich dachte … nun gut. Vielleicht bin ich nach meiner Reise noch etwas übermüdet. Ich weiß, dass du uns hilfst. Und es stört mich auch nicht, wenn Caroline hier ist.«

»Aber muss sie *andauernd* hier sein? Ständig anrufen und einfach hereinplatzen?«, maulte Isabel. »Das hier ist ein Geschäft, kein Spielplatz. Und nicht irgend*ein* Geschäft.« Ihre Augen huschten zur Eingangstür. Zum Glück waren noch keine Kunden im Anmarsch. »Bei dem Treffen am Wochenende wurde auch diskutiert, welche Vorsichtsmaßnahmen wir in einer zunehmend polarisierten Welt treffen müssen.«

Immer wenn Isabel diesen Ton anschlug, wollte sie damit

zu verstehen geben, dass es um eine ›extrem wichtige Erwachsenen-Angelegenheit‹ ging. Leo rollte mit den Augen.

»Caroline weiß längst von unseren magischen Fähigkeiten«, rief sie Isabel in Erinnerung und wandte sich Hilfe suchend an Mamá. »Und sie ist sicher nicht die Einzige. Etliche unserer Kunden – nicht nur Brujas – müssen davon wissen. Warum sonst bekämen wir so viele spezielle Bestellungen? Es ist nun wirklich kein großes Geheimnis oder?«

»Nun ja …« Mamá seufzte. »Es ist ein etwas heikles Thema. Einige unserer besten Kunden hier in Rose Hill ahnen natürlich, was wir machen, aber wir binden keinem auf die Nase, dass wir magische Fähigkeiten haben. Und ich denke, dabei sollten wir es auch belassen. Das sollten wir vielleicht mal bei einem Familientreffen besprechen, irgendwann, wenn wir nicht alle so aufgeregt und bis über die Ohren beschäftigt sind mit …«

In diesem Moment piepte ein Backofen, und Mamá strich Leo kurz übers Haar, bevor sie sich umdrehte und in die Küche zurückeilte. »Wir werden darüber reden«, versprach sie noch. »Sobald wir eine kleine Verschnaufpause haben.«

Leo ballte die Fäuste und bohrte die Spitze ihres Sneakers in einen Spalt zwischen den Bodenfliesen.

Belén seufzte und zuckte mit den Schultern. Sie hatte ihre Kerzen wieder eingesammelt. »Tía Paloma sagte, ich dürfe keine mehr im Haus anzünden, deshalb gehen wir jetzt zum Parkplatz, um ein paar neue Dinge auszuprobieren.«

»Wir wollen testen, ob wir beim Channeln weniger Energie brauchen, wenn wir die richtige Kerzenart verwenden«, fügte Alma hinzu. »Willst du mitkommen, Leo? Du solltest vielleicht eine pinkfarbene Kerze anzünden, damit du und Caroline euch wieder versöhnt.«

Leo fühlte sich wie ein Gummiband, an dem von zu vielen Seiten gezogen wurde. Sie wäre gern mit den Zwillingen auf den Parkplatz gegangen, um zu sehen, ob sie nach ihrer gemeinsamen Lehrstunde interessante neue Tricks lernen könnte. Sie wäre auch gern Caroline nachgerannt, um sich bei ihr zu entschuldigen. Und sie wollte auch gern bleiben, um Mamá zu beweisen, dass sie fleißig war und ernsthaft mithelfen wollte.

»Gut, vielleicht komme ich nach.«

»Okay.« Alma winkte ihr mit einer Hand zu, während sie mit der anderen nach einer wankenden Kerze griff, die Belén aus der Hand zu fallen drohte. »Oh nein, wo ist jetzt die gelbe? Hast du sie fallen lassen? Ich habe sie extra in zerstampftem Salomonssiegel gerollt, um zu sehen, ob es die Kraft verstärkt und wie mit Kräutern präparierte Kerzen wirken …« Das war das Letzte, was Leo hören konnte, bevor die Zwillinge plaudernd zur Tür hinausgingen.

Leo wirbelte zu Isabel herum: »Warum hast du das getan?«

»Hm?«, brummte Isabel, die den Boden gerade nach weiteren Scherben abgesucht hatte. Dann griff sie nach dem leeren Concha-Backblech und hielt es wie einen Schutzschild vor sich.

Doch das konnte Leo nicht bremsen. »Caroline hilft mir beim Lernen. Sie hat unser Buch der Zaubersprüche schon gesehen. Du hättest nicht so unhöflich sein müssen, sie weiß längst Bescheid und sie ist absolut vertrauenswürdig.«

Seufzend stellte Isabel das Backblech auf den Boden. »Oh, Leo, das weiß ich doch.«

»Und warum machst du dann so ein Theater?« Leos Magen zog sich zusammen, als sie an Carolines trauriges Gesicht dachte. Da war es eine Erleichterung, Isabel und ihrer Familie und all ihren verwirrenden Regeln die Schuld in die Schuhe zu schieben. Leo dachte an das Día de los Muertos-Fest, als sie sich in das Zelt geschlichen hatte, in dem Alma und Belén den Leuten heimlich halfen, Kontakt mit geliebten Verstorbenen aufzunehmen. »Warum dürfen nur bestimmte Leute wissen, was wir tun? Zum Beispiel das, was Alma und Belén im Botschaften-Zelt machen? Ich selbst habe erst davon erfahren, als ich ihnen nachspioniert habe!«

»Es ist, wie Mamá schon sagte, etwas kompliziert.«

Leo warf die Arme in die Luft. Kompliziert sagten alle, wenn sie keinen triftigen Grund wussten oder nichts erklären wollten.

»Deshalb warten wir normalerweise, bis jemand fünfzehn ist, bevor …«, begann Isabel, doch als sie sah, dass sich Leos Gesicht dunkel verfärbte, biss sie sich schnell auf die Lippen.

Schon wieder das! Leo hatte gehofft, es hätte ein Ende, von ihren Schwestern ständig ihr Alter vorgehalten zu bekommen, wenn sie erst mal offiziell eingeweiht war und die Erlaubnis hatte, in der Bäckerei zu lernen und mitzuhelfen. Aber sie gaben ihr trotzdem noch das Gefühl, nicht alt oder klug genug zu sein. »Es ist mir egal, dass ich noch keine fünfzehn bin. Es ist mir egal, dass du mich für zu jung hältst!« Leo spuckte diese Lüge aus wie saure Milch, um den üblen Geschmack aus dem Mund zu bekommen. Vor Frust hätte sie am liebsten laut geschrien.

»Leo, reg dich wieder ab!« Isabel holte tief Luft. Als sie danach langsam wieder ausatmete, legte sich ein weiches Gefühl über Leos Haut, und sie bekam eine Gänsehaut an den Armen. Ihr Kopf war plötzlich ganz leicht und die Gewissensbisse und die Wut in ihrem Magen ließen nach. Trotzdem wurde sie unter der gelassenen Oberfläche wütend, denn ihr war klar, dass Isabel ihre angeborene Gabe der Beeinflussung ausspielte, um Leo zu besänftigen, doch dieses Aufbäumen war nur von kurzer Dauer und schmolz dahin.

»Lass das!«, sagte Leo. Ihre Stimme klang viel zu sanft in ihren Ohren. Wenn sie Marisol wäre, würde sie ein wütendes Zischen hineinlegen, sich gegen Isabels Zauber wehren und vielleicht noch wütender werden als zuvor, nur um zu beweisen, dass sie sich nicht so leicht manipulieren ließ.

Isabel stellte den Beeinflussungszauber ein. Leos Kopf wurde wieder klarer und ihre Haut begann erneut zu kribbeln. Ihr Gefühlswirrwarr schwappte in einer Welle der Anspannung zurück, war aber weniger heftig als vorhin. Eigentlich hatte sie nichts gegen Isabels Kräfte. Sie führten dazu, dass sie sich wieder beruhigte und sich besser auf ihre Frage konzentrieren konnte.

»Vielleicht begreife ich es einfach nicht. Wie geheim soll unsere Magie genau sein?«, fragte Leo.

»Nicht direkt geheim«, antwortete Isabel. »Schließlich haben wir den Newsletter des Southwest Regional Brujería und Zauberkunst-Verbands abonniert; wir verstecken uns also nicht. Es ist nur so, dass die Leute, die keine Brujas sind, kein Verständnis dafür hätten. Unsere Kunden, die Bescheid wissen, sind Menschen, von denen wir wissen, dass sie schweigen und keine Lügen darüber verbreiten, was wir tun. Du weißt bestimmt, dass manche glauben, Brujas und Brujos würden schwarze Magie betreiben. Und wir dürfen das Risiko nicht eingehen, dass einer von denen herausfindet, was wir machen.«

Leo nickte. So allmählich begriff sie, nun, da Isabel es ihr endlich richtig erklärte. Sie stellte sich vor, was passieren würde, wenn die Mutter ihres Schulfreunds Brent, die gern klatschte und tratschte, herausfinden würde, dass Leo ihren Sohn im November aus Versehen geschrumpft hatte. Sie würde alle Hebel in Bewegung setzen, um dafür zu sorgen, dass die Bäckerei schließen müsste und Leo möglicherweise ins Gefängnis kommen würde!

»Ich weiß, dass Caroline deine Freundin ist«, fuhr Isabel fort, »aber sie denkt, dass du ihre Probleme mithilfe von

Magie lösen kannst, wie es schon einmal passiert ist. Und je mehr sie über deine Zauberkräfte weiß ...«

»Das damals war nicht Carolines Idee«, fiel Leo ihr ins Wort. Als Leo den Liebeszauber angewandt hatte, der so jämmerlich schiefgegangen war, hatte Caroline noch versucht, *sie* davon abzuhalten. »Und selbst wenn, was dann? Viele Menschen brauchen magische Hilfe. Sonst gäbe es unsere Bäckerei doch gar nicht.«

»Wir haben unterschiedliche Kunden«, sagte Isabel nun. »Die meisten von ihnen denken, dass wir normale – aber außergewöhnlich leckere – Brote und Kuchen backen.« Sie lächelte. »Die anderen, die wissen, was wir tun, bezahlen für eine Antwort, ein Gefühl oder aus Aberglauben. Aber die halbe Zeit glauben sie nicht wirklich an das, was sie kaufen. Sie wissen nicht *wie*, nur *dass* es funktioniert. Sie wissen nicht wirklich, was es mit unseren Kräften auf sich hat. So ist es leichter. Sie haben keine Angst, werden nicht wütend oder verlangen nicht mehr, als wir ihnen bieten können.«

Leo zuckte mit den Schultern. Das machte für sie die Sache nicht einfacher. Hätte nicht jeder gern eine Freundin wie Caroline, die einem half, alles über die eigenen Kräfte herauszufinden? Das war doch mehr wert, als Kunden, die Magie kauften, ohne sich dafür zu interessieren, woher sie rührte?

»Ich meine ja bloß«, fuhr Isabel fort. »Manchmal muss man sich entscheiden, Leo. Es ist schön, in der Schule Freunde zu haben, aber sie werden dir nie so nahestehen wie deine Familie, und sie werden auch nie … das alles verstehen.«

Sich entscheiden? Leo wollte sich nicht zwischen Caroline und ihren Schwestern entscheiden. Sie wollte, dass ihre Familie Caroline akzeptierte, damit sie, Leo, sich nicht entscheiden musste.

»Isabel, wie kommt es, dass du Leo immer etwas Schreckliches sagst, sobald ich dir den Rücken zudrehe?« Marisol kam nun ebenfalls mit einem Backblech voller Gebäck aus der Küche, das sie Isabel in die Hände drückte, damit sie sich an die Wand lehnen und Leo mit einer hochgezogenen Augenbraue mustern konnte. »Denk immer daran, von *wem* so etwas kommt, Cucaracha. Isabel denkt, dass niemand Freunde haben sollte, nur weil *sie* keine hat.«

Mit einem beleidigten Schnauben stellte Isabel die süßen Quarkbrötchen auf ein Regal, doch sie widersprach Marisol nicht direkt.

»Wenn dir nichts im Leben wichtiger ist, als Tía Palomas Listen auswendig zu lernen …« Marisol deutete mit dem Kinn auf Leos Papierstapel auf der Theke, »… und du bis Mitternacht hier bleibst, um Glücksbrote zu backen, wirst du natürlich nie gute Freunde haben. Aber das ist deine Entscheidung. Wenn es dir wichtig ist, kannst du alles stehen und liegen lassen und Caroline nachlaufen. Wirf deinen Zeitplan um und versöhne dich mit deiner Freundin. Oder du bleibst hier und wetteiferst mit Isabel um den Platz der mächtigsten und einsamsten Bruja der Welt.« Marisol nahm einen *Cuervo* vom Regal und biss hinein. »Das liegt ganz bei dir.«

Leo blickte von Marisol zu Isabel und ihre Wangen röteten sich vor Zorn. Ihre beiden ältesten Schwestern – die grundsätzlich *nie* einer Meinung waren – funkelten einander finster an und merkten gar nicht, dass sie ihr beide genau dasselbe geraten hatten: Entscheide dich!

Zwischen Magie und Freundschaft?

Leo wollte weder auf das eine noch auf das andere verzichten. Aber … hatte Mamá Freundinnen? Leo krauste die Stirn. Mamá stand ihrer Schwester, Tía Paloma, sehr nahe, und sie hatte Freundinnen vom Brujeria-Verband. Freundinnen, die ebenfalls Magierinnen waren. Und Tía Paloma hatte nicht viele *lebende* Freundinnen, aber andererseits war sie nun mal Tía Paloma.

Leo raffte ihre Blätter zusammen und stapfte an ihren beiden großen Schwestern vorbei in die Küche, um zu Alma und Belén auf den Parkplatz zu gehen. Die Zwillinge berieten sich gerade miteinander im Flüsterton (und vermutlich auch mit unsichtbaren Geistwesen) vor einer pinkfarbenen Kerze – zur besseren Kommunikation –, die Alma behutsam über ein Blatt Papier rollte. Es war mit etwas bestreut, das wie Zimt und Zucker aussah. Genau wie Salomonssiegel half auch Zimt häufig dabei, einen Zauber zu verstärken. Nicht dass die Zwillinge zusätzliche Energie für ihre Zauber gebraucht hätten. Die verliehen sie sich ohnehin gegenseitig und aus diesem

Grund war ihr Talent für Geisterbeschwörungen doppelt so wirksam wie das von Tía Paloma.

Alma und Belén waren gleichzeitig auch beste Freundinnen, ein weiterer Spezialfall, und das bedeutete, dass Leo niemanden hatte, an dem sie sich hätte orientieren können, um Marisol und Isabel zu widerlegen. Sogar jetzt, wo die Sonne ihre volle Kraft erlangt und die kühle texanische Morgenluft vertrieben hatte, fröstelte Leo.

Sie sah zu, dass sie in die Küche zurückkehrte, bevor Alma oder Belén sie sahen. Sie wollte sie nicht bei ihrer perfekten Zusammenarbeit stören oder sich weitere Belehrungen anhören müssen. In der Küche atmete sie den schweren, warmen Duft von gebackenem und noch ungebackenem Brot ein. Sie beobachtete, wie Mamá zwei in Plastik gehüllte Backbleche in den Kühlraum brachte und sich dann die Hände an ihrer Schürze abwischte. Lächelnd sah sie sich in der Küche um.

»Es ist schön, wieder da zu sein, wo ich hingehöre«, sagte Mamá.

Leos Eingeweide verklumpten sich wie kalter Haferbrei. War Mamá wie Isabel der Meinung, Freundinnen seien ein Luxus, den sich eine Bruja nicht leisten konnte? Würde sie sagen, dass Caroline in der Bäckerei und in Leos Leben nichts zu suchen hatte?

»Na, Süße!« Mamá breitete die Arme aus. »Paloma hat mir erzählt, dass du ihr am Wochenende eine große Hilfe warst. Wir haben immer noch so viel zu tun vor dem sechsten, und ich rechne fest damit, dass du auch weiterhin Kassendienst machst. Richtig?«

Leo blieb auch verkrampft, als sie die Arme ihrer Mutter um sich spürte. Sie sollte auf Marisol hören und Caroline nachlaufen und sich entschuldigen. Aber sie wollte Mamá nicht enttäuschen und auch nicht Tía Paloma oder alle anderen, die sich darauf verließen, dass sie in der Bäckerei mithalf. Sie nickte. »Ja, Mamá. Mach ich.«

Leo wusste, wie verletzt Caroline war. Sie wusste, wie es sich anfühlte, wenn man im Stich gelassen wurde oder sich fehl am Platz fühlte. Doch genau deshalb konnte sie Marisols Rat nicht befolgen. Sie wollte sich nie wieder so fühlen.

Am liebsten wollte sie sich gar nicht entscheiden. Aber wenn doch, dann immer für ihre Familie.

KAPITEL 5

Überraschung

Leo schlief schlecht in der folgenden Nacht, doch das Aufwachen war noch um einiges schlimmer.

Zuerst dachte sie, die Sonnenstrahlen, die sich durch die Lamellen ihres Rollos gestohlen hatten und unter ihre Augenlider gekrochen waren, hätten sie so abrupt aufwachen lassen. Auch die Vögel vor ihrem Fenster schienen extra schrill zu zwitschern, so laut, dass die Töne unter ihr Kissen und in ihr Ohr gedrungen waren. Und auch der Geruch ihres Betts kam ihr irgendwie falsch vor, nicht schlecht, nur anders, wie in einem Hotel. Doch als sie blinzelnd die Nase rümpfte und sich herumrollte, stieß sie gegen etwas Großes, Festes, das absolut keine Ähnlichkeit mit einer Matratze hatte und sich mit ihr bewegte. Erschrocken riss Leo die Augen auf.

Vor sich sah sie ein Gesicht mit zwei großen, sehr dunklen Augen.

»Leonora«, sagte Abuela und rüttelte noch fester an Leos Schulter, mit einer Kraft, die ein Geist eigentlich nicht haben sollte. »Willst du nicht endlich aufstehen?«

Leo schoss hoch. »Abuela?« Sie hatte nicht die Gabe, Geister zu sehen, deshalb musste es ein Traum sein. Andererseits fühlte es sich aber nicht wie ein Traum an. Leo strich sich die verschwitzten Locken aus der Stirn und leckte sich über die trockenen Lippen. Wenn sie träumte, merkte sie eigentlich nie, dass sie sich dringend die Zähne putzen musste. »Was machst du hier? Was ist los?«

»Das würde ich auch gern wissen, und deshalb habe ich dich geweckt, Leonora.« Abuela saß noch immer auf Leos Bett und starrte ihre Enkelin mit ihren dunklen Augen durchdringend an. Sie trug ein lilafarbenes Kleid und darüber eine weiße Strickjacke. Sie war nicht durchscheinend oder schimmernd, und sie war auch nicht knochig oder hatte sonst etwas an sich, das bewiesen hätte, dass sie kein lebender Mensch war. Sie sah noch genauso aus wie das letzte Mal, als Leo sie gesehen hatte, erst vor wenigen Wochen, als Alma und Belén Abuela dank ihrer Zauberkräfte herbeigerufen hatten.

Almas und Beléns Zauberkräfte …

»Abuela!« Leo setzte sich auf und griff nach der Hand ihrer toten Großmutter. »Das muss meine angeborene Gabe sein – endlich weiß ich es! Ich bin genau wie Alma und Belén; ich kann dich sehen!«

Sie blickte durch ihr Zimmer, und ihre Verwirrung wich

einem aufgeregten Herzklopfen, das wie ein Zuckerrausch durch ihre Adern schoss, als sie sich umsah, um zu überprüfen, ob etwa noch weitere Geister erschienen waren. Das durch die Jalousien hereinfallende Licht warf glitzernde Rauten an die Wand und der Gesang der Vögel hätte Leo fast aufspringen und vor Freude tanzen lassen. Sie musste nicht mehr warten, bis sie fünfzehn war, sie musste sich nicht mehr ständig fragen, welche Gabe sie als erstes fünftgeborenes Mädchen in der Geschichte von Mamás Familie mitbekommen hatte. Sie musste nicht mehr neidisch mitansehen, wie Marisol und Mamá Gegenstände aus dem Nichts zauberten oder wie Isabel die Stimmung am Küchentisch veränderte. Sie musste sich auch nicht mehr fragen, welche Geheimnisse Tía Paloma und die Zwillinge hüteten.

Sie, Leo, konnte Geister sehen!

Der Gedanke war aber auch ein bisschen erschreckend. Würde Leo jetzt wie Tía Paloma werden, die meist geistesabwesend und zerstreut war, weil ständig irgendwelche unsichtbaren Geister auf sie einredeten? Wie viele Geister waren denn nun hier? Würde sie in Zukunft jeden Morgen von ihnen geweckt werden?

»Leonora«, riss Abuela sie aus ihrem wirren Gedankenkarussell. Sie verschränkte die Arme und sah Leo sehr ernst an. »Falls dies deine Gabe ist, dann unterscheidet sie sich massiv von der deiner Schwestern.«

»Wie meinst du das?«

»Ich meine ...«, antwortete Abuela, »das hier.« Sie stand auf, hob einen Arm hoch und klopfte so kräftig an die Wand, dass Leo zusammenzuckte. Etliche kleine orangefarbene Gegenstände flatterten von der Stelle, auf die sie geklopft hatte, kleine weiche Ovale, die sich auf Leos Kissen sammelten. »Du siehst keine Geister«, erklärte Abuela. »Weil ich keiner bin. Nicht mehr. Ich bin hier. Ich bin massiv. Leonora, was hast du getan?«

»Ich?«, krächzte Leo. »Ich habe gar nichts getan.« Sie kniete sich aufs Bett und beugte sich zu Abuela vor, bis sie die weißen Haarsträhnen sehen konnte, die sich aus Abuelas Dutt gelöst hatten und sich um ihre Ohren kringelten.

Abuela trat einen Schritt zurück. »Nun, jemand muss es gewesen sein, denn in der einen Sekunde saß ich noch quietschfidel im Otro Lado, und in der nächsten wurde ich durch den Schleier gezogen und bin hier in deinem Zimmer gelandet!«

Der Schleier? Otro Lado? Leo wusste weder, was das eine, noch was das andere bedeutete, doch als ihre Abuela rückwärts gegangen war, hatten ihre Füße etliche dieser orangefarbenen Dinger aufgewirbelt, die dann auf dem Boden gelandet waren. Leo beugte sich aus dem Bett, hob eine Handvoll davon auf ... und stellte fest, dass es weiche orangefarbene Blütenblätter waren. Als sie eines zwischen ihren Fingern rieb, wurde der Duft, den sie gleich beim Aufwachen gerochen hatte, intensiver.

Es waren orangene Ringelblumen – die Blumen, die man am Día de los Muertos, dem Tag der Toten, auf die Altäre legte.

Mit großen Augen sah Leo ihre Abuela an, die nur mit den Schultern zuckte, was aber weitere Blütenblätter von ihrer Schulter auf den Boden fallen ließ.

»Wie es aussieht, kann ich offenbar nicht aufhören, mit diesen Blütenblättern um mich zu werfen. Leonora, was immer auch gerade passiert ist – wir müssen herausfinden, was es ist, um es wieder rückgängig zu machen. Und zwar schnell. Es gibt ein paar Linien, die nicht überschritten werden sollten.«

Leo war verwirrt, verängstigt und immer noch verschlafen, und vermutlich aus diesen Gründen war sie mutig oder missmutig genug, um Abuelas strengen Blick trotzig zu erwidern. »Ich habe keine Linien überschritten.« Sie warf ihre Decke zurück, sprang auf und richtete sich zu ihrer vollen Größe auf, um mit ihrer eher klein geratenen Abuela auf Augenhöhe zu sein. »Und da du ab jetzt in der realen Welt zu sein scheinst, wäre es mir lieber, wenn du mich ›Leo‹ nennst.«

Ihre Großmutter hielt ihrem Blick kurz stand, bevor sie dann aber mit der Zunge schnalzte und ein etwas freundlicheres Gesicht machte. »Du wirst Isabel immer ähnlicher, wie ich sehe.«

»Du meinst Marisol«, mutmaßte Leo.

»Unsinn.« Abuela wedelte mit einer Hand, was weitere Blütenblätter herunterschweben ließ. »Ich bin tot, nicht senil.

Ich meinte deine *Tía* Isabel. So ein Chaos anzurichten, sähe ihr ähnlich. Sie wusste nie, wann es besser war, die Grenzen ihres Könnens zu akzeptieren.«

Soweit Leo es beurteilen konnte, war Abuela die Einzige, die in ihrem Zimmer mit ihren Blütenblättern ein Chaos anrichtete, doch diese Meinung behielt sie tunlichst für sich. Sie blickte auf ihren Wecker und stellte fest, dass es 7.06 Uhr war und er in wenigen Minuten sowieso geklingelt hätte. Sie und Marisol durften heute etwas länger schlafen und sollten erst später in die Bäckerei kommen, um beim Einräumen der Regale mitzuhelfen und Kassendienst zu machen, sobald der morgendliche Kundenansturm einsetzte. Leo sah nur eine Option.

»Komm mit!« Sie nahm Abuela an die Hand und zog sie mit zur Tür. »Ich werde dir beweisen, dass es nicht meine Schuld ist.«

Nervös spähte Leo in den Flur, obwohl sie wusste, dass alle außer Marisol und ihr schon weg sein mussten. Zielgerichtet ging sie dann ans andere Ende des Flurs zu dem Zimmer, das Isabel und Marisol sich teilten. Abuelas glänzende schwarze Schuhe klackten auf den Holzdielen. Die Tür zum Zimmer ihrer älteren Schwestern stand offen und man konnte Isabels tadellos aufgeräumten Schreibtisch und ihr akkurat gemachtes Bett sehen. Erst als Leo den Kopf ins Zimmer streckte, sah sie auch Marisols Hälfte und ihr Bett: ein zerknülltes graues Laken, zwei schwarze, zusammengeknüllte Decken und farblich passende Kissen.

»Marisol?«, wisperte Leo. »Bist du wach?«

»Mein Wecker rattert erst in drei Minuten«, kam Marisols mürrische Stimme unter einem der Kissen hervor. »Hoffentlich hast du einen guten Grund, mich jetzt schon zu stören, Cucaracha.«

»Aufstehen, Perezosa!«, schimpfte Abuela, was wohl Faulpelz hieß, und schritt entschlossen durch den Raum, um Marisol an einer Ausbuchtung, die vermutlich ihre Schulter war, zu rütteln. »Habe ich dir nicht beigebracht, dass Gott dem Frühaufsteher beisteht?« Stirnrunzelnd drehte sie sich wieder zu Leo. »Klingt schrecklich auf Englisch.« Sie schüttelte noch etwas heftiger. »Aufwachen, meine Sinvergüenza.«

Wie eine Mumie, die sich aus ihrem Sarkophag erhob, setzte Marisol sich auf. Sie schälte sich aus ihren Decken und blinzelte mit verquollenen Augen Abuela an.

Dann stieß sie einen spitzen Schrei aus und fiel aus dem Bett.

»Leo, was hast du *getan*?«

Marisol war ganz bestimmt nicht die Person, der Leo freiwillig als Erste von Abuela erzählt hätte. Ihre sechzehnjährige Schwester hatte sich inzwischen wieder aufgerappelt und schritt auf Isabels Seite des Zimmers auf und ab, weil dort nichts auf dem Boden herumlag, über das sie hätte stolpern können.

»Ich habe gar nichts getan«, sagte Leo nun schon zum zweiten Mal an diesem Morgen, und ihre Stimme wurde schrill, als sie merkte, dass sie selbst erste Zweifel bekam. War es möglich, aus Versehen oder durch Zufall einen Zauber zu wirken? »Ich meine, ich glaube nicht, dass ich … Mit was für einem Zauber bekäme man das hin?«

Marisol änderte ihre Schrittrichtung und umkreiste nun ihre Großmutter in sicherem Abstand, als bestünde diese aus lebenden Schlangen.

»Hör auf damit!« Abuela verschränkte die Arme vor der Brust und funkelte Marisol an, die ihren Blick nicht minder empört erwiderte. »Ich bin deine Großmutter und kein Museumsexponat.«

»Du bist tot!«, fauchte Marisol. »Ich verstehe es nicht. Hast du einen Puls? Ist deine … ist deine Hüfte immer noch gebrochen?« Bei dieser Frage schnitt sie eine Grimasse und trat noch einen Schritt zurück, um ihre tote Großmutter erneut zu umkreisen.

Abuela schüttelte den Kopf. »Ich fühle mich bestens. Keine Schmerzen, nichts gebrochen, sogar meine Arthritis ist weg. Fingernägel normal lang. Kein übler Geruch – ich rieche doch nicht, oder?«

Sie blickte zu Leo, die zögerte, weil sie nicht wusste, ob der Geruch von Ringelblumen auch zählte.

»Nun, dann bin ich definitiv nicht im Fäulnisstadium«, sagte Abuela. »Immerhin steht das mal fest.«

»Was steht fest?«, fragte Leo.

»Dass sie … *du weißt schon*.« Marisol streckte beide Hände

von sich und verbog die Finger zu Krallen. »Kein Zombie ist.«

»Ich bin nicht aus dem Grab auferstanden«, stellte Abuela klar. »Und glaubt mir, darüber könnt ihr froh sein. Nekromantie bringt eine Menge Ärger mit sich und Gestank ist nicht das Schlimmste.«

»Kann sein …« Marisol trat auf Abuela zu und tippte sie vorsichtig an die Schulter. »Sag mal, du bist … erstaunlich massiv für einen Geist.«

Señor Gato, der große schwarze Kater der Logronos, wählte ausgerechnet diesen Moment, um gähnend ins Zimmer zu tapsen. Als er auf das erste Ringelblumen-Blütenblatt trat, blieb er abrupt stehen und seine Nase zuckte. Dann plusterte er seinen Schwanz auf und starrte Abuela kurz an, bevor er mit einem lauten Zischen blitzschnell wieder im Flur verschwand.

»Komisch, so benimmt er sich nie, wenn Alma und Belén mit Geistern reden«, sagte Marisol mit leicht bebender Stimme.

»Ich bin immer noch ein Geistwesen. Das sagen mir die Caléndula-Blütenblätter. Ich bin einfach nur … in die physische Welt gezogen worden. Sehr sonderbar, und der Kater war klug genug, es zu merken. Ich habe gar nicht gewusst, dass unsere Magie auch das möglich macht.«

Leo zuckte mit den Schultern und blickte zu Marisol, die endlich stehen geblieben war und nun beide Handflächen auf

Isabels Schreibtisch drückte. »Das ist nicht gut«, flüsterte sie. »Es ist sogar echt schlimm.«

Der Knoten in Leos Magen zog sich zu, als sie sah, wie sich die Schultern ihrer älteren Schwester hoben und senkten, als hätte sie gerade einen Tausend-Meter-Lauf im Stadion hinter sich. Isabel hatte zu Leo mal gesagt, dass Marisol sich vor Magie fürchte, aber Leo hatte ihr nicht geglaubt. Was gab es da zu fürchten?

»Halb so wild«, sagte Leo. »Wir bringen es wieder in Ordnung, oder?«

Abuela legte Marisol eine Hand auf die Schulter. Das Mädchen zuckte zusammen, erstarrte und holte dann tief und bebend Luft. »Ja, schon …«, sagte sie. Sie drehte sich um und hakte sich nach kurzem Zögern bei ihrer Großmutter ein. »Entschuldige, Abuela. Ich freue mich, dich zu sehen. Es ist nur so, dass … du weißt schon. Du dürftest nicht hier sein.« Marisol warf den Kopf in den Nacken und schnaubte. »Wenn Mamá davon erfährt, wird es garantiert mir in die Schuhe geschoben werden, wartet es ab!«

»Warum zieht ihr Mädchen euch nicht an?«, fragte Abuela. »Ich kann ja schon mal Frühstück machen.«

Marisol legte den Kopf schief und ihre Stirn glättete sich. »Arme Ritter?«, schlug sie vor.

»Gut, ich erwarte euch dann unten«, sagte Abuela. »Wenn ich jetzt schon diesen komischen Körper habe, kann ich auch was Nützliches damit anfangen.«

»Schau mal nach, ob in der Kanne da noch Kaffee ist?«, sagte Abuela gerade zu Marisol, als Leo die Küche betrat. Ihre ältere Schwester hatte bereits zwei Arme-Ritter-Scheiben auf dem Teller und zwei weitere brutzelten in der Pfanne. Wann immer Abuela sich bewegte, flatterten orangefarbene Blütenblätter durch die Küche. »Wenn ich jetzt wieder alles zu Fuß machen muss, habe ich mir eine Tasse Kaffee verdient. Sonst stehe ich das nicht durch.«

»Ich glaube, den Kaffee hat Dad noch leer getrunken, bevor er aus dem Haus ging«, sagte Marisol. Ein Lächeln huschte über ihre bisher grimmige Miene. »Wir haben dich ja nicht direkt erwartet, Abuela, sonst hätte er sicher zwei, drei Kannen mehr gemacht.«

Leo lächelte, als ihre Großmutter über Marisols Scherz laut lachte. Dass Abuela ein großer Kaffeefan war, war ihr neu, aber sie freute sich, es zu erfahren. Sie ging zum Herd und schnüffelte an der Pfanne. Dass Abuela so leckere Arme Ritter machen konnte, hatte sie auch nicht gewusst.

Das meiste, was sie über Abuela wusste, hatte sie aus Erzählungen gehört oder auf Fotos gesehen. Sie wusste zum Beispiel, dass Abuela einmal stocksauer in die Rose Hill Grundschule marschiert war, um sich mit einer Lehrerin anzulegen, die Tía Palomas Filzstifte beschlagnahmt hatte. »Wenn Sie einen interessanten Unterricht machen würden, müsste meine Tochter während Ihrer Stunden nicht herummalen, oder?« Leo hatte auch gehört, dass Abuela Mäusen und Kakerlaken gegenüber sehr nachsichtig war und sie mit Ködern aus der Bäckerei lockte, während sie Teenager, die sie beim Klauen erwischte, hochkant hinauswarf. Sie wusste, dass Abuela, als sie noch jünger gewesen war, immer ein paar Gummibärchen in der Tasche hatte, um sie Isabel und Marisol zuzustecken, aber nach der Geburt der Zwillinge war sie schon auf gesündere Süßigkeiten wie Fruchtriegel umgestiegen.

»Das war echt lecker«, seufzte Marisol, während sie die letzten Sirupkleckser von ihrem Teller auftupfte. »Aber es ist keine schöne Situation. Wir müssen herausfinden, wie wir dich dorthin zurückbefördern können, wo du hergekommen bist, Abuela.«

»Ganz deiner Meinung«, sagte Abuela, schob die Brotscheiben aus der Pfanne auf einen Teller und reichte ihn dann Leo.

Trotz des köstlichen Dufts krauste Leo die Stirn. Alma und Belén redeten die ganze Zeit mit Geistern und niemand fand es schlimm. Warum also mussten sie Abuela so schnell wieder loswerden? Marisol mochte Magie aus Prinzip nicht, aber Abuelas Frühstück aß sie gern. Und während Marisol eine neue Kanne Kaffee zubereitete, fragte sich Leo, ob es eine Möglichkeit gab, den Zauberspruch zu wiederholen, der ihre Abuela zurückgeholt hatte. War das Herbeirufen von Geistern ihr Geburtstalent, von dem sie nur noch nichts wusste? Alma und Belén konnten als Medien Botschaften zwischen Lebenden und Verstorbenen übermitteln, aber um wie viel besser wäre es, sie für jedermann sichtbar zurückzurufen? Wenn Tía Paloma ihre Schwester, Tía Isabel, wiedersehen könnte oder wenn Carolines Mutter …

»Ich denke, wir müssen in die Bäckerei«, sagte Marisol, die auf einem Hocker saß, während der Kaffee in die Kanne tröpfelte. »Doch der Gedanke, mit dir im Auto durch die Stadt zu fahren, behagt mir gar nicht«, sagte sie zu Abuela. »Das schreit geradezu nach Ärger. Was, wenn jemand dich erkennt? Wie sollten wir das erklären? Aber wenn schon, dann lieber gleich, solange es noch früh ist. Vielleicht benötigen wir ja ein paar Zutaten aus der Bäckerei, um dieses Missgeschick zu beheben. Und abgesehen davon, dass wir die Hilfe von Mamá und Tía Paloma brauchen, wollen sie dich sicher auch mit eigenen Augen sehen …« Sie erschauderte und zog den Kopf ein, als müsse sie sich jetzt schon vor den Fragen von Mamá und Tía Paloma verstecken. »Je schneller wir in die Bäckerei kommen, desto schneller können wir dich zurückschicken, Abuela.«

»Guter Plan«, sagte Leo spontan. Vielleicht konnte der Rest der Familie Marisol so weit beruhigen, dass sie einsehen würde, wie schön es war, Abuela wiederzusehen. Und vielleicht würden Mamá und Tía Paloma bestätigen, dass es an Leos Geburtstalent lag, und falls ja, dann konnte es nichts Schlechtes sein.

Abuela nickte. »Natürlich, Mädchen, ihr habt absolut recht.« Doch ihre Augen klebten an der erst halb vollen Kaffeekanne, und sie machte keinerlei Anstalten, die Küche zu verlassen.

»Na ja, so eilig ist es auch nicht«, sagte Marisol, und ihre Schultern entspannten sich etwas. »Wir können ruhig noch zehn Minuten warten, bis du deinen Kaffee getrunken hast.«

Die Fältchen um Abuelas Augen vertieften sich, wenn sie lächelte. »Es hat wahrlich Vorteile, als immaterielles Geistwesen im Otro Lado zu existieren«, sagte sie. »Man ist zum Beispiel nie hungrig oder durstig. Aber Kaffee habe ich vermisst. Die Erinnerung daran, wie Kaffee schmeckt, hatte ich nur, wenn ihr welchen zu meiner Ofrenda gestellt habt.« Sie eilte zum Kühlschrank, um die Milch herauszuholen, und weitere Blütenblätter flatterten hinter ihr zu Boden. Leo kickte sie zu einem Häuflein zusammen und nahm sich vor, sie in den Abfalleimer zu werfen, bevor sie das Haus verließen. Doch als sie den Fußboden nach weiteren Ringelblumen-Blütenblättern absuchte, stach ihr etwas über der Fensterbank ins Auge.

»Abuela?«, fragte sie. »Warst du heute Morgen schon draußen?«

Abuela legte beide Hände um ihren Kaffeebecher und atmete genüsslich den Geruch ein. »Nein, ich habe dir doch schon gesagt, dass ich direkt in dein Zimmer gezogen wurde und dich dann gleich geweckt habe.«

»Komisch.« Leo stellte sich auf die Zehenspitzen und lehnte sich über das Spülbecken, um über Mamás Miniatur-Kräuterbeet hinweg das orangefarbenen Blütenblatt zu inspizieren, das außen an der Scheibe klebte. Sie wollte gerade die nächste Frage stellen, als ein Klopfen an der Haustür sie verstummen ließ.

Abuela wollte zur Tür gehen, doch Marisol kam ihr zuvor. »Ich geh schon. Du bleibst hier und trinkst deinen Kaffee.« Sie sagte nicht direkt: ›Sei ganz still und tu so, als gäbe es dich nicht‹, doch Leo war sich sicher, dass Abuela die Botschaft auch so verstanden hatte.

Leo betrachtete erneut die Scheibe. Das Blütenblatt klebte eindeutig außen am Fenster. Obwohl es in Texas auch im Januar eher mild war, blühten um diese Jahreszeit keine Blumen.

»Hallo?«, hörten sie Marisol im Flur sagen. »Falls Sie zu meiner Mutter wollen, müssen Sie während der Geschäftszeiten in die Bäckerei gehen.«

»Du meine Güte.« Es war die Stimme einer alten Frau, vermutlich eine Bekannte von Mamá, die eine spezielle Bestellung aufgeben wollte. »Isabel?«

»Nein, ich bin die andere«, antwortete Marisol barsch. Dann, etwas höflicher: »Ich bin ihre Schwester Marisol.«

Leo tippte mit dem Finger an die Fensterscheibe und ein schrecklicher Verdacht stieg in ihr hoch. Mit einer Hand gab sie Abuela zu verstehen, dass sie warten solle, dann verließ sie die Küche und ging durch den Flur zur Haustür.

»Ich glaub's nicht«, sagte die alte Frau und beäugte Marisol von Kopf bis Fuß. Ihre dunkelbraune Haut lag in tiefen Falten um ihren Mund, die weißen Haare waren auf dem Kopf zu einem Knoten zusammengefasst. In einer doch recht kleinen Stadt wie Rose Hill war Leo es gewöhnt, Woche für Woche dieselben Gesichter zu sehen – in der Bäckerei, der Kirche, dem Lebensmittelladen und in der Schule. Touristen kamen zwar auch hin und wieder vorbei, zum Beispiel am Tag der Toten im November oder im Sommer, wenn sie auf der Durchreise durch die Hauptstraße schlenderten, um sich die Füße zu vertreten, aber eigentlich ging es in Rose Hill ruhig und familiär zu. Die Frau aber, die nun vor ihrer Tür stand, hatte Leo noch nie gesehen, da war sie sich ganz sicher.

»Isabel ist im Moment nicht da und meine Mutter auch nicht«, erklärte Marisol gerade, und Leo hörte eine leichte Gereiztheit in ihrer Stimme. »Wenn Sie eine der beiden sehen wollen, müssen Sie in die Bäckerei gehen.« Sie machte Anstalten, die Haustür wieder zu schließen, doch die Besucherin rührte sich nicht von der Stelle. Mehr noch, sie stand unnatürlich reglos da.

»Aber du weißt … ähm, du bist sicher schon fünfzehn, oder?«, fragte die Frau und musterte Marisol durch ihre dicken Brillengläser. *Ah, sie weiß definitiv Bescheid über Brujería,* dachte Leo.

Marisol schnaubte und ihre Augen verengten sich wie die von Señor Gato, wenn Leo ihn gegen den Strich streichelte. »Ich bin fast siebzehn.«

»Gut, dann kannst du mir helfen«, sagte die Frau erleichtert. »Ich brauche deine Hilfe.«

Marisol stand blinzelnd und stumm da, daher lief Leo zu ihr. »Wobei brauchen Sie Hilfe?«

Die Augen der alten Frau huschten zu Leo, während ihr Körper weiterhin reglos blieb. »*Du* bist bestimmt noch keine fünfzehn«, sagte sie dann skeptisch.

»Stimmt«, sagte Leo, »aber ich bin schon eingeweiht.«

»Oh …« Die Frau blickte kurz zu Marisol, die nickte. »Nun, wenn du meinst … Ich brauche eure Hilfe … bei dem hier.«

Unvermittelt hob sie beide Arme, klopfte an ihren langen, fließenden Rock und schüttelte den Kopf. Eine Lawine von orangefarbenen Blütenblättern wehte ins Haus. Mit einem leisen Aufschrei sprang Marisol rückwärts.

Ein weiterer Geist!

Leo erschrak.

»Leticia Morales?« Abuela streckte den Kopf aus der Küchentür. »Leti, ich hätte es wissen müssen! Du bist berühmt für deine dramatischen Auftritte!«

Mit einem strahlenden Lächeln betrat der Geist das Haus. »Lucy! Wie schön!« Sie schob sich an der aschfahlen Marisol vorbei und ließ eine Spur von orangefarbenen Blütenblättern hinter sich zurück, bevor sie Abuela umarmte. »Ich kann nichts dafür!«, sagte sie. »Aber mal ehrlich, fühlt es sich nicht großartig an?« Sie schüttelte erneut die Arme und ein weiterer orangegoldener Schwall rieselte auf den Fußboden.

Ein schwarzes Fellbündel flitzte jaulend an den beiden Geistwesen vorbei und zwischen Marisols Beinen hindurch zur Tür hinaus. Señor Gato verkroch sich unter seinem Lieblingsbusch im Vorgarten und beäugte von dort aus die beiden geisterhaften Eindringlinge in seinem Haus mit angelegten Ohren.

Marisol starrte Leo fassungslos an. »Mensch, Leo, was hast du nur *getan*?«

KAPITEL 6

Vom Otro Lado

Abuela und ihre Geisterfreundin saßen am Küchentisch, tranken Kaffee und verstreuten Blütenblätter, während sie sich in rasantem Spanisch unterhielten.

»… del Otro Lado …«

»… Diez años … me morí …«

»… la magia …«

»¿… Y Nalleli? ¿Anda echando flores por el ombligo como nosotras?«

Leo verstand nur so viel, dass Abuelas Freundin vor zehn Jahren gestorben war. Und dass ein gewisser Nalleli eventuell auch Blumen verstreute. Marisol tigerte derweil zwischen Tisch und Herd hin und her, und mit ihren rastlosen Schritten wirbelte sie so viele Blütenblätter auf, dass sie selbst fast wie ein Geist aussah. »Wir können sie nicht verstecken, auf gar keinen Fall«, murmelte sie vor sich hin. »Völlig ausgeschlossen, dass wir damit allein klarkommen. Echt, ich will nichts damit zu tun haben und Leo ist …« Marisol warf Leo einen vorwurfsvollen Blick zu. »Und das bedeutet, dass wir Mamá anrufen müssen.« Mit entschlossener Stimme fügte sie noch hinzu: »Und zwar gleich.«

Sie blieb endlich stehen und drehte ihr Handy hin und her, machte aber keine Anstalten, die Nummer anzutippen.

Leo sah ihre Schwester eine weitere Runde durch die Küche drehen. Im Vergleich zu Marisol war Leo relativ ruhig, doch das Auftauchen von Abuelas Freundin hatte auch sie erschreckt. Das konnte keinesfalls an ihrem Geburtstalent liegen, oder? Mamá und Marisol konnten als Zweitgeborene Gegenstände aus dem Nichts zaubern, aber das war ihnen auch in jungen Jahren nie unabsichtlich passiert, soweit Leo wusste. Wäre ihre Familie enttäuscht von ihr? Würden sie alle wie Marisol denken, dass Leos Geburtstalent ein Problem war, gegen das so schnell wie möglich etwas getan werden musste?

Wie gern hätte Leo mit Caroline darüber geredet!

»Gib her, ich rufe an.« Leos Magen verknotete sich vor Nervosität, aber sie hatte ihre Lektion gelernt und wusste, dass man Probleme beim Zaubern besser nicht für sich behielt, sondern seine Familie um Hilfe bat.

Marisol drückte ihr Handy an die Brust. »Du kapierst es nicht«, fauchte sie. »Ich war dabei, als Alma und Belén erklärt wurde, was es mit ihrem Geburtstalent auf sich hat. Und Tía Paloma war … strikt dagegen, Tote aufzuwecken.«

»Es sind Geistwesen«, rief Leo ihrer Schwester in Erinnerung. »Keine Zombies.« Was sie aber trotzdem etwas gruselig fand. »Was … was hat sie denn genau gesagt?«

»Nichts Gutes«, wisperte Marisol, während sich Abuela und ihre Geisterfreundin weiterhin angeregt unterhielten und lachten. »Es ist wirklich total wichtig, dass niemand sie sieht oder von ihrem Auftauchen erfährt. Ich meine, niemand außerhalb unserer Familie. Verstanden, Leo? Es wäre eine absolute Katastrophe.«

Leo machte automatisch ein finsteres Gesicht, obwohl sie nicht wusste, ob sie sauer war, weil Marisol ihr unterstellte, ein Geheimnis nicht für sich behalten zu können, oder weil sie sich ertappt fühlte. Sie hatte tatsächlich mit dem Gedanken gespielt, Caroline anzurufen.

»Halten wir uns also an unseren Plan«, sagte Leo. »Wir fahren zur Bäckerei, setzen uns dort zusammen und überlegen gemeinsam, wie wir sie wieder zu normalen Geistern machen können, zu unsichtbaren Geistern, meine ich.« Als ihre Schwester erneut an ihr vorbeimarschierte, hielt sie sie am Handgelenk fest. »Lass mich jetzt anrufen!«

»Moment noch!« Marisol biss sich auf die Unterlippe. »Es gibt da noch ein Problem.«

Diesen Einwand fand Leo nicht weiter überraschend. Marisol hielt beide Hände hoch und Abuela blickte herüber.

»Was ist, Marisol?«, fragte sie. »Wir sind bereit. Wir können los, sobald ihr Mädchen so weit seid.«

»Hmmm«, begann Marisol. »Ich weiß, dass wir in der Bäckerei die nötigen Zutaten haben, die wir für einen Umkehrzauber brauchen, aber vielleicht wäre es leichtsinnig, ins Stadtzentrum zu fahren. Ich meine, falls plötzlich weitere Geister neben Leo auftauchen, dann besser hier als auf der Hauptstraße, oder?«

Leos Magen zog sich noch mehr zusammen. Abuela schürzte die Lippen, während sie nachdachte. Ihre Geisterfreundin schüttelte irritiert den Kopf. »Ich bin nicht plötzlich neben Leo aufgetaucht. Ich komme vom Haus meines Sohnes, in der Wide Oak Lane. Er hat mich im Dunkeln für einen Einbrecher gehalten und so einen Radau gemacht, dass ich fluchtartig das Weite gesucht habe.«

Marisol und Abuela starrten die alte Frau überrascht an.

»Das ergibt keinen Sinn«, stammelte Marisol ratlos.

»Oh doch.« Abuela nickte bedächtig.

»Was hat das zu bedeuten?«, fragte Leo. »Wenn Sie von der Wide Oak Lane gekommen sind, wie sind Sie dann *dorthin* gekommen?«

»Ich habe es dir doch schon erklärt«, sagte Abuela und erhob sich, um sich erneut Kaffee nachzugießen. »Ich wurde direkt in dein Zimmer gezogen, ohne Vorwarnung. Bei dir, Leti, war es sicher ähnlich, oder?«

Ihre Geisterfreundin nickte.

»*Woher* gezogen?«, hakte Leo nach.

Abuela dachte kurz nach, bevor sie sagte: »Ich nenne es

immer ›el Otro Lado‹. Die andere Seite, das Jenseits, die Geisterwelt. Diese Welt existiert parallel zur materiellen Welt, nur eben getrennt. Die Grenze ist dehnbar, sie kann sich verziehen und dünner werden, zum Beispiel am Día de los Muertos, an Todes- und Geburtstagen. Brujas wie deine Tante und deine Zwillingsschwestern können hinüberblicken und bei speziellen Gelegenheiten und mit den richtigen Zaubersprüchen sogar mit Geistern kommunizieren. Aber reißen dürfte die Grenze eigentlich nicht. Sie dürfte keine Geister durchlassen. Mit dieser Art von Magie hat sich unsere Familie nie beschäftigt. Die Grenze existiert schließlich nicht ohne Grund.«

»Tja, Leo hat Grenzen schon immer gern ignoriert«, warf Marisol patzig ein.

Leo schüttelte den Kopf. »Ich habe keine Grenzen ignoriert«, sagte sie. »Ich habe die ganze Nacht geschlafen. Ich habe *gar nichts* gemacht.« Sie hatte das Gefühl, ihr Kopf stecke in einer Mikrowelle, deren Teller sich drehte und drehte. Wie konnte das ihr Geburtstalent sein, wenn sie gar nichts bewusst getan hatte? Wie um alles in der Welt könnte sie Geister herbeirufen, die dann irgendwo ganz anders in der Stadt auftauchten? Was, wenn das, was sie behauptete, stimmte und sie völlig unschuldig an dem mysteriösen Geschehen war?

Aber wenn nicht sie, wer dann? Leo war wild entschlossen, diesem rätselhaften Phänomen auf den Grund zu gehen, auch wenn ihr keiner glaubte. »Abuela«, sagte sie, »und Mrs …?«

»Mrs Morales«, antwortete Abuela, während ihre Geisterfreundin sich gleichzeitig vorstellte als: »Leticia, aber nennt mich ruhig Leti.«

Leo stutzte. »Morales? Kennen Sie zufällig Tricia Morales?«

Abuela schmunzelte und Mrs Morales lachte nickend. »Meine Enkelin«, sagte sie. »Ein liebes Mädchen. Wundert mich nicht, dass ihr zwei befreundet seid.«

Leo lächelte. Tricia war in der Schule in ihrer Lesegruppe und sie war auch eines der Gründungsmitglieder des Probier- und Backclubs. Leo kannte Tricia seit dem Kindergarten, aber es war ihr neu, dass schon ihre Großmütter befreundet waren.

»Es ist mir sehr schwergefallen, sie zu verlassen«, sagte Mrs Morales leise, eigentlich mehr zu sich selbst als zu Leo. »Sie war erst etwas mehr als ein Jahr alt und mit ihren Eltern bei mir im Krankenhaus, als ich starb. Sie weinte, weil sie nicht zu mir aufs Bett klettern durfte. Aber es waren so viele Leute da, Ärzte und Schwestern und so weiter, und ich wollte ihr sagen, dass ich sie liebe, dass ich gern bei ihr bleiben würde, wenn ich könnte, aber …«

Mrs Morales seufzte. Leos Herz wurde schwer, als sie sich die kleine Tricia im Krankenhaus vorstellte.

»Ich bin mir sicher, dass sie sich nicht daran erinnert«, fuhr Mrs Morales fort. »Sie ist ein kluges Mädchen und spielt wunderbar Klarinette. Und sie versteht sich so gut mit ihren Eltern …« Abuela tätschelte Mrs Morales' Arm.

Leo dachte, dass Mrs Morales vermutlich recht hatte und

Tricia sich nicht an den Tod ihrer Großmutter erinnerte. Tricia hatte bestimmt so wenige Erinnerungen an ihre Großmutter wie Leo. War es besser oder schlechter, wenn man sich nicht an den Schmerz erinnerte, den man empfand, als man eine geliebte Person verlor? Leo schüttelte den Kopf, um wieder klar denken zu können. Sie musste wie eine Ermittlerin vorgehen. Sie durfte nicht traurig sein wegen ihrer Freundin und deren Großmutter, an die sie sich ohnehin kaum erinnerte.

Aber … die Grenze hatte Leo daran gehindert, ihre Abuela näher kennenzulernen, genau wie im Fall von Tricia und Leticia Morales. Sie trennte Tía Isabel von Tía Paloma und Mrs Campbell von Caroline. Nein, diese Grenze schien keine tolle Sache zu sein.

»Gab es im Otro Lado etwas, das ihr gemeinsam gemacht habt?«, fragte Marisol und fuhr sich nervös durch die Haare. »Etwas, das euch verbindet?«

Die beiden Frauen sahen sich an. »Das ist schwer zu erklären«, sagte Mrs Morales dann bedächtig. »Im Otro Lado ist es … irgendwie anders.«

»Bitte versuch es zu erklären!« Leo sah Abuela flehentlich an.

Abuela setzte ihren Kaffeebecher ab. »Im Otro Lado«, begann sie dann seufzend, »ist es am einfachsten, wenn man … hm, alles ist. Etwas Besonderes zu sein, also man selbst, kostet viel Kraft. Aber als ich durchgezogen wurde, war ich ich selbst.«

Leo konnte sich nicht so recht vorstellen, wie Geister existieren konnten, ohne sie selbst zu sein, und Marisols skeptische Miene verriet, dass sie genauso verwirrt war.

Mrs Morales nickte. »Ich auch. Ich wurde einfach aus dem Alles gerissen und hatte plötzlich meinen alten Körper wieder.« Sie lächelte ähnlich hoffnungsvoll wie Leos Lehrerin, Ms Wood, nachdem sie ein kompliziertes Matheproblem erklärt hatte.

»Was bedeutet das?«, fragte Leo. »Alles zu sein?« Sie hatte nie groß darüber nachgedacht, was nach dem Tod mit einem Menschen passierte. Natürlich hatte sie Angst gehabt, jemanden von ihrer Familie zu verlieren, besonders nachdem Carolines Mutter krank geworden war, aber sie hatte den Tod immer vom Standpunkt der Lebenden aus gesehen, der Hinterbliebenen. Solange sie sich zurückerinnern konnte, hatte Mamá von Geistern geredet, wie andere am Día de los Muertos von ihnen redeten, so, als wären sie ganz normale Verwandte, die von weither zu Besuch kamen. Zu erfahren, dass ihre Familie magische Fähigkeiten hatte, und mitzuerleben, wie Alma und Belén mit Abuela und verstorbenen Familienmitgliedern redeten, hatte Leo in dem Glauben bestärkt, dass sich der Tod nicht wesentlich vom Leben unterschied. Als sie früher in der Kirche mal das Wort »Himmel« hörte, hatte sie Mamá nach der Messe gefragt, was es bedeutete. Den Himmel stellte sie sich seither als eine Art Spiegelbild des Lebens auf der Erde vor, nur eben oben in den Wolken. Dass man nach dem Tod eventuell aufhörte, man selbst zu sein – dieser Gedanke war ihr nie gekommen.

»Tut mir leid«, sagte nun Mrs Morales. »Aber das kann man euch Lebenden unmöglich erklären.«

»Auf eurer Seite des Schleiers ist alles so starr«, ergänzte Abuela. »Und ihr braucht Sprachen, wenn ihr euch etwas mitteilen wollt, und das stellt eine enorme Einschränkung dar.«

»Wie wahr!« Mrs Morales klopfte auf den Tisch, was weitere Blütenblätter durch die Gegend flattern ließ. »Es ist mir richtig schwergefallen, mich schriftlich auszudrücken, als ich für meinen Sohn Freddy eine Nachricht geschrieben habe. Ich frage mich, wie ich das früher geschafft habe.«

»Sie haben *was* getan?«, fragte Marisol entgeistert. »Sie haben ihm eine Nachricht geschrieben?!« Ihre Stimme war mit jedem Wort schriller geworden.

»Ja«, sagte Mrs Morales. »Aber ich weiß nicht, ob ich mich klarer ausgedrückt habe, als ich es jetzt hier tue.«

Leo starrte ihre ältere Schwester an und erst jetzt geriet auch sie in Panik. »Sie haben ihm geschrieben, dass Sie gerade aus dem Totenreich gekommen sind?«

»Aus dem Otro Lado, sì«, korrigierte Mrs Morales.

Marisol wimmerte.

»Hat er sie gelesen?«, fragte Leo. Vielleicht hatte er ja sehr positiv reagiert, und das würde beweisen, dass das Auftauchen der Geistwesen keine Mega-Katastrophe war. Vielleicht hatte er aber auch die Polizei gerufen, und die war nun bereits auf dem Weg hierher, um Leo wegen Geisterbeschwörung zu verhaften.

»Oh, er hat sie noch gar nicht gesehen. Ich bin noch mal kurz ins Haus geschlichen und habe den Zettel auf den Couchtisch gelegt, nachdem er zur Arbeit gegangen war.«

Abuela beäugte ihre Freundin kopfschüttelnd. »Leti, wie leichtsinnig von dir!«

Mrs Morales schnaubte. »Was hätte ich anderes tun sollen? Ich wollte nicht, dass er sich Stress macht, weil er denkt, bei ihnen sei eingebrochen worden! Außerdem musste ich ihm etwas sehr Wichtiges sagen. Du weißt nicht, wie es ist, Lucy. Du kannst mit deinen Mädchen reden, wann immer du Lust hast. Für mich war es vermutlich eine einmalige Gelegenheit.«

Einerseits hat Mrs Morales ja recht, dachte Leo. Nachdem sie selbst jahrelang das dumpfe Gefühl gehabt hatte, dass ihre Familie etwas vor ihr verheimlichte, hatte Leo Verständnis dafür, dass jemand Geheimnistuerei satthatte. Aber andererseits hatten Mamá und Tía Paloma sie beide gebeten, niemandem von den magischen Fähigkeiten ihrer Familie zu erzählen, und Isabel hatte ihr erklärt, warum das so wichtig war. Wie würden sie reagieren, wenn sich herausstellte, dass Leo einen Pulk von redseligen Geistern herbeigerufen hatte und bald halb Rose Hill von ihrem Familiengeheimnis erfahren würde?

Aber gut, vielleicht hatte sie, Leo, gar nichts mit dem Erscheinen der Geister zu tun. Aber wenn sie jetzt nicht handelte, wäre es ihre Schuld, wenn Tricias Dad eins und eins zusammenzählte und die magischen Fähigkeiten ihrer Familie ans Licht kamen. Hatte ihre Familie schon einmal jemandem die Einweihung in die Magie wieder entzogen?

»Okay«, verkündete Marisol schließlich mit grimmiger Miene. »Neue Priorität. Wir müssen diesen Zettel holen.«

»Das kann ich machen«, bot Leo spontan an. »Ich war schon ein paar Mal bei Tricia. Wenn du mich hinfährst, dauert es nur ein paar Minuten.«

Abuela griff erneut nach ihrem Kaffeebecher und leerte ihn in einem Zug. Als Mrs Morales widersprechen wollte, fuhr sie ihr über den Mund: »Leti, te quiero mucho, aber dir muss klar sein, dass das nicht geht. Eine Nachricht von dir würde Freddy, und vielleicht sogar der ganzen Familie, einen gehörigen Schreck einjagen. Mit solchen Dingen muss man sehr vorsichtig sein.«

Mrs Morales blickte alles andere als überzeugt drein.

»Sobald wir die Nachricht geholt haben«, sagte Marisol, »bitten wir meine Tía Paloma, Ihrem Sohn auf weniger erschreckende Weise eine Nachricht zukommen zu lassen. Sie ist Expertin für Kommunikation mit dem Jenseits. Sie weiß sicher, was zu tun ist.«

Mrs Morales zögerte zuerst, doch dann nickte sie. Als Marisol die beiden Geister am Ellbogen packte, ließen sie sich von ihr widerstandslos zur Hintertür führen.

»Das können wir alles im Auto besprechen«, sagte Marisol. »Oh, hier.« Sie ließ Abuela kurz los, um Leo ihr Handy zuzuwerfen. »Unterwegs kannst du Isabel simsen, dass wir demnächst mit einem … magischen Problem in der Bäckerei aufkreuzen und es super wäre, wenn sie schon mal damit anfangen würde, Mamá und Tía Paloma *milde* zu stimmen.«

Leo kippte die Kinnlade herunter. Marisol wollte Isabel bitten, ihre Kräfte einzusetzen?

»Oh, schau mich nicht so an!«, knurrte Marisol. »Wir haben im Moment wahrlich andere Sorgen. Da muss uns jedes Mittel recht sein.«

KAPITEL 7

Morgendlicher Überfall

Das Haus der Morales' lag nicht weit weg von Leos, und sie hätte zu Fuß gehen können, wären da nicht die zwei Geister gewesen, die versteckt werden mussten. Leo hatte Tricia öfter besucht, seit sie im November in der Schule den Probier- und Backclub gegründet hatten. Normalerweise spazierte Leo ganz gern an den niederen Backsteinhäusern in ihrer Nachbarschaft vorbei. Dann winkte sie Mrs Jones zu, die immer in ihrem Schaukelstuhl saß und mit ihren weißen Haaren und der hellen Haut fast wie eine lebensgroße Version der Steinskulpturen aussah, die ihren Vorgarten bevölkerten. Sie nahm auch gern die Abkürzung über das unbebaute Grundstück am Elm Drive, hüpfte durch das hohe Gras und hielt nach der streunenden Katze Ausschau, die irgendwo im Gestrüpp hauste. An diesem Morgen aber war dafür keine Zeit. Sie mussten schnell an ihrem Ziel sein.

Wieder ertappte sich Leo bei dem Wunsch, Caroline bei sich zu haben. Zu zweit würde ihnen sicher einfallen, wie sie unauffällig an Mrs Morales' Zettel kämen.

Leti Morales kicherte, als sie und Abuela auf den Rücksitz von Mamás Van kletterten. »Lucy, weißt du noch, dass wir früher oft von Miguel Antonio und seiner Schwester mitgenommen wurden? Dem mit dem wilden Haarschopf?«

Abuela lachte laut und schrill, doch als Marisol den beiden alten Frauen vom Fahrersitz aus einen vorwurfsvollen Blick zuwarf, herrschte schnell wieder Ruhe.

»Das hier ist kein Schulausflug!«, bellte Marisol.

Abuela nickte. Doch schon nach wenigen Sekunden beugte sie sich zu ihrer Freundin und flüsterte ihr etwas ins Ohr, laut genug, dass Leo es hören konnte. »Ich musste gerade daran denken, wie Alfredo dich damals in seinem Cabrio mitgenommen hat.«

Marisol ignorierte ihr ersticktes Kichern, abgesehen davon, dass sie mit quietschenden Reifen aus der Einfahrt fuhr. Leo klammerte sich mit einer Hand an ihren Sicherheitsgurt, mit der anderen tippte sie eine SMS an Isabel. Wie würde ihre älteste Schwester die Nachricht aufnehmen? Allein schon bei dieser Vorstellung begann ihr Puls zu rasen. Wie Abuela vorhin zu Mrs Morales gesagt hatte, eigneten sich gewisse Nachrichten nicht dazu, schriftlich weitergegeben zu werden.

In ihrer SMS hielt sie sich an Marisols Vorschlag und

schrieb nur von einem ›magischen Problem‹, ohne die Geister ausdrücklich zu erwähnen.

Mrs Morales ließ das hintere Fenster herunter, schloss die Augen und lächelte selig, als der Wind ihre Löckchen zerzauste und Ringelblumen-Blütenblätter auf die Straße wehte, die in den vom nächtlichen Regen übrig gebliebenen Pfützen landeten.

»Das lassen wir schön bleiben!«, befahl Marisol, betätigte den Fensterheber und drückte energisch auf den Knopf der Kindersicherung. Unterdrücktes Gelächter von der Rückbank schüttelte den Van.

Leo trommelte an das Beifahrerfenster und wünschte sich, die Geister wären etwas zurückhaltender und weniger albern. Ob Tricia wohl zu Hause war? Es war noch früh, deshalb schlief sie vermutlich noch, aber würde Leo es ins Haus schaffen, ohne ihre Freundin aufzuwecken? Und was sollte sie sagen, falls Tricia sie ertappte?

Leo hatte noch keine vernünftige Idee, als sie auch schon angekommen waren. Marisol hielt ein Stück weiter weg an und Abuela und Mrs Morales verstummten. Leo schluckte.

Die Morales' wohnten in einem einstöckigen beigefarbenen Backsteinhaus mit Azaleenbüschen an der Vorderseite und der rot-weiß-blauen Fahne von Puerto Rico am Fenster. Mr Morales' Autowerkstatt, in der er auch mit Gebrauchtwagen handelte, lag ein paar Häuserblocks weiter in Richtung der Hauptstraße, und dort hingen gleich vier Fahnen am

Zaun – die amerikanische, die texanische, die puerto-ricanische und die mexikanische – vier Symbole, die mit ihrem freundlichen Winken Kunden anlocken sollten.

»Was jetzt?«, fragte Marisol. »Meint ihr, es ist jemand zu Hause?«

»In der Garage steht kein Auto«, gab Leo zu bedenken.

»Freddy und Olivia sind schon zur Arbeit gefahren«, erklärte Mrs Morales. »Das habe ich gesehen.«

»Und was ist mit Tricia?«, fragte Marisol.

Mrs Morales biss sich auf die Lippen und zuckte mit den Schultern.

Marisol fuhr sich durch die Haare. »Okay, und wo genau liegt dieser Zettel?«

Nach einigem Hin und Her und bösen Blicken hatte Marisol Leo davon überzeugt, dass es am Unauffälligsten wäre, einfach anzuklopfen. »Falls Tricia dir nicht öffnet, können wir davon ausgehen, dass sie noch schläft oder schon unterwegs ist, und dann überlegen wir, wie du am besten ins Haus kommst. Falls sie aber an die Tür kommt, ist es auch nicht schlimm. Dann fragst du sie einfach irgendwas wegen der Schule.«

Leo nickte. So wie Marisol es sagte, klang es nicht schwer. Sie musste nur ins Wohnzimmer kommen, wo Mrs Morales den Zettel hinterlegt hatte, und ihn einstecken, bevor Tricia ihn entdeckte. Ganz einfach.

»Und wenn sie sieht, wie ich den Zettel an mich nehme?«,

überlegte Leo laut. »Es wäre besser, wenn ich ihn gegen irgendwas austauschen könnte.«

Marisol nickte. Sie ballte ein paar Mal eine Faust, und als sie die Finger dann wieder ausstreckte, hatte sie das Blatt eines Notizblocks in der Hand. Dann noch mal dieselbe Übung, und sie hielt einen Stift in der Hand und konnte rasch eine harmlose Einkaufsliste schreiben.

Leo versuchte, nicht neidisch zu sein auf das angeborene magische Talent ihrer Schwester. Sie holte tief Luft, schob Marisols Liste in den Ärmel ihres grünen Hoodies und hüpfte aus dem Auto. Ihr Magen verknotete sich, und in ihrem Kopf überschlugen sich die Befürchtungen, was alles schiefgehen könnte. Doch sie gab sich einen Ruck, marschierte zur Haustür und betätigte den Türklopfer.

Nichts. Sie klopfte noch ein zweites Mal, wartete eine Minute und klopfte leise noch ein drittes Mal. Vielleicht war Tricia ja schon unterwegs. Sie blickte über die Schulter zum Van zurück. Wenn ihr niemand öffnete, würde sie zurücklaufen und Marisol bitten, ihr dank ihrer Zauberkräfte einen Pick oder Dietrich zu zaubern, mit dem sie das Schloss knacken könnte. Aber Leo wusste gar nicht, wie man ein Schloss knackte, und deshalb war es vermutlich keine gute Idee. Noch bevor ihr eine Lösung einfiel, wurde die Tür einen Spaltbreit geöffnet.

Tricia Morales blinzelte sie mit ihren braunen Augen verschlafen an.

»Leo? Was machst du hier?« Sie öffnete die Tür nun ganz

und Leo sah ihre flauschige rosa Pyjamahose und einen zerzausten Pferdeschwanz. »Wie spät ist es?«

»Hi!«, sagte Leo. Sie setzte ein breites Lächeln auf, doch ihr wurde ganz heiß, als sie merkte, dass sie keinen Schimmer hatte, was sie sagen sollte. »Ähm … hallo. Es dürfte ungefähr halb neun sein.«

»Aha.« Tricia rieb sich das Gesicht. Jetzt, wo Leo Mrs Morales kannte, sah sie, wie ähnlich Tricia ihrer Großmutter war. Sie hatte die gleichen vollen Wangen und bogenförmigen Augenbrauen. »Und … was gibt's?«

»Och, nicht viel«, antwortete Leo automatisch. Tricia sah sie fragend an. »Ach so … ich bin gekommen, um dich zu fragen …« Die Schule fing erst in vier Tagen wieder an. Was sollte Leo also fragen oder brauchen? »Ich wollte nur …« Leo durchforstete ihr Gehirn nach einer brauchbaren Lüge, doch ihr fiel beim besten Willen keine ein.

Tricia krauste die Stirn. »Alles in Ordnung? Was stimmt nicht?«

»Mir geht's gut, danke. Alles okay«, antwortete Leo eine Spur zu hastig.

»Aha! Du kommst also am frühen Morgen in den Winterferien hier an, um mir zu sagen, wie spät es ist und dass alles in Ordnung ist?« Tricia war sichtlich irritiert.

»Ich …« Leo klappte den Mund auf und wieder zu. Sie schaffte es nicht. Sie bräuchte Caroline an ihrer Seite, der immer blitzschnell höchst kreative Lügen einfielen.

Sie brauchte Caroline.

Caroline – genau, das war's!

»Ich habe mich gestern mit Caroline gestritten«, sprudelte es aus Leos Mund. »Meine Familie hat ihr zu verstehen gegeben, dass sie zu oft in der Bäckerei rumhängt. Und ich habe sie nicht in Schutz genommen und jetzt hasst sie mich bestimmt.«

»Oh nein!«, seufzte Tricia. »Das tut mir leid. Willst du nicht reinkommen? Ich habe Froot Loops da.«

Leo folgte Tricia ins Haus. Als ihre Freundin die Haustür zumachte, konnte Leo noch einen schnellen Blick zu dem Van werfen, den Marisol ein Stück zurückgesetzt hatte, sodass er nun etliche Häuser weiter unten parkte. Als Marisol eine Hand hob und den Daumen hochstreckte, schlug Leos Magen einen schuldbewussten Purzelbaum. Sie wurde allmählich ziemlich gut im Lügen.

»Also, was genau ist passiert?«, fragte Tricia, als sie die Küche betraten, wo sie Leo eine Schale und den Karton mit den bunten Getreideringen in die Hand drückte.

Leo wünschte sich, Tricias Haus wäre ein bisschen mehr wie das von Caroline, wo das Wohnzimmer zu allen anderen Räumen des Hauses führte. Aber vielleicht war es ganz gut, dass bei Tricia die Küche den Mittelpunkt bildete, denn das bedeutete, dass Tricia den Zettel ihrer toten Großmutter vermutlich noch nicht entdeckt hatte.

Aber wie kam Leo nun an diesen Zettel?

Sie schüttete ein paar Froot Loops in ihre Schale, ließ die

Milch aber auf der Anrichte stehen und stopfte sich einige der trockenen Ringe in den Mund. »Danke«, sagte sie. Sie musste unbedingt etwas Zeit schinden, während sie noch überlegte, wie sie ihren Streit mit Caroline schildern konnte, ohne das Wort Magie zu erwähnen.

»Entschuldige, dass es hier so aussieht.« Tricia räumte einige weiße Papiertütchen und Plastikfläschchen vom Küchentisch in eine Schublade neben der Spüle. »Aber diese Woche war echt …« Schulterzuckend goss sie etwas Milch über ihre Getreideringe.

Leo mampfte weiter trockene Ringe, während sie im Kopf ihre Möglichkeiten durchspielte. Das Gästeklo war auf der falschen Seite des Hauses, gegenüber vom Wohnzimmer. Konnte sie behaupten, aufs Klo zu müssen, stattdessen aber ins Wohnzimmer flitzen, ohne dass ihre Freundin etwas merkte? Es war ziemlich riskant.

»Leo?« Tricia wedelte mit einer Hand. »Erde an Leo?«

Leo schluckte die trockenen Ringe hinunter und hustete. »Entschuldige, wie bitte?«

»Wolltest du nicht über Caroline reden?«, fragte Tricia. »Falls nicht, ist es auch okay, aber ich hatte den Eindruck, du willst es.«

Leo nickte. »Richtig. Kann ich … ähm, vorher noch schnell auf eure Toilette?«

»Klar.« Tricia griff nach ihrer Schale und führte Leo in den Flur.

»Ich weiß, ich weiß. Zweite Tür links.« Leo versuchte, ihre Freundin abzuschütteln, doch Tricia kam mit. Leo schloss die Tür und wartete, doch statt sich entfernender Schritte hörte sie nur das Knacken von Froot Loops. Verflixt, wenn Tricia im Flur auf sie wartete, konnte Leo unmöglich ungesehen ins Wohnzimmer flitzen.

Okay. Leo starrte in den länglichen Spiegel. *Du schaffst es!* Tricia hatte den Zettel noch nicht entdeckt.

Ihr Gesicht im Spiegel sah weniger überzeugt aus.

Da Leo nun ohnehin schon im Gästeklo war, konnte sie auch gleich pinkeln. Sie wandte sich vom Spiegel ab – und sprang vor Schreck fast an die Decke. Orangefarbene Blütenblätter lagen auf der Fensterbank über der gekippten Milchglasscheibe oberhalb der Toilette, und faltige Finger versuchten gerade von außen, den Fenstergriff zu erreichen.

»Mrs Morales?« Leo kletterte auf den Toilettensitz, um das Fenster zu öffnen. »Was zum Kuckuck machen Sie hier?«, zischte sie. »Gehen Sie sofort zum Auto zurück!«

»Warum dauert es so lange?«, fragte Mrs Morales. »Hat sie den Zettel schon gesehen? Kann ich kurz mit ihr reden?«

»Nein!«, fauchte Leo. »Gehen Sie weg! Ich tue, was ich kann.«

»Ich muss ihr etwas Wichtiges sagen«, beharrte Mrs Morales. »Es ist sehr wichtig. Ich muss ihr sagen …«

»Hey!« Marisol kam über den Weg neben dem Haus herbeigerannt. »Kommen Sie sofort zurück!«

Leo schlug das Fenster zu. Sollte die wütende Marisol doch sehen, wie sie mit Mrs Morales zurechtkam. Grundlos spülte sie die Toilette, wusch aber in echt die Hände und kehrte zu Tricia zurück, die im Flur stand und Getreideringe mampfte.

»Danke«, sagte sie, als Tricia mit ihr in die Küche zurückging. Leo lächelte tapfer, obwohl sie am liebsten vor Frust geschrien hätte.

»Weißt du schon, dass meine Mom mich endlich etwas mehr in der Bäckerei mithelfen lässt?«, sagte Leo, als sie wieder am Küchentisch saßen. Sie schob sich eine Handvoll Froot Loops in den Mund und zerbiss sie knackend.

Tricia nickte. »Ja, hast du erzählt, als du die Marranitos für den Probier- und Backclub mitgebracht hast. Du hast gesagt, du hättest sie selbst gebacken.«

Leo lächelte. »Ja, richtig. Deshalb bin ich nach der Schule jetzt öfter dort, und Caroline kommt manchmal vorbei. Und das stört meine Mom und meine Schwestern. Sie glauben, dass … ich weiß nicht … dass Caroline mich vom Arbeiten abhält. Und sie wollen auch nicht, dass sie mir beim Lernen hilft, ähm, ich meine, der verschiedenen Backtechniken.«

»Warum? Befürchten sie, Caroline könnte eure Geheimrezepte klauen und eine eigene Bäckerei aufmachen?«, fragte Tricia grinsend.

Leo rang sich ein gekünsteltes Lachen ab. »Ich weiß nicht.

Sie haben mir ziemlich zugesetzt, fast so, als müsste ich zwischen meiner Familie und …« Etwas Orangefarbenes blitzte auf und brachte Leo aus der Spur. »Und … ähm …« Erschrocken blickte sie zum Küchenfenster und tatsächlich tauchte Mrs Morales Kopf über dem Fenstersims auf. Leo täuschte einen Hustenanfall vor, um eine wegscheuchende Bewegung zu überspielen.

»Das klingt total unfair«, sagte Tricia. »Deine Familie sollte dir nie das Gefühl geben, dass du keine Freundinnen haben darfst.«

»Nun ja, das sagen sie nicht direkt … Ach, das Ganze ist etwas kompliziert.« Wie konnte Leo ihre Familie in Schutz nehmen, ohne die Sache mit der Magie zu erwähnen?

Mrs Morales fuchtelte mit beiden Armen und schien auf etwas zu zeigen. Leo wedelte kopfschüttelnd zurück.

»Was ist los?« Tricia drehte den Kopf, gerade als Mrs Morales sich zum Glück duckte.

»Nichts, da war ein Moskito.« Leo war echt sauer. »Ähm, du hast recht. Meine Familie ist total gemein.« Sie hob die Stimme und hoffte, dass man sie vor dem Fenster hören konnte. »Ich finde es unglaublich, dass sie so sind!«

Wie um alles in der Welt hatte Mrs Morales Marisol schon wieder entkommen können? Und warum wollte der Geist so verzweifelt mit Tricia reden? Egal – Leo würde nicht zulassen, dass jemand das Geheimnis ihrer Familie gefährdete!

»Meine Eltern sind auch gemein«, sagte Tricia plötzlich,

rührte durch die grüne und blaue Milch am Boden ihrer Müslischale und starrte auf die Farbspiralen. »Ich weiß nicht, ob ich es schon erzählt habe, aber …«

»Sollen wir ein bisschen fernsehen?«, schlug Leo unvermittelt vor. Sie musste ins Wohnzimmer, jetzt gleich, und möglichst schnell wieder von hier verschwinden, bevor Mrs Morales alles vermasseln würde.

»Was?« Tricia war noch verwirrter als zuvor. »Ach so, klar. Können wir.« Tricia nahm Leos leere Müslischale und drehte sich damit zur Spüle, direkt zu dem Fenster, hinter dem Mrs Morales lauerte.

»Ich mach's schon!« Leo riss Tricia beide Schalen aus den Händen und stellte sie in die Spüle. Von hier aus war Mrs Morales unter dem Fensterbrett deutlich zu sehen, obwohl sie sich duckte. Die alte Frau winkte ihr verlegen zu.

Leo ließ etwas Wasser in die Schalen laufen und nutzte ihren Standort, um Mrs Morales einen finsteren Blick zuzuwerfen. *Verschwinden Sie!*

Mrs Morales zeigte wieder auf etwas, links von der Spüle.

»Lass sie stehen!«, sagte Tricia. Leo wirbelte herum und machte einen Schritt auf die Freundin zu, damit sie nicht näher kommen konnte. »Wir können in mein Zimmer gehen und uns irgendwas ansehen.«

Leo hatte total vergessen, dass Tricia einen eigenen Fernseher in ihrem Zimmer hatte.

»Nein, ähm, ist schon okay«, machte sie einen Rückzieher

und setzte sich wieder an den Küchentisch. »Wir müssen nicht … na, egal.«

Tricia beobachtete sie mit zusammengekniffenen Augen und bewegte sich langsam ebenfalls wieder auf ihren Stuhl zu, wie jemand, der es mit einem wilden Tier zu tun hatte. »Wie du willst«, sagte sie. »Also, schieß los, was ist gestern genau passiert?«

»Was?« Leo schielte wieder zum Fenster. »Gestern?« Nach einer kurzen Pause tauchte Mrs Morales' Hand erneut über dem Fensterbrett auf und zeigte auf dieselbe Stelle wie vorhin schon.

»Gestern. Du hast gesagt, Caroline sei in die Bäckerei gekommen?«, half Tricia Leo auf die Sprünge. »Was …?« Sie drehte den Kopf, um zu sehen, worauf Leo die ganze Zeit starrte.

»Ach, nichts«, antwortete Leo. »Ich sagte es ja schon. Ich … ich habe nicht zu Caroline gehalten, als meine Familie sie praktisch rausgeworfen hat. Und da ist sie davongerannt, und ich habe … ich habe seither nicht mehr mit ihr geredet … Sag mal, was hast du vorhin in die Schublade dort gelegt?«

Leo hatte endlich begriffen, dass Mrs Morales ständig auf die halb offene Schublade neben dem Spülbecken zeigte, in die Tricia vorhin, als Leo gekommen war, ein paar Sachen gepackt hatte.

Weiße Papiertüten mit länglichen Etiketten. Orangefarbene Plastikfläschchen. Ähnliche Sachen hatte Leo schon mal gesehen …

»Ach so, nur ein paar Sachen meiner Eltern.« Tricia sprang auf und drückte die Schublade ganz zu. »Bist du sicher, dass du nicht fernsehen willst?«

Leo hatte in letzter Zeit so viel geschwindelt und verheimlicht, dass sie Tricias hektisch gemurmelte Worte mühelos deuten konnte. »Was ist bei euch los?«, fragte sie. Die Schublade war voll mit verschreibungspflichtigen Medikamenten, genau wie damals bei Caroline, nachdem ihre Mutter die schlimme Diagnose erhalten hatte. »Ist jemand … krank?«

Tricias eben noch taffes Gesicht fiel wie ein ruiniertes Soufflé in sich zusammen. »Ach, es ist nichts«, sagte sie mit leiser Stimme. »Du musst nicht … Ich meine, du hast schon genug eigene Sorgen.«

»Nein.« Leo schüttelte den Kopf. Im Moment waren Tricias Sorgen wichtiger als ihre eigenen. Sie selbst war nur eine Schwindlerin, eine hinterhältige Tussi, die unter einem Vorwand hergekommen war, während ihre Freundin echte Probleme hatte. »Alles gut. Ich höre dir zu.«

Seit Leo hier war, hatte sie Tricia keine Sekunde zugehört. Sie hatte auch Caroline nicht zugehört, seit diese aus Costa Rica zurück war. Vor schlechtem Gewissen wand sie sich auf ihrem Stuhl.

»Es geht um meinen Dad«, sagte Tricia schließlich. »Er hat gesundheitliche Probleme. Es hat mit seinem Blutdruck und seinem Herz zu tun. Er und Mom wollen mir nicht erzählen, was los ist, sie behaupten, alles sei in Ordnung, aber ich bin ja nicht blöd. Ich weiß, dass es etwas Ernstes ist. Er hat es neulich erfahren, aber er tut so, als sei nichts. Und meine Mom sagt, er müsse unbedingt seine Medikamente nehmen, sonst … Aber er hört nicht auf sie. Und ich habe Angst um ihn.«

Als Tricia redete, richtete sich Mrs Morales auf, drückte eine Hand ans Fenster und hörte gespannt zu. Sie kniff die Lippen zusammen, zog die Schultern hoch und schloss gequält die Augen. In diesem Moment sahen sie und Tricia sich ähnlicher denn je.

»Das tut mir leid«, sagte Leo. Sie wusste nicht, zu welcher der beiden sie es sagte. »Es tut mir wirklich leid.«

Tricia zuckte mit den Schultern. »Du kannst ja nichts dafür. Mein Dad ist nur … er stellt sich taub, sobald es um dieses Thema geht. Ich weiß nicht, warum. Als wenn ihm seine Gesundheit piepegal wäre. Ich wünschte, jemand könnte ihm klarmachen, dass er auf seine Ärzte hören muss, regelmäßig seine Medizin nimmt und seine Krankheit ernst nimmt.«

Leo hatte Mrs Morales nicht gefragt, was auf dem Zettel stand. Sie hatte sich auch nicht gefragt, was die alte Frau ihrem Sohn so Wichtiges zu sagen hatte. Nun aber hatte sie eine Vermutung, was auf dem Zettel stehen könnte.

Machte sie gerade einen Fehler? Sollte sie Tricia umdrehen und Mrs Morales ins Haus holen? Leo hatte das Lügen und die Geheimnisse so satt! Sie wollte auch nicht länger eine gute Bruja und dafür eine schlechte Freundin sein.

»Tricia«, begann sie vorsichtig. »Vielleicht … vielleicht gibt es ja jemanden, der deinem Vater sagen könnte, was er tun soll und auf den er hören würde?«

»Ich weiß, ich weiß.« Tricia vergrub das Gesicht in den Händen. »Ich kann es nicht, Leo. Ich kann es einfach nicht. Ich weiß, ich sollte, aber … er ist mein Vater. Er sagt immer, er müsse auf mich aufpassen und nicht umgekehrt. Und immer wenn ich mich dazu durchringen will, werde ich total nervös und …«

»Moment mal.« Leo vergaß für einen Moment ihre Schuldgefühle und konzentrierte sich auf das, was Tricia gesagt hatte. »Du hast deinen Dad noch gar nicht darauf angesprochen?«

An dem Fenster hinter Tricia nickte Mrs Morales, verdrehte die Augen und gestikulierte wie wild.

»Er hat mir nicht mal erzählt, dass er jetzt so viele Medikamente nehmen müsste«, sagte Tricia. »Ich weiß es nur, weil sie hier herumliegen und weil Mom und er sich ständig deswegen streiten, und das bekomme ich natürlich mit. Aber offiziell weiß ich von nichts.«

»Aber das ist ja …« Leo legte die Stirn in Falten. Mrs Morales kreiste mit den Händen, um sie zum Weiterreden aufzufordern. »Du musst unbedingt mit ihm darüber reden. Er kann nicht so tun, als sei alles in bester Ordnung.«

Mrs Morales streckte zufrieden beide Arme in die Luft, was triumphierende Blütenblätter um ihren Kopf tanzen ließ.

»Stimmt, Leo, du hast recht«, sagte Tricia. »Ich werde ihn zwingen, mir zuzuhören. Er sollte wissen, dass ich weiß, was los ist, dass ich Angst um ihn habe und er nicht länger so tun darf, als sei alles in bester Ordnung.« Tricia schlug mit einer Faust auf den Tisch. Hinter ihr setzte Mrs Morales zu einem Freudentanz an.

Leo strahlte. »Klingt nach einer guten Idee.«

»Du solltest aber auch mit deinen Leuten reden«, sagte Tricia zu Leo. »Über Caroline, meine ich. Sie verhalten sich falsch. Sag es ihnen. Und entschuldige dich bei Caroline. Ich bin mir sicher, dass sie sich freut, wenn du dich bei ihr meldest.«

»Ja …« Leo zuckte mit den Schultern und kam sich wie die scheinheiligste Tussi der Welt vor. Tricia war so mutig, mit ihrem Vater zu reden. Sie dagegen nahm ihre Familie immer noch in Schutz und schwindelte lieber ihre Freundinnen an. Caroline würde sicher nichts mehr von ihr wissen wollen, wenn Leo nicht bereit war, sich in Zukunft anders zu verhalten.

»Warte kurz«, schniefte Tricia. »Ich brauche ein Tempo. Bin gleich wieder da.« Sie stand auf, um in den Flur zu gehen. Mrs Morales duckte sich schnell. »Danke«, sagte Tricia noch, bevor sie die Küche verließ.

Leo, die nun drei Sekunden lang allein sein würde, zögerte.

Sie könnte den Zettel auch liegen lassen. Sie könnte mit dem Lügen aufhören.

Aber würde Tricia sich besser fühlen, wenn sie den Zettel las? Oder wäre sie nur verwirrt, wütend oder ängstlich? Wenn Tricia ohnehin bereit war, mit ihrem Vater zu reden, war der Zettel ihrer Großmutter ja eigentlich überflüssig.

Leo flitzte ins Wohnzimmer, nahm den Zettel vom Couchtisch, faltete ihn mehrfach und ließ ihn dann in ihrer Tasche verschwinden, bevor sie in die Küche zurückflitzte.

»Ich sollte jetzt besser gehen«, sagte sie zu Tricia, als diese mit einem Päckchen Tempo in die Küche zurückkam. »Du hast recht, ich muss mit meiner Familie reden. Danke fürs Zuhören.«

»Ich danke *dir*«, antwortete Tricia. »Entschuldige, dass ich hauptsächlich über *meine* Probleme geredet habe.«

Leo hätte am liebsten laut gelacht. Tricia hatte sich wesentlich weniger egoistisch verhalten als sie.

»Willst du nicht noch eine Weile bleiben?«, fragte Tricia. Sie putzte sich ihre gerötete Nase. »Mai wollte nachher vorbeikommen.«

»Nein, danke.« Leo lächelte. »Ich soll nachher mit meiner Schwester in die Bäckerei fahren. Deshalb muss ich jetzt nach Hause. Aber grüß Mai von mir.«

Sie verließ das Haus und winkte, bis Tricia die Haustür zumachte, dann rannte sie zu Marisols Auto.

Mrs Morales saß seelenruhig auf der Rückbank. Ihre Arme

waren mit Kabelbindern an die Armstützen gefesselt, doch sie strahlte über das ganze Gesicht.

»Ich will nicht darüber reden«, sagte Marisol, noch bevor Leo fragen konnte, wie der Geist ihr hatte entkommen können. Leo zog die Augenbrauen hoch, als sie die roten Abdrücke von zu engen Kabelbindern an Marisols Handgelenken sah.

Marisol schüttelte den Kopf. »Ich habe einen nützlichen Gegenstand herbeigezaubert, aber beim ersten Mal ging's schief. Aber ich will nicht darüber reden. Verstanden?«

»Verstanden.« Leo zog den Zettel aus ihrer Tasche und reichte ihn Abuela, die ihn Mrs Morales in die gefesselten Hände drückte. »Fahren wir!«

KAPITEL 8

Ein kleiner Umweg

Mrs Morales' Freude hielt auch noch an, als sie zur Bäckerei weiterfuhren, besonders als Marisol kurz nach hinten griff und den Kabelbinder von ihren Handgelenken verschwinden ließ. »Meine Enkelin ist ein tolles Mädchen«, erklärte sie Abuela. »Davor habe ich mich so hilflos gefühlt. Ich konnte nichts tun, um Freddy zu helfen, obwohl ich gespürt habe, welche Angst er hat. Aber jetzt weiß ich, dass Tricia es in Ordnung bringen wird. Sie ist so ein kluges Kind. Und Freddy wird das Richtige tun.«

Abuela nickte. »Du hast ihn gut erzogen.«

»Leider hat er genauso einen Dickkopf wie ich.« Mrs Morales seufzte. »Ich war auch immer unerträglich, wenn ich krank war.«

»Oh ja, ich erinnere mich.« Abuela kicherte. »Als du dir damals den Knöchel verstaucht hattest, wolltest du trotzdem zu Fuß nach Hause gehen, und ich musste dich den ganzen Weg stützen. Und das nur, weil du der Meinung warst, Alfredo würde dich wie ein kleines Kind behandeln.«

Mrs Morales lachte. »Ach je, stimmt. Hatte ich total vergessen.«

»Klar, du warst auch nicht die Person, auf die du dich gestützt hast«, schnaubte Abuela. »Ich habe vermutlich bis heute blaue Flecken, mira!«

Leo lächelte, trotz ihrer Bauchkrämpfe. Obwohl sie wusste, dass die Geister nicht hierher gehörten, fand sie es toll, ihre Großmutter besser kennenzulernen. Und es war auch lustig, Abuela und ihrer Freundin zuzuhören. Sie war froh, dass Tricia nun eine mögliche Lösung für ihr Problem gefunden hatte und Mrs Morales sich besser fühlte. Doch jetzt, wo die Sache mit dem Zettel erledigt war, drängten sich Leos eigene Sorgen wieder in den Vordergrund. Auf dem Weg zur Bäckerei fragte sie sich erneut, ob auch Mamá *sie* für das Erscheinen der Geister verantwortlich machen würde. War sie wirklich eine schlechte Freundin und würde Caroline ihr je verzeihen? Und wäre Tricia sauer auf sie, wenn sie wüsste, dass Leo sie vorhin größtenteils angelogen hatte?

Sie blickte in den Rückspiegel, um die beiden alten Damen zu beobachten – und schnappte entgeistert nach Luft.

»Was ist?« Marisol trat auf die Bremse. »Was ist los?«

»Abuela, deine Haare!« Leo staunte. Der weiße Dutt ihrer Großmutter war plötzlich von schwarzen Strähnen durchzogen genau wie Mrs Morales' Haare. Die beiden Geister sahen sich perplex an.

»Ich dachte, ich fühle mich jünger, weil ich mit dir zusammen bin«, sagte Abuela erstaunt.

Mrs Morales kicherte und rieb sich über die weniger tiefen Falten in ihrem Gesicht. »Meinst du, das geht so weiter? Dann sind wir heute Abend wieder jung genug, um tanzen zu gehen!«

Marisol kniff die Lippen zusammen. »Habt ihr vergessen, dass ihr euch nirgends blicken lassen dürft?«, fauchte sie.

»Schon gut, schon gut«, sagte Abuela beschwichtigend. »War nur ein Scherz. Obwohl uns vermutlich niemand erkennen würde. Die Leute kennen uns ja gar nicht mehr als junge Frauen.«

»Tja, *ihr* Pech!«, kommentierte Mrs Morales trocken, und Abuela wollte sich ausschütten vor Lachen.

Marisol drückte das Gaspedal durch und der Van fuhr aufheulend die Straße entlang.

»Ihr müsst euch jetzt ducken!«, befahl Marisol, als sie auf die Hauptstraße einbogen. Nervös schielte sie zu dem Wagen, an dem sie gerade vorbeifuhren, und anschließend zu Ms Flores, die gerade an der Fensterdekoration ihres Restaurants herumwerkelte. »Ich habe das Gefühl, dass euch jeder sieht.«

Abuela und Mrs Morales kicherten noch übermütiger.

Leo starrte auf die Regentropfen, die sich auf der Windschutzscheibe sammelten. Als das Kichern auf der Rückbank urplötzlich verstummte, spitzte Leo die Ohren und hörte Mrs Morales wispern: »¿Esos son …?«

Leo sah in den Rückspiegel und merkte, dass Abuela und Mrs Morales aufgeregt auf etwas neben dem Auto zeigten. Sie wirbelte herum, um zu sehen, was deren Aufmerksamkeit erregt hatte.

Auf dem Gehsteig war, zwar etwas zerstreut vom Nieselregen, unverkennbar eine Spur von orangefarbenen Blütenblättern zu sehen, die eindeutig zu einer Ladentür mit einer grünen Markise führte – dem kleinen Baumarkt Cannon's Hardware.

»Stopp!«, rief Leo entsetzt, und Marisol trat so heftig auf die Bremse, dass alle Insassen nach vorn geschleudert wurden.

»Was ist passiert?«, rief Marisol. »Jemand hat uns gesehen, richtig? Und dieser Jemand wird Fragen stellen.« Sie holte mehrmals tief Luft. »Okay, was werden wir sagen? Ihr seid unsere Tanten. Unsere Großtanten aus Mexiko, die zu Besuch gekommen sind. Abuela hatte eine Zwillingsschwester und Mrs Morales ist eine angeheiratete …«

»Marisol!« Leo zeigte auf den Baumarkt. »Niemand hat uns gesehen, aber ich fürchte, dort drin ist ein Geist. Ich gehe schnell rein. Pass du auf die beiden auf!« Und schon sprang sie aus dem Wagen und rannte über den Asphalt.

Im Baumarkt gab es kein Glöckchen über der Tür, dafür aber eine orangefarbene Katze, die miaute, als Leo die Tür aufriss und beinahe ihren Schwanz eingeklemmt hätte. Der

Baumarkt war ein großes, rechteckiges Gebäude mit Aluminiumwänden und Betonfußböden, unterteilt in Abteilungen für Werkzeuge, Holz, Sanitärsachen und andere Dinge, über die Leo nichts wusste. Sie war bisher nur mit ihrer Mutter in dem hinteren Plexiglasanbau gewesen, wo es Gartenbedarf und Pflanzen gab. Und genau dorthin führte auch die Spur der Blütenblätter, die dieselbe Farbe hatten wie die Katze, die neugierig an ihnen schnüffelte.

Vor der Gartenabteilung stieß Leo auf einen Jungen in einem grünen Poloshirt, der gerade Ringelblumen-Blütenblätter zusammenfegte und in einen Abfalleimer warf. Seine hellbraune Haut, die gewellten schwarzen Haare und die großen Ohren kamen Leo irgendwie bekannt vor; er ging bestimmt auf die Rose Hill Highschool und war eventuell sogar mit Marisol befreundet. Ihre Schwester hätte besser den Geist verfolgen sollen.

»Hi, kann ich dir helfen?«, fragte der Junge mechanisch und nahm sich immerhin einen der Stöpsel aus dem Ohr. Er beäugte Leo von oben bis unten (und das von sehr weit oben, denn er war über einen Meter achtzig groß). »Hast du, ähm, deine Eltern verloren?«

Leo wollte dem Typen gerade sagen, dass sie kein Kleinkind war, doch sie schluckte diese Bemerkung schnell hinunter, weil sie plötzlich eine Idee hatte.

»Ja«, sagte sie nur. »Ich war mit meiner … Tante, äh, mit meinem Onkel unterwegs. Also mit meiner Tante und meinem Onkel und ich habe sie verloren. Aber ich glaube, einer von ihnen ist hier reingegangen. Ich weiß aber nicht, wer von den beiden.«

Der Junge zuckte gelangweilt mit einer Schulter. »Ja, ich hab ein Pärchen gesehen. Vor 'ner Minute waren sie noch mit ihren Kindern hier und haben Blumen gekauft. Erst als sie wieder weg waren, habe ich gesehen, was für eine Sauerei sie hinterlassen haben«, erklärte er mit einem vielsagenden Blick auf seine Kehrschaufel.

Leo riss die Augen auf. »Nein, ich glaube nicht, dass sie es waren«, quiekte sie und hoffte, dass nicht etwa eine ganze Geisterfamilie durch die Stadt turnte.

»Tja, dann ist nur noch der Typ da hinten hier.« Der Junge streckte einen Arm aus, doch dann verzog er das Gesicht. »Himmel, kapiert denn kein Mensch, dass man Blumen auch anschauen kann, ohne sie gleich zu zerfleddern?«

Der Kunde im Gartenanbau stand in einem Kreis aus gelben Blütenblättern und inspizierte gerade eine Gartenschere.

»Ah, das muss er sein!«, keuchte Leo. »Ähm, er ist es, definitiv.«

Der Junge zog seine buschigen Augenbrauen hoch. »Das soll dein Onkel sein?«

Wie Leo erst eine Sekunde zu spät erkannt hatte, war der Mann bestimmt so alt wie Abuela. Er stand gebeugt, hatte kaum noch Haare und eine blasse rosa Haut und rosige Wangen.

»Mein Großonkel«, verbesserte sie sich, »angeheiratet.«

Der junge Mann zuckte erneut mit einer Schulter und widmete sich wieder seiner Kehrschaufel. Leo presste die Hände zusammen, damit sie nicht zitterten, und konnte kaum glauben, dass sie mit dieser schwachsinnigen Lüge durchgekommen war. Aber sie musste den jungen Angestellten irgendwie ablenken, bevor sie sich ihrem »Großonkel« näherte. Wer weiß, wie der alte Mann reagieren würde, wenn plötzlich eine »Großnichte« vor ihm stand, von der er nichts wusste.

Leos Gedanken rasten so schnell wie ihr Puls. Ein überzeugendes Ablenkungsmanöver musste her, das den Jungen von hier weglocken würde. Worauf standen Teenager? Leo hatte keine große Erfahrung im Umgang mit Teenie-Jungs, abgesehen von ihrem Cousin JP, der aus der väterlichen Linie ihrer Familie stammte und auf Weltraumfilme stand. Alle anderen Teenie-Jungs, mit denen Leo je zu tun gehabt hatte, waren die pickligen Typen, die Marisol manchmal bis nach Hause folgten und sie mit Welpenblicken anschmachteten.

Nun, einen Versuch war es wert.

»Kennst du zufällig meine Schwester?«, fragte Leo auf gut Glück. »Marisol Logrono?«

Seine Augenbrauen schossen erneut in die Höhe, und seine Stimme überschlug sich fast, als er sagte: »Ach, sie ist deine Schwester?« Er hüstelte und fuhr dann etwas tiefer fort: »Ja, wir haben ein paar Fächer zusammen. Sie ist cool.« Die Spitzen seiner Ohren liefen rot an. »Warum fragst du?«

»Sie sitzt draußen im Auto«, antwortete Leo. »Und wartet zusammen mit … anderen Großtanten. Wir haben ein großes Familienfest. Zum Día de los Reyes …« Leo machte schnell den Mund zu, bevor sie ihre Lüge mit noch weiteren verwirrenden Details ausgeschmückte. Zum Glück schien der Junge gar nicht richtig zugehört zu haben, denn er schielte zum vorderen Bereich des Geschäfts, zum Parkplatz. Sie holte tief Luft. »Sie hat gesagt, sie würde dir gern Hallo sagen.«

»Wow, cool. Das ist cool.« Er räusperte sich. »Ich muss sowieso gleich den Müll rausbringen.« Er lehnte den Besen an die Wand und eilte zur Eingangstür, so eilig, dass er beinahe vergessen hätte, den weitgehend leeren Mülleimer mitzunehmen.

Leo grinste. Der Umgang mit Teenagern war gar nicht so schwer.

Kaum war der Junge weg, steuerte sie den alten Mann an.

»Entschuldigung …«, sagte sie zögerlich. Der Mann blickte nicht einmal von der Schere auf. Er studierte das Etikett und seine Lippen bewegten sich, als er es las. »Ähm, entschuldigen Sie«, wiederholte sie. »Sir?« Sie trat noch einen Schritt näher und tippte dem Mann auf die Schulter.

Er zuckte zusammen und ließ die Schere fallen. »Allmächtiger«, schimpfte er. »Schleich dich nicht an, junge Lady. Wie kann ich dir helfen?«

Leo setzte ihr freundlichstes Lächeln auf. »Hi! Ich heiße Leo Logrono, und ich weiß, dass Sie vom Otro Lado kommen …«

»Geht's etwas lauter?« Der alte Mann machte eine halbe Drehung und beugte sich zu Leo hinunter.

»Ähm, hallo, ich bin Leo. Ich weiß, dass Sie …« Das mit dem Otro Lado wollte Leo nicht schreien. »Wissen Sie, Sie müssen …« Der alte Mann starrte sie intensiv an und bewegte die Lippen im Takt zu ihren Worten. »Würden Sie bitte mit mir kommen?«

Der Mann nickte zuerst, doch dann richtete er sich auf und schüttelte den Kopf.

»Sorry, junge Lady. Ich bin in einer wichtigen Mission unterwegs. Du kannst dir nicht vorstellen, in was für einem Zustand mein Garten ist! Total vernachlässigt! Ich war nur fünf, sechs Jahre lang fort, aber er sieht aus, als hätte in der Zwischenzeit kein Mensch auch nur ein Hälmchen Unkraut gejätet. Natürlich weiß ich, dass der Januar nicht der ideale Zeitpunkt ist, um einen Garten wieder auf Vordermann zu bringen, aber mit etwas Glück …« Er ging ein Stück weiter den Gang entlang, griff nach einer neuen Schere und murmelte Sachen wie Pflanzsaison und mehrjährige Pflanzen vor sich hin, während er eine Spur von orangefarbenen Blütenblättern hinter sich zurückließ.

»Nein«, sagte Leo, und dann, eine Spur lauter: »Nein, warten Sie! Sie müssen mit mir kommen.« Sie biss die Zähne zusammen. »Dafür haben wir jetzt keine Zeit.«

»Ganz recht, junge Lady, der Zeitpunkt ist nicht ideal. Welche Arten können in dieser Jahreszeit umgepflanzt werden?

Ich weiß nicht, wie lange ich Zeit habe, um alles zu erledigen, bevor ich wieder zurückgezogen werde.«

»Das habe ich nicht gemeint …« Leo stampfte frustriert mit dem Fuß auf und wäre beinahe auf den Ringelblumen-Blütenblättern ausgerutscht. Schade, dass sie nicht Isabels Gabe der Beeinflussung hatte! Oder Marisols Gabe, Spinnen oder Wespen herbeizuzaubern – das hätte den Alten möglicherweise aus dem Geschäft gejagt. Ein Jammer, dass Caroline nicht da war! Ihr würde bestimmt einfallen, wie sie den alten Mann nach draußen locken könnten.

»Sir«, sagte sie möglichst ruhig und leise. »Ich weiß, was Sie meinen. Ich weiß, woher Sie kommen. Und es ist sehr wichtig, dass Sie jetzt sofort mit mir kommen. Es ist … eine Art Notfall.«

Gänzlich unbeeindruckt betrachtete der Alte nun eine Reihe von Topfpflanzen, die ein Stück weiter vorne standen. Er schien sie gar nicht gehört zu haben! Leo hatte weder eine angeborene Gabe wie ihre Schwestern noch die Hilfe ihrer besten Freundin. Aber die Zeit drängte, und das hieß, dass sie sich etwas einfallen lassen musste.

Sie lief dem alten Mann nach und zupfte ihn am Ärmel, bis er sie endlich wieder ansah. »Sir, ich versuche, Ihnen klarzumachen, dass Sie dringend mit mir kommen müssen … zur Pflanzschule. Das ist ein neues Geschäft und dort haben Sie eine sehr viel größere Auswahl. Sie werden staunen!« Leo redete absichtlich laut. »Und wenn Sie jetzt gleich mitkommen, ähm, an unserem Eröffnungswochenende, erhalten Sie zwanzig Prozent Rabatt.« Leo setzte ihr bestes Verkäuferinnenlächeln auf, das sie schon geübt hatte, wenn sie in der Bäckerei an der Kasse saß. »Wollen Sie sich unser riesiges Pflanzenangebot nicht wenigstens mal ansehen?«

Der Alte kaute auf seiner Unterlippe. »Ich weiß nicht, ob mir eure Geschäftspraktiken gefallen. Kinder anheuern, die Kunden aus anderen Geschäften locken sollen.« Er blickte auf die Staude in seiner Hand, hielt sie sich näher vors Gesicht und las das Preisschild. »Zwanzig Prozent, hast du gesagt?«

»Nur heute, am Eröffnungswochenende.« Leo lächelte ihn mit hochgezogenen Augenbrauen an. Ihre Fingernägel bohrten sich in ihre Handfläche.

»Na schön, ich kann mir dieses neue Geschäft ja wenigstens mal ansehen. Geh voraus, junge Lady.«

Das ließ sich Leo nicht zweimal sagen. Bevor er es sich anders überlegen würde, zog sie ihn aus dem Anbau, zur Tür hinaus und an dem Jungen mit dem grünen Poloshirt vorbei, der sich zu Marisols Fenster hinunterbeugte. Leo riss die hintere Tür auf und schob den alten Mann resolut auf die Rückbank – »Kostenloser Shuttle«, erklärte sie ihm rasch, als er dreinschaute, als würde er sich wehren wollen – und sprang dann schnell auf den Beifahrersitz. »Schnell, fahr los!«, zischte sie Marisol zu, die nickte, den Jungen vom Auto wegscheuchte und aufs Gaspedal trat.

»Das sieht mir aber nicht nach einem Shuttle aus«, sagte

der neue Geist. »Wo soll diese Pflanzschule noch mal sein?« Als Leo nicht gleich eine passende Antwort einfiel, klopfte er von hinten auf Marisols Kopf. »Verzeihung, Miss, aber arbeiten Sie wirklich für diese neue Gärtnerei?«

»Leo, was redet er da?«, fragte Marisol. »Hast du den alten Herrn etwa angelogen?«

Leo zog den Kopf ein. »Er wollte nicht auf mich hören.«

»Keine Bange«, versicherte Abuela dem neuen Fahrgast. »Die Mädchen wollen uns helfen. Sie bringen uns zurück, durch den Schleier.«

»Sie bringen uns zurück?«, schnaubte der Alte empört. »Und was ist mit meinem Garten?«

»Herrje, die arme Seele will ihren Garten in Ordnung bringen.« Mrs Morales seufzte wehmütig. »Das wird er doch wohl noch dürfen, bevor ihr ihn zurückschickt, oder? Ich finde, es ist ein absolut verständlicher Wunsch, und wem würde es schaden?«

»Hier wird gar nichts mit irgendwelchen Gärten gemacht!«, fauchte Marisol. »Ihr geht wieder dorthin zurück, wo ihr herkommt, und zwar sobald wir wissen, wie's geht.«

»Entführung mit unredlichen Versprechen«, beschwerte sich der Alte lautstark. »Ich habe dich für ein nettes junges Ding gehalten und jetzt entpuppst du dich als üble Trickbetrügerin!«

Leo ballte die Hände und zählte die Häuserblocks bis zur Bäckerei, um sich von dem dichten Knäuel von Gewissensbissen in ihrem Bauch abzulenken. Sie wollte weder lügen noch einen alten Mann von seiner Gartenarbeit abhalten, aber die Geister durften nicht gesehen werden, und ein Rundgang durch irgendwelche Geschäfte war absolut tabu.

»Wie reden Sie mit meiner Enkelin!«, mischte sich Abuela ein, doch der Alte schimpfte unbeirrt weiter, bis Marisol hinter der Bäckerei mit der vorderen Stoßstange an den Bordstein schrammte.

Leos Muskeln entspannten sich. Marisol, neben ihr, stieß einen langen Seufzer aus. Selbst auf der Rückbank herrschte lange genug Ruhe, sodass Leo den Duft von frisch gebackenem Brot einatmen konnte. Zum ersten Mal seit dem Moment, als sie von Abuela geweckt worden war, fühlte sie sich wieder etwas wohler.

»Wo sind wir?«, fragte der Alte.

Die Nähe der Familienbäckerei Amor y Azúcar gab Leo die Kraft, sich auf ihrem Sitz umzudrehen.

»Es tut mir sehr leid, dass ich Sie angeschwindelt habe«, sagte sie. »Mein Name ist Leo Logrono, und meine Schwester Marisol und ich sind Brujas, und ich fürchte, dass ich euch aus Versehen in die reale Welt zurückgeholt habe. Aber egal wie ihr hergekommen seid – wir müssen euch helfen, wieder dorthin zurückzukehren. Das mit Ihrem Garten tut mir leid. Wenn Sie mir sagen, wo er ist, werde ich mich darum kümmern.« Der alte Mann blinzelte sie immer noch misstrauisch an, und deshalb reichte Leo ihm als Versöhnungsangebot die Hand.

Der Alte schüttelte sie. »Na schön, freut mich, dich kennenzulernen, Leo. Nenn mich Old Jack. Und das mit der Trickbetrügerin nehme ich zurück.«

Leo nickte. »Schon gut. Sie verstehen es doch, nicht wahr? Geister dürfen nicht in der realen Welt sein. Ihr müsst jetzt alle mit mir in die Bäckerei gehen, damit meine Mutter und meine Tante herausfinden können, was wir tun können.«

Old Jack zuckte mit den Schultern. »Schade, ich dachte, ich hätte die Chance, die Dinge wieder in Ordnung zu bringen.«

»Das dachte ich auch.« Mrs Morales tätschelte seine Schulter.

»Irrtum!«, sagte Abuela. »Es war ein Versehen. Oder sehen wir es als Vergnügungstrip. Trotzdem müssen wir wieder zurück.«

Old Jack verschränkte trotzig die Arme. »Wenn das alles stimmt, dann solltet ihr euch weniger Sorgen um mich und meinen kleinen Garten machen. Sucht lieber nach dem anderen Mann, der zur Schule gehen wollte. Er macht vermutlich größere Probleme als ich.«

Oh nein!

Marisols Finger krallten sich um Leos Arm, und es fühlte sich an wie eine Kerzenflamme, die ihrer Haut zu nahe kam. Ihr Gesicht wurde heiß, ihr Magen sank in die Kniekehlen, und nicht mal der herrliche Geruch von ofenwarmem Brot kam dagegen an. »Es gibt *noch* einen Geist?!«

Old Jack nickte.

Marisol hatte zwischen Daddys Truck und Tía Palomas altem Auto geparkt und Leo sah sich plötzlich auf allen Seiten von enttäuschten Gesichtern umringt.

Sie hatte nicht die leiseste Ahnung, was diese Geister herbeigerufen hatte, die nun die halbe Stadt unsicher machten. Lag es wirklich an ihrer Magie? Wie viele Geister waren es denn noch? Falls Leo sie nicht stoppen konnte, was würde dann ihr, ihrer Familie und ganz Rose Hill blühen?

Für ihren Krach mit Caroline hatte sie den allerschlimmsten Tag erwischt, denn im Moment wünschte sie sich nichts sehnlicher, als mit ihrer besten Freundin reden zu können.

»Es würde vermutlich nicht viel nützen, wenn ich dich bitte, diesem Spuk ein Ende zu setzen, Cucaracha, oder?«, fragte Marisol mit bebender Stimme.

»Ich tu doch gar nichts, und ich habe auch nichts getan«, erwiderte Leo nicht minder ratlos und verwirrt. »Ich schwör's!«

Bevor das Prickeln in ihrem Hals sich in dicke Tränen verwandeln konnte, klopfte jemand an ihre Fensterscheibe. Mit der grässlichen Befürchtung, gleich weitere orangefarbene Blütenblätter zu sehen, drehte sie den Kopf.

Doch es war Mamá, mit hochgezogenen Augenbrauen und offenem Mund, und das reichte aus, um Leos Tränen ungehindert fließen zu lassen.

KAPITEL 9

Fragen und Antworten

In der Bäckerei setzte Mamá Leo auf einen Hocker und drückte ihr einen Payaso-Keks, dreieckig und dreifarbig, in die Hand. Sie sah *nicht* enttäuscht aus. Vorne in der Bäckerei wimmelte es von Kunden, die ihre Rosca de Reyes im Voraus bestellt hatten und gleich noch ein paar Gebäckstücke oder Conchas oder einen Kaffee mitnahmen. Es war zwar der Ansturm, auf den Mamá immer hoffte, aber er machte es schwer, die drei Geister zu verstecken, ohne dass diese sich in der Küche anrempelten und mit Teig und Mehl ein Chaos anrichteten.

»Isabel, die Zeitschaltuhren!«, rief Mamá, als es mehrfach schellte. Mit einer Hand hielt sie Abuela von den Rührschüsseln auf dem Tisch fern, mit der anderen füllte sie etliche Tassen mit Kaffee.

»Ich mach schon nichts kaputt, Elena!«, sagte Abuela gekränkt. »Ich will nur sehen, wie alles läuft. Es ist schließlich *meine* Bäckerei, da werde ich mich auch mal umsehen dürfen.«

»Du musst dich auf andere Dinge konzentrieren, Mami.« Tía Paloma zog Abuela in die Ecke neben den Wandschränken. »Ich begreife es beim besten Willen nicht. Erzähl mir, was passiert ist.«

»Danke, meine Liebe.« Mrs Morales reichte die erste Tasse an Old Jack weiter, die zweite behielt sie für sich und ließ sich von den Zwillingen zu einem Hocker vor dem begehbaren Kühlschrank führen.

»Offenbar ist noch ein weiterer Geist unterwegs.« Marisol zupfte Mamá am Ärmel und ihre Stimme klang schrill. »Und wir wissen nicht mal, ob er der letzte ist. Wo kommen sie nur alle her?«

»Genug!« Mamá schüttelte Marisols Hand ab. »Ich muss es ja auch erst mal begreifen.« Sie drehte den Kopf. »Isabel, kümmerst du dich um die Zeitschaltuhren, *bitte*!«

Leo starrte auf den Keks in ihrer Hand, der mit einer rosa-gelb-weißen Glasur verziert war. Diese Payaso-Kekse hatte Mamá magisch so präpariert, dass sie ein besonders breites Lächeln auf die Gesichter von kleinen Kindern zauberten. Sie biss hinein, und tatsächlich tanzte der Bissen durch ihren Mund und durch ihre Kehle, und sie musste ein fröhliches Kichern unterdrücken, als sich das warme, sprudelnde Gefühl bis in ihre Finger und Zehen ausbreitete. Es war zwar ein künstlich erzeugtes Glücksgefühl, aber immerhin bewahrte es

Leo davor, sich allzu schlecht zu fühlen, als sie sich nun anhören musste, wie Marisol Mamá ihre Sicht der Dinge schilderte – und dabei völlig grundlos Leo für das Auftauchen der Geister verantwortlich machte.

»Wir wollten dann direkt vom Haus der Morales' aus hierher fahren«, sagte Marisol gerade, »als wir auf diesen Mann …« Old Jack nickte Mamá lächelnd zu. »… also Old Jack stießen, der uns von noch einem weiteren Geist berichtet hat.« Marisol trank einen Schluck Kaffee. »Wir müssen ihn kriegen, wer immer er auch ist, bevor jemand merkt, dass er tot ist.«

Mamá holte tief Luft und strich sich über das Gesicht. »Okay«, sagte sie dann. »Wir schalten alle Backöfen aus, außer dem großen, und ich sage Luis, er solle die Leute wegschicken und die Ladentür abschließen.« Mamá spähte in den Verkaufsraum, wo Daddy gerade den nächsten Kunden freundlich begrüßte. »Das kriegen wir schon hin.« Dann griff sie an ihren Rücken und wollte ihre Schürze ausziehen.

»Elena, nein«, sagte Paloma. »So kurz vor dem Día de los Reyes haben wir mehr Kunden als seit Jahren. Wir können jetzt nicht zumachen.«

Mamá schnaubte. »Ich denke, wir haben es hier mit einem Notfall zu tun. Was soll ich deiner Meinung nach machen? Seelenruhig Brot und Kuchen verkaufen, wenn meine Familie mich braucht?«

»Was deine Familie braucht, ist, dass du ruhig bleibst und dich um dein Geschäft kümmerst«, mischte Abuela sich da ein. »Du hast viele tüchtige Bäckerinnen und Brujas an deiner Seite, Maria Elena. Du musst nicht alles stehen und liegen lassen, nur um dich um deine alte, tote Mutter zu kümmern.«

»Du hast dich doch auch immer um mich gekümmert«, gab Mamá zu bedenken, doch sie ließ es zu, dass Abuela ihr die Schürze wieder zuband.

»Und ich erwarte jetzt, dass du es für deine Töchter tust«, fuhr Abuela fort und tätschelte Mamás Schulter. »Mach dir um mich keine Sorgen. Überlass es Paloma und den Mädchen, sich um uns Geister zu kümmern. Halte du deine Bäckerei am Laufen, und *wir* sehen zu, wie wir dieses Problem lösen.«

Mamá runzelte die Stirn. »Meine Mädchen werden dieses Problem lösen«, sagte sie. »Halte du dich bitte zurück.« Abuela nickte, hielt beide Hände hoch und setzte ihr unschuldigstes Gesicht auf. Da endlich nickte Mamá. »Gut. Paloma, kannst du mit einem Wahrsagezauber herausfinden, was hinter all dem steckt?« Ein weiterer Backofen begann zu piepsen. »Isabel!«, rief Mamá ungeduldig.

Isabel streckte den Kopf zur Tür herein, während sie gleichzeitig eine Concha, die ein Kunde mit nach Hause nehmen wollte, in dünnes Wachspapier einwickelte. »Tut mir leid, ich helfe grad beim Verkauf mit. Und Dad braucht mehr Wechselgeld.«

Mamá schickte die Zwillinge zu dem piepsenden Backofen, während Marisol ins Büro eilte, um Münzgeldrollen an die Kasse zu bringen.

Leo biss erneut in ihren Keks und beobachtete, wie Tía Paloma ein Set Kerzen aus dem Schrank holte und mit Abuela flüsterte.

Marisol kam mit mürrischem Gesicht zurück. »Mamá, wir vergeuden Zeit. Ich muss diesen neuen Geist einfangen.«

»Zuerst brauchen wir alle Fakten«, erwiderte Mamá. »Diese ganze Aktion muss gut geplant sein. Ihr seid schon stundenlang hinter Geistern hergefahren, und ich will dich nicht allein losschicken, um den nächsten Geist zu verfolgen. Bis jetzt haben wir keine Ahnung, wo er sein könnte. Und ich will vor allem Leo nirgendwohin schicken, falls das Ganze durch ihre Kräfte verursacht wurde.«

»Ich krieg das auch allein hin«, maulte Marisol. »Und eine Ahnung habe ich auch. Sie wandte sich an Old Jack. »Was haben Sie noch mal gesagt? Wohin wollte der andere Geist gehen?«

»Zur Grundschule. Er sagte, er habe früher dort unterrichtet.« Old Jack zuckte mit den Schultern. »Da konnte ich noch nicht alles verstehen, was er sagte, aber inzwischen höre ich sehr viel besser.« Er stand auch weniger gebückt, wie Leo merkte, und seine Haare waren dichter als vorhin. Leo hatte noch nie gehört, dass Tote (oder überhaupt jemand) rückwärts alterte, und es machte sie nervös. »Es muss ungefähr zwanzig Minuten her sein, dass ich ihn getroffen habe. Ist es nicht aufregend, wieder lebendig zu sein? Ich hatte ganz vergessen, wie gut Kaffee schmeckt.«

»In unserer Bäckerei gibt es den besten Kaffee«, sagte Leo leise (obwohl er ihrer Meinung nach wie angebrannte Socken schmeckte).

»Dann nichts wie zur Schule!«, erklärte Marisol. »Ich fahre schnell hin.«

Alma und Belén stellten ein Backblech mit dampfenden Orejas zum Abkühlen auf die nächste freie Arbeitsfläche und schüttelten unisono ihre bunt gefärbten Köpfe. »Wir kommen besser mit!«, sagte Alma.

»Ja, du darfst tolle Abenteuer erleben, während wir den ganzen Morgen hier schuften und uns mit Backblechen abquälen müssen«, beschwerte sich Belén.

»Da die Bäckerei weiter geöffnet bleibt, brauche ich euch beide hier zum Teigmachen, Kekse ausstechen und für das Glasieren der Dreikönigskuchen.« Mamá schüttelte den Kopf. »Paloma, haben die Kerzen etwas enthüllt?«

Tía Paloma blickte vom Tisch auf, der nun mit Kerzen und Kräutern belagert war, und blinzelte. »Ich weiß bis jetzt nur, dass sie keine Zombies sind.«

Marisol stöhnte. »Das haben wir schon vor Stunden gemerkt!«

Isabel kam in die Küche geeilt, stellte sich zu Tía Paloma in der Ecke und tauschte eine Kerze gegen eine andere aus, während sie mit ihrer Tante laut flüsterte. Die Glocke über der Eingangstür bimmelte, als weitere Kunden eintraten.

»Wir sind heute etwas knapp an Personal«, hörten sie

Daddys fröhliche Stimme aus dem Verkaufsraum, »aber nehmen Sie sich Zeit und schauen Sie sich in aller Ruhe um. Haben Sie Ihre Rosca de Reyes schon? Die nächste Ladung kann jeden Moment schön frisch und heiß aus dem Backofen kommen.«

Leo stand auf. »Ich setze mich an die Kasse«, sagte sie. Sie war es gewohnt, bei großem Andrang auszuhelfen, und Isabel war im Moment hier im Hinterzimmer sicher nützlicher als sie.

»Setz dich wieder, Leonora!« Mamás Ton war streng. »Ich möchte dich im Auge behalten. Wir haben heute schon genug Überraschungen erlebt.«

Leo sank auf ihren Hocker zurück und schob sich die ganze pinkfarbene Ecke ihres Kekses in den Mund. *Nutzlos.* Ihre Familie betrachtete sie als nutzlos, weil sie immer nur Chaos anrichtete. Sie musste beweisen, dass sie mit dem Erscheinen der Geister nichts zu tun hatte.

»Nach hinten!«, rief Mamá Alma zu, die gerade ein zweites Backblech mit Orejas zum Abkühlen auf die Arbeitsfläche neben der Tür stellen wollte, bevor sie im Verkaufsraum in die Auslage einsortiert werden konnten. »Das ist die Spezialbestellung.«

»Wir verlieren Zeit«, sagte Marisol eindringlich zu Mamá. »Wir müssen den Geist abfangen, der zur Schule gehen wollte.«

»Noch sind Ferien«, gab Mamá zu bedenken. »Das Gebäude ist leer. Du kannst nicht den ganzen Tag planlos durch die Gegend fahren.«

»Aber was ist, wenn ihn jemand sieht?«, meldete Leo sich zu Wort. Sie konnte sich gut vorstellen, dass die Polizei gerufen wurde, wenn jemand einen fremden Mann in die Schule einbrechen sah. Marisol hatte recht; sie mussten ihn kriegen, bevor ihnen jemand zuvorkam.

»Wir müssen uns darauf konzentrieren, eine Lösung zu finden«, fuhr Mamá fort, ohne auf Leos Bemerkung einzugehen. »Und das schaffen wir eher, wenn wir hier alle zusammen sind.«

»Oder bei euch zu Hause«, sagte Tía Paloma, kam aus ihrer Ecke und legte Mamá eine Hand auf die Schulter. »Hier können wir nicht feststellen, mit welcher Art von Magie wir es zu tun haben. Aber deine geniale Tochter …« Tía Paloma blickte lächelnd auf die strahlende Isabel, »… hat vorgeschlagen, dass ein Standortzauber eventuell funktionieren könnte, natürlich nur an dem Ort, an dem der erste Geist aufgetaucht ist. Und das war Leos Zimmer, richtig?« Sie blickte zu Abuela, um eine Bestätigung zu erhalten.

Abuela nickte. »Ja, bin etwa gegen sieben in Leos Zimmer gezogen worden.«

»Gegen sieben?«, rief Mrs Morales, die bisher so friedlich ihren Kaffee getrunken hatte, dass Leo sie fast vergessen hatte. »Aber dann warst du ja gar nicht der erste Geist. Ich war schon Stunden früher hier.« Sie hüpfte von ihrem Hocker, gesellte sich zu der aufgeregten Schar im vorderen Bereich der Küche, und wieder fielen mit jedem ihrer Schritte Ringelblumen-Blütenblätter von ihrem Rock.

»Also *ich* wurde so gegen fünf Uhr hierhergezogen«, sagte Old Jack. »Als ich im Morgengrauen aufwachte, zwitscherten die Vögel, und zwei schreckliche Eichhörnchen haben in meinen alten Blumenbeeten gewütet.«

»Leti, warum hast du das nicht gleich gesagt?«, fragte Abuela.

»Das ändert alles«, sagte Tía Paloma leise und kehrte in ihre Ecke zurück.

»Was bedeutet das?«, fragte Belén.

»Es bedeutet, dass wir wirklich gar nicht wissen, was vor sich geht.« Sie blickte *sehr* besorgt drein.

Leo sprang von ihrem Hocker. Sie fühlte eine nervöse Energie durch ihre Finger zucken. Ihre Familie vergeudete Zeit, Marisol hatte recht. Alle benahmen sich wie immer, waren geschäftig und abgelenkt und schenkten Leo keine Beachtung. Leos Frust war so groß, dass er an ihre Haut drückte wie die Zucker-und-Zimt-Mischung, die tief in die Schichten von Oreja-Teig gerollt wurde. Sie steckte sich die letzte Ecke ihres Kekses in den Mund.

Normalerweise würde sie in einer solchen Lage mit Caroline reden. Doch die würde nach der unschönen Situation vom Vortag garantiert nicht mit ihr reden wollen. Sie war vermutlich zu Hause und dachte nicht im Traum an irgendwelche magischen Katastrophen, sondern nur daran, wie sauer sie auf Leo war. Vielleicht war ihr gemeinsamer Freund Brent gerade bei ihr, und sie saßen zusammen auf dem Trampolin und beschlossen, Leo wie Luft zu behandeln, wenn die Schule wieder anfing. Vielleicht würde Caroline sich im Klassenzimmer von ihr wegsetzen. Oder die beiden würden sich sogar im Bus zusammensetzen, um Leo so wenig wie möglich sehen zu müssen. Oder sie würden gemeinsam zu Fuß zur Schule gehen, da sie ohnehin nicht weit weg wohnten …

Leo drückte ihre Handflächen aneinander, während in ihrem Kopf eine Idee Gestalt annahm. Sie wohnten nicht weit weg von der Schule …

»Ich weiß, was wir machen können«, verkündete sie.

Tía Paloma blieb mit Abuela über ihre Kerzen und Kräuter gebeugt sitzen. Mamá und Marisol holten Backbleche aus dem Ofen und schoben neue hinein, Isabel trug frisch gebackene Gebäckstücke in den Verkaufsraum. Alma und Belén beratschlagten miteinander, während sie die speziellen Orejas einzeln in Wachspapier einwickelten.

»Ich weiß eine Lösung«, nahm Leo einen neuen Anlauf. »Sie mag euch nicht gefallen, aber ich glaube, es wäre das Beste, wenn …«

Isabel kam wieder zur Schwingtür herein und hätte das leere Backblech beinahe fallen lassen, als sie mit Mrs Morales zusammenstieß, die eine weitere Wolke von orangefarbenen Blütenblättern verbreitete. »Aufpassen!«, zischte Isabel. »Gehen Sie wieder nach hinten. Jemand könnte Sie sehen oder das ganze Zeug hier!« Stirnrunzelnd schüttelte sie die Blütenblätter von ihrem Schuh.

»Isabel Lucero, wo bleiben deine Manieren?«, rief Abuela tadelnd.

Leo nutzte das Durcheinander, um zu Tía Paloma zu gehen, die hochkonzentriert über ihren Kerzen saß.

»Das mit dem umgekehrten Alterungsprozess könnte ein wichtiger Faktor sein«, murmelte ihre Tante gerade. »Oder könnte es damit zusammenhängen, weil sie zunehmend ein Gefühl für ihren physischen Körper entwickeln ...?« Ihre Finger zuckten und sie griff nach einem ihrer alten Bücher und überflog hektisch die Seiten. »Es muss doch eine Erklärung geben ... Energiemanifestation vielleicht?«

Mrs Morales' Haare waren inzwischen komplett schwarz geworden und sowohl sie als auch Abuela sahen größer aus. Der Kopf von Old Jack füllte sich mit weiteren weißen Haaren.

Leo entfernte sich langsam rückwärts.

»Wir brauchen keine Babysitter«, schimpfte Mrs Morales und entzog ihren Ellbogen Isabels Griff.

»Dann benehmt euch auch nicht wie Babys!«, zischte Isabel.

In dem ganzen Chaos merkte niemand, dass Leo ins Büro schlich. Sie griff nach dem Telefon auf Daddys Schreibtisch.

Caroline wohnte nur wenige Minuten von der Schule weg. Und sie kannte sich ein bisschen mit Magie aus. Und auch wenn sie auf Leo sauer war, würde sie ihr in einem Notfall helfen. Denn sie war eine gute Freundin und auch ein netter

Mensch. Leo war es egal, ob ihre Schwestern mit diesem Anruf einverstanden wären. Sie kamen einfach nicht weiter.

Das Telefon läutete einmal, zweimal …

»Leo?«

»Hallo«, sagte Leo. »Das mit gestern tut mir total leid.«

»Ach so, ja, es muss dir nicht leidtun. Ich bin nicht – ich meine, ich muss gerade …«

»Nein, warte.« Leo schluckte. »Es tut mir echt leid, und ich weiß, dass wir reden müssen, und das will ich auch. Aber im Moment haben wir hier einen riesigen Notfall, und deshalb rufe ich an. Hier sind … Geister, na ja, eigentlich eher materialisierte Seelen. Sie sind in die reale Welt gekommen und laufen jetzt durch die Stadt. Es könnte enorme Probleme geben, wenn sie gesehen werden, sagt meine Familie. Wenn die Leute mitbekommen, dass Geister wieder lebendig werden können, bricht das Chaos aus. Und wir wissen nicht genau, warum sie hier sind, aber wir denken, dass es etwas mit meiner Magie zu tun hat. Alle denken, es sei *meine* Schuld!« Leo schluckte. »Aber ich habe nichts getan und das muss ich beweisen. Und ich hätte total Verständnis dafür, wenn du jetzt sagst, du hättest die Nase voll von meinen magischen Problemen und gleich wieder auflegst. Aber falls nicht, dann könnten wir deine Hilfe brauchen, weil einer der Geister im Moment auf dem Weg zur Schule ist, und vielleicht könntest du ihn schneller abfangen als einer von uns hier.«

Das Schweigen dehnte sich aus, und Leos Magen zog sich

zusammen, weil sie fürchtete, dass Caroline gleich auflegen würde.

»Wie heißt er?«, fragte Caroline jedoch nur.

»Hä?«

»Der Geist, der zur Schule gehen wollte. Der, den ihr sucht.«

»Ich … ich weiß nicht.« Leo versuchte sich zu erinnern, ob Old Jack irgendwelche Details erwähnt hatte. »Aber du erkennst ihn bestimmt – weil er vermutlich eine Spur von Blütenblättern hinterlässt, orangefarbenen Blättern. Old Jack, der andere Geist, der uns von ihm erzählt hat, sagte, sie hätten sich zufällig getroffen, und der andere hätte ihm erzählt, dass er zur Schule gehen wollte …«

»Okay, gut, Moment mal.« Caroline nahm den Hörer vom Ohr und sagte etwas mit lauter, aber gedämpfter Stimme. Während sich Leo noch fragte, mit wem Caroline wohl gerade redete, meldete sich ihre Freundin wieder. »Ich weiß es. Das war Mr Nguyen, du weißt schon, unser alter Musiklehrer. Er hat Mr Jack vor einer Stunde getroffen, und ich konnte ihn abfangen, als er an meinem Haus vorbeikam. Er ist einer von den dreien, die ich hier habe. Wie viele sind in der Bäckerei?«

Im ersten Moment fragte sich Leo, ob jemand einen Traumzauber in ihren Payaso-Keks geschmuggelt hatte. Oder war es ein schräger Traum? Der irgendwie mit ihrem alten Musiklehrer in der Grundschule zu tun hatte? »Du weißt von den Geistern?«, fragte Leo perplex. »Aber …«

»Ja, wie viele sind es denn nun bei euch?«

»Ähm … drei. Abuela, Mrs Morales und Old Jack.«

Caroline seufzte. »Dann sind es also sechs. Hat einer von euren Geistern noch weitere Geister erwähnt?«

Leo wollte etwas sagen, doch sie brachte nur einen erstickten Quiekser heraus.

»Außerdem glaube ich nicht, dass es deine Schuld ist«, sagte Caroline leise.

»Wieso das?«

»Ich … ich muss dir etwas beichten.«

Leo machte den Mund auf und zu, während ihr Verstand das Gehörte zu verdauen versuchte.

Caroline wusste von den Geistern!

Bei ihr zu Hause waren auch welche!

Caroline denkt nicht, dass es meine Schuld ist!

»Ich glaube, ich war's«, fuhr Caroline fort.

»Du?« Leo schüttelte den Kopf. »Wie das?«

»Keine Ahnung, Leo.« Carolines Stimme bebte. »Ich weiß es nicht, aber ich bin am Durchdrehen.«

Langsam wie Honig, der aus einer Flasche tropft, überlegte Leo, was zu tun war.

»Bleibt, wo ihr seid«, schärfte Leo ihrer Freundin dann ein. »Und mach dir keine Sorgen. Wir kommen und helfen dir.«

»Wirklich?«, fragte Caroline überrascht. »Deine Familie mag mich doch nicht.«

»Ach was.« Leo würde ihre Familie zwingen, ihr zuzuhören.

Sie würde sie überreden, Caroline zu helfen. »Wir bringen es wieder in Ordnung.« Sie ballte ihre freie Hand zu einer Faust, als sie dieses Versprechen gab. »Wir sind Brujas. Das ist unser Job.«

Sie legte den Hörer auf, stapfte aus dem Büro und stellte sich breitbeinig in die Küche. »HEY!«, rief sie mit lauter Stimme, um das Piepen und Flüstern und Lachen und Gegrummel zu übertönen. »Alle mal herhören!« Sie errötete, als sich so viele Augenpaare auf sie richteten, teils überrascht oder verwirrt oder aber (in Marisols Fall) gereizt. Leo räusperte sich. »Kleine Planänderung«, sagte sie. »Ich habe gerade etwas erfahren.«

KAPITEL 10

Bei Caroline zu Hause

Mit drei Brujas und drei Geistern war Mamás Van so voll wie der begehbare Kühlschrank an dem Tag, an dem Milch und Eier geliefert werden. Tía Paloma fuhr auf ihre übliche zerstreute Weise, überfuhr blinzelnd Stoppstellen und bog ebenso oft falsch wie richtig ab. Sie redete die ganze Zeit über mögliche Enthüllungszauber, die nur am Ursprungsort durchgeführt werden können, halb zu sich selbst und halb zu Isabel, die neben ihr saß.

Leo spitzte die Ohren, um auf dem hintersten Sitz alles mitzubekommen.

»Der Enthüllungszauber wird zeigen, ob die Geister tatsächlich durch etwas herbeigerufen wurden, das Caroline getan hat«, meinte Isabel. »Ich glaube immer noch nicht so recht, dass Leo nichts damit zu tun hat.«

Leo versuchte zu protestieren, aber natürlich vergebens.

»Du könntest recht haben, aber es ist merkwürdig, dass sich die Geister vermehrt bei Caroline eingefunden haben. Das muss irgendwie von Bedeutung sein. Und selbst wenn wir den ursprünglichen Zauber auch nur ansatzweise herausbekommen, wird es uns dann leichterfallen, einen Umkehrzauber zu finden.« Tía Paloma trat so heftig auf die Bremse, dass alle Insassen nach vorn geschleudert wurden.

Leo hatte ein einziges Mal einen Umkehrzauber angewandt, um einen total missglückten Liebeszauber rückgängig zu machen. Umkehrzauber waren eine knifflige Sache, weil man dafür Zutaten verwenden musste, die in magischer Hinsicht genau dem Gegenteil des ursprünglich verwendeten Zaubers entsprachen. Leo klopfte mit den Füßen auf den Boden des Vans und hoffte, dass ihnen der Enthüllungszauber etwas Brauchbares verraten würde. Sie selbst hätte einen Riesenbammel davor, einen Umkehrzauber zu versuchen, wenn sie den ursprünglichen Zauber nicht kannte.

Isabel dagegen strahlte. Theoretische Magie war quasi ihr Steckenpferd. »So etwas haben wir noch nie gemacht«, sagte sie aufgeregt.

»Aus gutem Grund«, sagte Tía Paloma warnend und sehr ernst. »Das ist kein Spiel, Isabel, sondern sehr gefährlich.«

»Ich weiß.« Isabels Stimme verlor jeden Übermut. »Ich wollte nicht sagen, dass … Ich meine, das alles wäre nie passiert, wenn Leo und Caroline sich nicht immerzu mit Magie beschäftigen würden.«

Wütend lehnte sich Leo zurück. Sie hatte es satt, ständig an allem schuldig zu sein, und dass Isabel etwas gegen Caroline hatte, ärgerte sie auch. Leo wollte sich diese magische Fachsimpelei nicht länger anhören und schaute stattdessen gelangweilt aus dem Fenster. Auf der vorderen Rückbank kämpften Abuela und Mrs Morales um ausreichend Platz für ihre Ellbogen und schwelgten wieder mal in Erinnerungen aus früheren Tagen. Old Jack saß neben ihnen ans Fenster gedrückt und seufzte jedes Mal, wenn sie an einem gepflegten Vorgarten vorbeifuhren.

Während Leo ihren Gedanken nachhing, glaubte sie plötzlich, etwas Glänzendes vor dem Fenster zu sehen, als wenn Klarsichtfolie an der Scheibe kleben würde. Sie wollte an die Fensterscheibe fassen, doch da verschwamm die Folie und kräuselte sich. Während Leo noch überlegte, was es gewesen war, bogen sie in Carolines Straße ein. Sie lag ruhig und menschenleer da, in der Einfahrt von Carolines Haus stand kein Auto. Die Oleanderbüsche links und rechts der Haustür raschelten nicht einmal im Wind. Leo kletterte über die Rückenlehne, taumelte ins Freie und stellte sich zu Tía Paloma, Isabel und den drei Geistern auf den feuchten Rasen.

»Oh ja«, wisperte Abuela und durchbrach damit die Stille. »Hier hat es angefangen. Ich kann es spüren.«

Mrs Morales nickte mit einem übertriebenen Frösteln und schüttelte dabei unabsichtlich ein paar Blütenblätter in Leos Gesicht.

»Was hat das zu bedeuten?«, wandte sich Leo leise an Isabel, doch die war damit beschäftigt, Tía Palomas Bücher aus dem Wagen zu holen und den Stapel dann ordentlich der Größe nach zu sortieren, bevor sie den Trageriemen ihrer Schultertasche zurechtrückte.

Mit einem wütenden Schnauben ging Leo zur Haustür. Sie schnüffelte, doch außer nassem Gras und Erde und Oleander konnte sie nichts riechen. Keine Magie. »Ich spüre gar nichts«, murmelte sie.

Doch als sie vor der Milchglasscheibe von Carolines Haustür stand und läutete, sah das weiße Glas ebenfalls aus, als sei es mit glänzender Klarsichtfolie beklebt, wie vorhin das Autofenster. War das die Energie, die Abuela spürte? Leo rieb sich die Augen, bis hinter der Glasscheibe Carolines Gesicht auftauchte.

»Leo!« Caroline öffnete die Tür zuerst nur einen Spaltbreit und streckte den Kopf heraus, um nach links und rechts zu spähen. »Ich bin so froh, dass du hier bist. Die Sache wird immer stressiger, und es tut mir leid, dass ich dich nicht angerufen habe, aber es ist schrecklich, und ich weiß nicht, was ich tun soll. Oh …« Isabel trat zu Leo, und Caroline zog den Kopf ein und schüttelte sich ihre Stirnfransen vor die Augen. »Hallo, Isabel.«

»Caroline.« Isabels Stimme war so kühl wie die von Caroline.

Leo biss sich auf die Lippen. Aber sie hatte keine Zeit, zwischen ihrer Schwester und ihrer Freundin für gut Wetter zu sorgen. »Sollten wir die Geister nicht ins Haus bringen?«, rief sie den beiden in Erinnerung.

So voll und laut hatte Leo das Wohnzimmer der Campbells nicht mehr erlebt, seit Carolines Mutter damals krank geworden war. Als Ersten erblickte sie Mr Nguyen, der an der Rose Hill Grundschule Musik unterrichtet hatte, bis Leo in der vierten Klasse war. Leo grinste, als sie sein vertrautes Gesicht sah, die Brille und seine grauen Haare – er war immer einer ihrer Lieblingslehrer gewesen. Lächelnd winkte sie ihm zu.

Neben ihm stand ein blasser Mann mit einem langen grauen Bart und einem breiten Lächeln, der seine dichten Haare zur Seite geklatscht hatte wie Daddy, wenn er in die Kirche ging. Der dritte Geist war ein großer, muskulöser Mann mittleren Alters mit Tattoos, die aus den Ärmeln seiner Lederjacke und dem Halsabschluss seines blauen T-Shirts ragten.

Leos Augenbrauen schossen in die Höhe. Gut, ihr Morgen war auch stressig, frustrierend und verwirrend gewesen, aber wenigstens hatte sie es nicht ganz allein mit einer Gruppe von fremden Erwachsenen zu tun gehabt. Sie konnte Caroline nur bewundern. Und sie war heilfroh, dass ein Teil ihrer Familie jetzt hier war und mithelfen würde, die Geister wieder ins Jenseits zu befördern.

»Miguel Antonio Pérez!« Abuelas Stimme und ihr erfreutes Lachen übertönten den Geräuschpegel der sechs Geister und vier lebenden Personen. »Bist du es wirklich?«

Mrs Morales zupfte, sichtlich verlegen, an Abuelas Ärmel, doch Abuela achtete nicht darauf. »Du bist ganz schön groß geworden, hm? Ich habe dich seit Jahren nicht mehr gesehen. Ich meine, lange bevor ich gestorben bin.«

Der bullige, tätowierte Mann stapfte auf Abuela zu, in Stiefeln, um die Marisol ihn beneidet hätte. Grinsend nahm er Abuela in die Arme, dann wandte er sich mit ausgebreiteten Armen Mrs Morales zu.

»Lucy und Leti, ihr zwei seid so schön wie eh und je. Aber ihr wart doch bestimmt nicht so jung und attraktiv, als ihr die Pfoten gestreckt habt, oder?« Er runzelte die Stirn. »Huch, auf Englisch klingt es irgendwie schrecklich.«

Mrs Morales wirkte fast zehn Zentimeter kleiner als sonst, aber sie drückte dem Hünen, der sich zu ihr hinunterbeugte, einen Kuss auf die Wange. »Nein, Miguel Antonio«, sagte sie. »Manche von uns waren so vernünftig, sich nicht auf diese grässlichen Motorräder zu setzen und konnten ein langes Leben genießen.« Stirnrunzelnd sah sie ihn an und klopfte ihm dann vorwurfsvoll an die Lederjacke. »Du hast deiner Familie großen Kummer gemacht, Ratoncito.«

»Ah, Leti, ich weiß. Ich muss mich bei ihnen entschuldigen.« Der Mann, Mr Pérez, zuckte mit seinen breiten Schultern. »Und deshalb hast du Alfredo geheiratet und nicht mich, richtig?«

Eine Sekunde lang schaute Mrs Morales drein, als hätte sie in eine Zitrone gebissen. Doch dann entspannte sich ihr Gesicht wieder, sie schnalzte mit der Zunge und murmelte: »Sinvergüenza!«, laut genug, dass er es hörte und verschmitzt grinste.

Sinvergüenza? Hieß das nicht Frechdachs?, dachte Leo. Die beiden schienen recht vertraut miteinander zu sein.

In der Zwischenzeit machte der bärtige Mann seine Runde und schüttelte Tía Paloma, Isabel und Old Jack die Hand, bevor er ans Ende der Couch kam, wo Leo und Caroline standen.

»Abraham Rose«, stellte er sich vor. »Früherer Bürgermeister von Rose Hill. Ich war schon hier, als Rose Hill noch ein Kuhnest war.« Er zwinkerte Leo zu. »Und schaut nur, wie wir gewachsen sind.« Er breitete beide Arme aus, als wenn durch die geschlossenen Jalousien des Wohnzimmers die ganze Stadt zu sehen wäre.

Der Lärmpegel im Raum erinnerte Leo zunehmend mehr an die Ostertreffen der Logronos, wenn sich die ganze Sippe ihres Vaters, also Tanten und Onkel und Cousins und Cousinen, die normalerweise im ganzen Staat verteilt wohnten, für ein Wochenende in einem Haus traf und mit vollem Mund (meist voll mit etwas Schokoladigem) Streitgespräche führte. Leo trat einen Schritt zurück, um etwas mehr Platz zwischen sich und den Geistern zu schaffen, und dabei fing sie Carolines Blick auf.

»Hier ist ganz schön was los«, meinte Caroline und zog sich mit Leo in eine ruhigere Ecke zurück. Mit einem verlegenen

Schulterzucken fügte sie noch hinzu: »Ich bin froh, dass du hier bist.«

»Ich auch«, antwortete Leo lächelnd. »Ich dachte schon, *ich* hätte wieder mal ein magisches Desaster angerichtet.«

Caroline verschränkte die Arme vor der Brust. »Wie kriegen wir die Sache wieder hin? Ich weiß ja nicht mal, wie es dazu kommen konnte.«

»Um das herauszufinden, sind wir da.« Tía Paloma hatte sich an Miguel Antonios breitem Körper vorbeigeschoben und war zu den beiden Mädchen getreten. »Aber bevor wir nicht mehr wissen, können wir nicht anfangen. Gibt es einen ruhigeren Ort, an dem wir ungestört reden können?«

Caroline blickte auf die Geister, während Isabel sich gerade mit einem Nicken einem weiteren Handschlag von Bürgermeister Rose entzog. »Ich weiß nicht, ob wir sie allein lassen sollten«, sagte Caroline leise. »Mr Pérez wollte schon zweimal durch die Hintertür verschwinden, um zu seiner Schwester zu gehen, und der Bürgermeister redet dauernd davon, dass er ins Rathaus will, um sich als Kandidat für die nächste Wahl aufstellen zu lassen.«

»Ich weiß genau, wie wir die Stadt wieder auf Kurs bringen können«, rief Bürgermeister Rose gerade und blickte herüber, als er hörte, wie Caroline seinen Namen erwähnte. »Ich werde unserer Stadt wieder zu Ansehen und Berühmtheit verhelfen. Ich muss es nur schaffen, meine Kandidatur rechtzeitig anzumelden, also vor dem Stichtag.«

Caroline verdrehte die Augen und schnaubte, doch Leo fand die Vorstellung, dass ein toter Ex-Bürgermeister ins Rathaus marschierte, nicht sehr lustig. Isabel verzog keine Miene, doch an der Art, wie sie ihren Rock glatt strich und dann die Hände rang, merkte Leo, dass auch sie nicht begeistert war.

»Wenn sich der Typ da als Bürgermeister bewirbt, dann sehe ich nicht ein, warum ich nicht in meinem Garten etwas Unkraut jäten darf«, murrte Old Jack.

»Oder warum ich nicht das alte Schulklavier stimmen darf«, warf Mr Nguyen ein. »Mr Song hat keine Ahnung, wie man es behandeln muss. Er hat den Luftentfeuchter ausgeschaltet und vergisst ständig, nach Unterrichtsende den Deckel des Klaviers zu schließen! Ich habe mein Steinway & Sons nicht der Schule hinterlassen, damit eine ganze Generation von Musikschülern einen Halbton daneben singt …«

»Ich kann mich selbst nicht mehr denken hören«, stöhnte Tía Paloma. »Das ist zu viel Geistergeschnatter, sogar für mich!«

»Ehrlich gesagt …« Isabel strich ihren bereits faltenfreien Rock erneut glatt. »Ich habe etwas dabei, das uns in diesem Punkt weiterhilft. Damit wir uns in Ruhe unterhalten können.« Sie öffnete ihre schwarze Schultertasche und holte etwas Rundes mit zwei Ausbuchtungen heraus, das in Wachspapier eingewickelt war. Tía Paloma klatschte vor Freude in die Hände und nickte anerkennend.

»Ist das eine Zuhör-Oreja?«, fragte Leo. Sie wusste, dass

ihre Schwestern letzte Woche ein Blech mit diesen ohrenförmigen Blätterteigschnecken gebacken hatten, die mit der magischen Wirkung versehen waren, jeden, der davon aß, zu einem besseren Zuhörer zu machen. Die Bruja, die den Teig dafür zubereitete, musste sich, während sie die Butter in den Teig knetete, nebenher die zwei Seiten eines Streitgesprächs anhören. Isabel hatte geknetet, Marisol und Mamá hatten das Streitgespräch beigesteuert, denn damit hatten sie auch im Alltag viel Übung.

»Teile eine magische Oreja mit einem Freund oder Feind, und ihr werdet in der Lage sein, euch gegenseitig aufmerksam und konzentriert zuzuhören«, zitierte Isabel das Familienrezept aus dem Gedächtnis. »Normalerweise hilft es bei emotionalem Aufruhr, in Situationen, in denen einer der beiden Gesprächspartner zu aufgeregt ist, um zuzuhören, aber es funktioniert auch bei anderen Gelegenheiten. Ich kannte eine Spanierin, die sich dank dieser Orejas besser mit ihren englischsprachigen Mitarbeiterinnen verständigen konnte. Beide Parteien blieben bei ihrer jeweiligen Muttersprache, aber immerhin versuchten alle, sich zu verstehen, auch wenn es nicht ganz leicht war.« Isabel brach die Oreja in vier Teile, behielt ein Viertel für sich und reichte die anderen Leo, Caroline und Tía Paloma weiter. »Schaffen wir also eines der Hindernisse aus der Welt, die ein vernünftiges Gespräch erschweren.«

Leo führte ihr Stück zum Mund und hielt sich eine Hand

unters Kinn, um eventuelle Krümel aufzufangen. Sie schmeckte Zucker, Zimt, Butter heraus und auch einen Hauch von Magie. Und tatsächlich – es war, als drehte man das Radio leiser. Abuelas Gelächter und Mrs Morales' Vorwürfe an Mr Pérez wurden leiser, ebenso das Murren von Old Jack, die Wahlkampfrede von Bürgermeister Rose und Mr Nguyens Summen. Die Geister im Raum redeten zwar weiter, doch Leo hörte sie kaum noch.

Caroline und Isabel stießen gleichzeitig einen Seufzer der Erleichterung aus.

»Schon viel besser«, sagte Tía Paloma. »Gut, dass du die Oreja mitgebracht hast, Isabel. Ich hatte nicht mit so einem Trubel gerechnet. Aber jetzt sollten wir ganz vorne anfangen mit …«

»Einen Moment«, wurde sie von Isabel unterbrochen. »Ich muss zuerst noch etwas sagen – den Grund, warum ich die Oreja mitgebracht habe. Mit diesem Gewusel habe ich ehrlich gesagt auch nicht gerechnet …« Sie deutete auf die Geister.

Leo beugte sich ein Stück vor und wartete gespannt darauf, was ihre Schwester gleich sagen würde.

»Ich … nun ja, ich wollte dir etwas sagen, Caroline.« Isabel räusperte sich nervös. »Ich wollte mich bei dir entschuldigen, dass … ich gestern in der Bäckerei nicht sehr nett zu dir war. War ich eigentlich nie …«

Lag es an der Oreja, dass Leo plötzlich so viel Gefühl hinter

Isabels Worten wahrnahm? Während sie sich das noch fragte, fiel ihr ein, was Marisol neulich gesagt hatte. Dass ihre große Schwester in der Schule oder sonst wo nie eine enge Freundin gehabt hatte und die meiste Zeit mit Mamá oder Tía Paloma oder etwa gleichaltrigen Logrono-Cousins und -Cousinen verbrachte. Sie begriff, dass Isabel sich vermutlich ausgeschlossen fühlte, wenn Marisol mit ihrer Clique von der Rose Hill Highschool zu Partys ging – zu Partys, auf denen auch Ältere aus Isabels Klasse waren, und vielleicht missgönnte sie Leo ihre Freundschaft mit Caroline, weil sie selbst eben keine hatte. Leo dachte auch daran, wie regelversessen Isabel war und wie bestrebt, Mamá ja nie zu enttäuschen. Aber trotzdem hatte ausgerechnet Isabel gegen die Familientradition verstoßen, als sie Leo vor einigen Monaten über die magischen Fähigkeiten ihrer Familie aufgeklärt hatte, weil sie nicht wollte, dass Leo sich außen vor gelassen fühlte. Und statt wie versprochen zu schweigen, hatte Leo nichts Besseres zu tun gehabt, als es Caroline weiterzuerzählen. Und kurz darauf hatten die beiden Mädchen auf eigene Faust einen Liebeszauber gewirkt, der fürchterlich schiefgegangen war und bei dem sie Brent Bayman auf die Größe eines Däumlings geschrumpft hatten.

Gut, vielleicht hätte Isabel es gestern Caroline nicht büßen lassen müssen, aber irgendwie sah Leo nun etwas klarer.

»Danke«, sagte Caroline. »Ich wollte euch nicht nerven, als ich so oft bei euch war. Aber ich sehe natürlich ein, dass ich störe, wenn ihr alle so viel zu tun habt. Mir gefällt es einfach in eurer Bäckerei. Aber ich will nicht, dass ihr mich deswegen hasst.«

Caroline hatte keine Geschwister und ihre Verwandten wohnten alle weit weg, waren getrennt durch Grenzen und ihre Sprache und nun auch durch Kummer, seit Carolines Mutter gestorben war. Verständlich, dass Caroline da gern neben Leo an der Kasse saß und so tat, als gehöre sie mit zur Bäckerei. Sie half Leo nicht aus Neugier beim Auswendiglernen der Zauberrezepte, sie versuchte nicht, Familiengeheimnisse zu erfahren, wie Leo es letztes Jahr getan hatte, und sie erhoffte sich auch keine magische Hilfe, die all ihre Probleme lösen würde. Sie wollte nur etwas von der echten Magie der Logronos in sich aufsaugen – ihre Liebe und Nähe.

»Ach was, wir hassen dich nicht«, sagte Isabel und legte dem jüngeren Mädchen eine Hand auf die Schulter. »Wie könnten wir jemanden hassen, an dem unsere kleine Lieblingsschwester so sehr hängt?«

Carolines Lächeln fiel etwas schmallippig aus, aber es war immerhin da. Leo war erleichtert.

»Ich bin froh, dass ihr Mädchen das jetzt geklärt habt«, sagte Tía Paloma. »Und ich möchte dir sagen, Caroline, dass du, was mich betrifft, jederzeit in der Bäckerei willkommen bist.« Ihr Lächeln war aufrichtig. »So, und da wir jetzt einen Moment lang unsere Ruhe haben, würdest du uns bitte erklären, wie es dazu gekommen ist, dass diese Geister hier sind, Caroline?«

Es machte Leo etwas Angst, die Ratlosigkeit hinter den Worten ihrer Tante zu hören – die erfahrenste Bruja, die sie kannte, war ratlos! Aber immerhin fühlte Leo sich nicht mehr ausgeschlossen. Es würde nicht einfach werden, diese Sache zu regeln, doch Leo war zuversichtlich, dass sie es schaffen würden.

»Okay«, begann Caroline, blickte auf den Boden und lief rot an. Sie war sichtlich verlegen, verwirrt und ängstlich – genau wie Leo jedes Mal, wenn einer ihrer Zauber danebenging. Caroline gab sich einen Ruck und sagte: »Also, es war so …«

KAPITEL 11

Geschichten

Als ich in Costa Rica war«, begann Caroline zögerlich, »fühlte ich mich ... ähm, da habe ich meine Mom so sehr vermisst.«

Caroline hatte etwas ganz Ähnliches gesagt, als sie am Vortag in die Bäckerei gekommen war, doch Leo hatte nicht wirklich hingehört. Ihre Ohren wurden heiß. War es nicht schlimm, dass es einen Oreja-Zauber brauchte, damit sie sich in ihre Freundin einfühlte? Nur dieses eine Wochenende ohne Mamá war schon komisch gewesen, alles war anders gewesen als sonst, sogar die Arbeitsabläufe hatten sich verändert, um ihre Abwesenheit zu kompensieren. Leo konnte sich nicht einmal vorstellen, wie viel schlimmer es für Caroline gewesen war, zum ersten Mal ohne ihre Mutter zu verreisen.

»Ich glaube, ich habe noch nie so deutlich gespürt, dass ich Amerikanerin bin. Mom hat immer mit allen geredet, im

Flughafen, in den Geschäften und auf der Straße, und deshalb habe ich mich in Costa Rica wie zu Hause gefühlt. Aber ohne sie … war alles anders … Alles hatte sich verändert.«

Leo dachte daran, wie Caroline und ihr Dad in den letzten Monaten ihr ganzes Haus verändert und die Möbel umgestellt hatten. Sie wollten offenbar alles um sich herum verändern, um sich klarzumachen, dass nichts mehr wie früher sein würde. Aber es war sicher schwer, mit seiner Trauer fertig zu werden, wenn man nicht mal mehr in der gewohnten Umgebung schlafen konnte.

»Meine Verwandten dort waren nett, aber ich hatte doch nicht denselben Draht zu ihnen wie früher. Ich hatte nicht mehr das Gefühl, Teil der Familie zu sein.« Caroline schluckte. »Und als ich dann zurückkam, hatte Leo keine Zeit zum Telefonieren, und deshalb kam ich in die Bäckerei, und alle gaben mir zu verstehen, dass ich nicht dorthin gehöre. Und das hat mich sehr wütend gemacht … Deshalb habe ich … es tut mir so leid. Ich hätte es nicht tun dürfen. Aber ich habe eine Kerze mitgehen lassen.«

Tía Paloma seufzte schwer. »Beléns Kerze!«

Caroline nickte. »Ich weiß nicht, warum ich es getan habe. Aber als ich dann zu Hause war, fiel mir ein, dass meine Großmutter in ihrem Haus auch immer Veladores brennen hat, weil sie angeblich wie fortwährende Gebete sind. Solange die Kerze brennt, ist es, als würde einem jemand zuhören. Und das … wollte ich. Ich wollte, dass meine Mom mich hört.«

»Du hast also eine Kerze für die Toten angezündet.« Isabel nickte. »Verstehe. Du hast ganz tiefe Gefühle hineingelegt, und die Tatsache, dass es eine Kerze war, die Belén bereits magisch aufgeladen hatte …«

Es folgte ein langes Schweigen, und Leo fragte sich, ob das Flüstern in ihrem Kopf Carolines Gedanken waren oder ihre eigenen und ob alle dasselbe dachten wie sie. Ihre Augen huschten zu den sechs Geistern. Wie konnte Caroline mit Beléns Kerze so viele Geistwesen herbeigerufen haben?

»Caroline«, sagte Tía Paloma mit freundlicher Stimme. »Das ist jetzt sehr wichtig. Hat es in deiner Familie schon mal eine Bruja gegeben? Es ist schwer vorstellbar, dass du mit nur einem Kultgegenstand und bruchstückhaftem magischem Wissen ein derart durchschlagendes Ergebnis erzielen konntest. Sollte aber noch ein zweiter Strang von Hexenkunst in deinen Zauber eingewoben sein, wird er um einiges schwerer rückgängig zu machen sein. Deshalb müssen wir unbedingt alles wissen, was es zu wissen gibt.«

»Ich weiß nicht«, sagte Caroline kleinlaut, und auch ohne die Magie der Oreja hätte Leo gewusst, dass Caroline die Wahrheit sagte.

Tía Paloma schnaubte mit zusammengepressten Lippen. Doch bevor sie noch etwas sagen konnte, ergriff Isabel das Wort.

»Okay«, sagte sie besänftigend. »Schon gut.« Wieder legte sie Caroline tröstend eine Hand auf die Schulter. »Wir können versuchen, den Enthüllungszauber zu wiederholen, und vielleicht hilft uns das schon weiter. Wo ist diese Kerze, Caroline?«

»In meinem Zimmer«, antwortete Caroline. »Auf meinem Nachttisch.«

»Aha«, sagte Isabel. »Dort liegen vermutlich noch andere Gegenstände, richtig? Du hast eventuell unabsichtlich einen Altar gebaut. Das hilft uns schon mal weiter; damit können wir einen Umkehrzauber versuchen. Komm, schauen wir ihn uns an.«

»Und was ist mit den Geistern?«, fragte Caroline.

»Geistwesen«, korrigierte Leo. Die meisten von ihnen saßen da und unterhielten sich angeregt darüber, wie gern sie ihre Hinterbliebenen besuchen würden, wenn sie schon mal da waren, und Mr Pérez stapfte ruhelos hin und her, als würde er am liebsten davonlaufen.

»Leo«, sagte Tía Paloma, »behalte sie im Auge. Du musst sie irgendwie ablenken. Wir müssen dahinterkommen, was es mit diesem Zauber auf sich hat. Bitte!«

Isabel schenkte Leo noch ein aufmunterndes Lächeln, bevor sie mit Caroline und Tía Paloma in den Flur und dann zu dem Zimmer mit dem Schmetterling an der Tür ging. Caroline warf noch einen entschuldigenden Blick über die Schulter, bevor Tía Paloma die Tür hinter ihr zuzog. Leo spürte den Oreja-Zauber wie ein Gummiband reißen, als ihr die weitere Unterhaltung entglitt, während die Stimmen der Geister wieder zu ihrer normalen Lautstärke anschwollen.

Leo seufzte. Sie konnte es Caroline nicht verdenken, dass sie im Alleingang testen wollte, ob sie auch zaubern konnte, schließlich hatte sie selbst das auch schon getan. Und sie konnte auch nicht sauer sein auf Tía Paloma oder Isabel, die sie mit einer wichtigen Aufgabe betraut hatten, damit sie selbst sich auf ihre Nachforschungen konzentrieren konnten. Leo konnte nicht mal auf die Geister sauer sein, die genauso ratlos waren wie alle anderen. Trotzdem hatte sie vor Wut einen Klumpen im Magen, so hart wie kalter, unverdauter Haferbrei. Wieder seufzte sie. Wie sollte sie sechs Geister ablenken und bei Laune halten, die so erpicht darauf waren, das Haus zu verlassen, während ihre Tante und Isabel versuchten, einen Umkehrzauber auszutüfteln?

»Hey«, sagte sie plötzlich in einer Lautstärke, die sie normalerweise nur hatte, wenn sie sich mit Marisol stritt. »Alle mal herhören!«

Sechs Augenpaare blickten sie an.

»Hat jemand Hunger?«

Leo machte zuerst Kaffee (und Tee für den Bürgermeister), nahm sechs Bestellungen von Milch und Zucker entgegen, und versuchte sich mit den Geheimnissen der Kaffeemaschine der Campbells vertraut zu machen, während die Geister hinter ihr in die Küche geschlurft kamen. Dank ihrer Erfahrung vom Kassendienst in der Bäckerei zu den morgendlichen Stoßzeiten kam Leo mit dieser Geisterschar ganz gut klar.

Nachdem jeder von ihnen vor seinem warmen Becher saß, schaute Leo in den Kühlschrank, um zu sehen, was sie ihnen zum Frühstück anbieten konnte. Der Kühlschrank war gut gefüllt, mit gesunden Lebensmitteln und ohne vorgeschälte gekochte Eier, doch daraus etwas Leckeres zu kochen, überstieg Leos Kochkünste bei Weitem. Mit den riesigen Backöfen in der Bäckerei Amor y Azúcar kannte sie sich inzwischen so weit aus, dass sie Bleche herausnehmen und die Zeitschaltuhren einstellen konnte, doch wie bediente man einen normalen Herd in einem Privathaushalt? Sie entschied sich schließlich dafür, zwei Packungen Toaster Strudel mit Glasur aus dem Gefrierschrank zu nehmen.

»Das entspricht aber nicht unserer Familientradition!«, murrte Abuela, als Leo jeweils zwei der Gebäckstücke aus dem Toaster holte und auf Teller legte, damit Mrs Morales sie mit hübschen Zuckerglasur-Schnörkeln dekorieren konnte. »Das ist ja nicht mal Strudelteig«, monierte sie, nachdem sie eines der knusprigen Teilchen gedrückt hatte.

Leo bekam das letzte Teilchen aus der zweiten Packung ab, biss hinein und musste Abuela recht geben. Mamás Guava-Cheese-Röllchen schmeckten tausend Mal besser als dieses klebrig-süße Zeug aus dem Supermarkt. Doch die Geister aßen alles klaglos auf und tranken dazu ihren Kaffee, und daraus schloss Leo, dass sogar in Toaster Strudel etwas Magie stecken musste.

»Kann ich noch einen haben?«, fragte Mr Pérez höflich.

Im Gefrierschrank lag eine weitere Packung. Sollte Leo die auch aufwärmen? Oder würde Mr Campbell dann misstrauisch werden und denken, Caroline hätte an einem einzigen Morgen achtzehn dieser Teilchen aufgegessen? Da alle Geister friedlich dasaßen, beschloss Leo, schnell in den Flur zu gehen und Caroline zu fragen, ob sie auch die dritte Packung aufmachen durfte.

Caroline war nicht mehr in ihrem Zimmer. Sie stand im Flur und erklärte Tía Paloma gerade, wie man die Falltür in der Decke öffnete und die Klappleiter herunterzog, die auf den Speicher führte.

»Was macht ihr da?«, erkundigte sich Leo.

»Schau!« Caroline streckte die Hand aus und zeigte Leo einen weißen Dame-Spielstein, eine rote Mensch-ärger-dich-nicht-Spielfigur, eine Monopoly-Karte und eine sechseckige Landschaftskarte mit einem Miniaturwald, die vermutlich aus dem Spiel »Die Siedler von Catan« stammte. »Die Sachen hier lagen plötzlich auf meinem Nachttisch.«

Leo tippte den Dame-Spielstein an. »Wann? Als ihr den Enthüllungszauber ausprobieren wolltet?«

»Nein«, antwortete Caroline leise. »Sie lagen da, als wir vorhin in mein Zimmer kamen. Und die Spiele, zu denen sie gehören, sind alle auf dem Speicher.«

»Wow, das ist ja merkwürdig.« Leo flüsterte nun ebenfalls. »Und ihr wollt jetzt überprüfen, ob die Teile in den Spielen fehlen?«

»Ich glaube schon.« Carolines Lächeln wirkte irgendwie gequält. »Wir suchen immer noch nach Hinweisen, wieso ich plötzlich so viel magische Energie hatte. Hey, was ist mit den Geistern? Brauchst du etwas?«

»Nein, alles in Ordnung.« Leo lächelte. Bald, wenn alle Rätsel gelöst und die Geister wieder sicher im Otro Lado waren und Caroline und sie etwas Zeit hätten, würde sie ihrer Freundin sagen, wie aufregend sie es fand, eine Freundin mit magischen Kräften zu haben und wie viel Spaß es machen würde, gemeinsam mehr über ihr Talent herauszufinden. Im Moment hielt sie nur den Daumen hoch. »Viel Glück!«

Tía Paloma winkte Caroline zur Leiter, und als ihre Freundin nach oben kletterte, um zu sehen, was für magische Geheimnisse sich in ihrem Speicher verbargen, lief Leo, vor Freude hüpfend, wieder in die Küche.

Die Geister hatten die letzte Packung der Toaster Strudel allein zubereitet und machten sich nun gerade über eine Familienpackung Vollkornkekse her. Leo wischte ein paar orangefarbene Blütenblätter beiseite und setzte sich auf die Küchentheke. Sie fand es schrecklich aufregend, dass Caroline magische Kräfte besaß – echte Magie! –, und überlegte, was das bedeutete. Hatte Caroline auch eine angeborene Gabe? Musste sie ebenfalls eine familiär bedingte Fähigkeit lernen, um ihre Magie zu kanalisieren, so wie die Logronos mit ihrem Backtalent? Was, wenn Carolines Familie eine langweilige

Gabe hatte, zum Beispiel die, auf magische Weise Steuerformulare auszufüllen?

In Leos Kopf wirbelten Gedanken herum wie die Milch auf dem Boden von Abuelas leerer Müslischale und ihre Finger trommelten eine Linie entlang der Küchentheke. Verflixt, warum hatte sie sich noch nie dafür interessiert, welche magischen Fähigkeiten es überhaupt gab? Sie hätte Isabel nach der Bruja-Vereinbarung fragen oder einige von Tía Palomas Büchern lesen sollen.

Tía Palomas Zauberbücher, zumindest die meisten von ihnen, lagen immer noch dort, wo Isabel sie abgelegt hatte. Einige von ihnen waren alt und in Leder gebunden und von Hand geschrieben wie zum Beispiel das Buch mit magischen Familienrezepten, das Leo letztes Jahr aus der Bäckerei stibitzt hatte. Andere waren dünn und neu und hatten einfarbige Buchdeckel. Nur eines von ihnen war auf Englisch, und als Leo die Inhaltsangabe überflog, sah sie, dass es hauptsächlich um Kristalle und Wildblumen ging. Nur ein kurzes Kapitel befasste sich mit »Kerzen und Beschwörungen«. Leo wollte das Buch gerade wieder weglegen und sich doch eines der spanischen Bücher anschauen – *Curanderismo y Brujería en las Americas* klang vielversprechend, wenn man etwas über andere Arten von Magie lernen wollte –, als sie bemerkte, dass in dem englischen Buch ein Lesezeichen steckte – eines von Tía Palomas Heiligenbildchen. Sie schlug die Seiten auf, zwischen denen San Pascual klemmte, und las:

»Manche Magier, insbesondere jene mit einer angeborenen Gabe, sind in der Lage, Verstorbene und anderen Wesen aus dem Jenseits herbeizurufen, und das lediglich mit einer oder mehreren Kerzen und einer gehörigen Portion Willenskraft. Schon ein unerklärlicher Windstoß oder eine kurze sensorische Interaktion mit dem herbeigerufenen Geistwesen kann als Erfolg gewertet werden.«

Leo blickte von der Seite auf. Sie sah, wie Abuela sich Kaffee nachschenkte und gähnend feststellte, dass die Kanne fast leer war. Abuela war wesentlich mehr als ein unerklärlicher Windstoß oder eine kurze Interaktion. Leo stand auf, um für Abuela eine weitere Kanne Kaffee zu kochen, und rempelte ihre Großmutter dabei mit dem Ellbogen an. Abuela war körperlich da, seit Stunden schon, und mit allen fünf Sinnen wahrnehmbar. Wie hatte Caroline einen so mächtigen Zauber hinbekommen?

»Ganz schön anstrengend, nicht wahr?«, sagte Mrs Morales zu Abuela und nahm einen tiefen Schluck aus ihrem Becher. »Ich meine, in der Welt der Lebenden zu sein.«

Mr Pérez nickte. »Ich hatte ganz vergessen, wie schwer es ist, sich in einem Körper fortzubewegen. Und wie komisch, so etwas wie Haut zu haben.« Er kniff sich in die Wangen und schnitt die unglaublichsten Grimassen, während Abuela und Mrs Morales wie Schulmädchen kicherten. Als er die Hände wieder sinken ließ, fuhr er die verschnörkelten Buchstaben des Tattoos nach, das sich um sein Handgelenk rankte. »Seltsam, dass ich das ganz vergessen hatte. Man muss sich richtig zusammenreißen und sich von allem anderen abgrenzen. Kostet ganz schön viel Energie. Wie haben wir das all die Jahre auf Erden geschafft?«

»Na, deshalb sind wir ja auch alt geworden.« Abuela lachte. »Und hässlich.«

»Du vielleicht, viejita!«, erklärte Mrs Morales und wedelte mit ihrem Rock.

Leo wunderte sich, dass ihre Großmutter nicht beleidigt war, von ihrer Freundin als »kleine Alte« bezeichnet zu werden.

Doch Mrs Morales täuschte sich. Abuela sah nicht mehr so alt aus. Ihre Haltung war aufrechter und ihre Haut glatter als am Morgen, als sie in Leos Zimmer aufgetaucht war, und ihre Bewegungen wirkten sicherer. Ihr Gesicht war runder geworden, ihre Haare waren dick und dunkel. Sie sah mehr wie Mamá aus als wie die Abuela in Leos Erinnerung – abgesehen von den Augen, die fast schwarz waren und in denen der Schalk aufblitzte, wenn sie mit ihren Freunden scherzte. Ihre Augen hatten sich nicht verändert, der Rest von ihr wurde jedoch mit jeder Minute jünger.

Leo griff wieder nach dem Buch auf der Küchentheke und überflog die Seite, während sich in ihrem Hinterkopf ein unbehagliches Gefühl ausbreitete. Ihre Augen huschten über Absätze, in denen spezielle Typen von Kerzen und ihre Anwendungsmöglichkeiten beschrieben wurden, und vor Frustration schnürte sich ihre Kehle immer mehr zusammen. Dabei hätte sie nicht mal sagen können, wonach genau sie eigentlich suchte.

Schließlich blieb ihr Blick ganz unten auf der Seite an einer der winzigen nummerierten Fußnoten hängen: »Mehr über mögliche Auswirkungen beim Herbeirufen von Verstorbenen in Anhang IV.«

Leo bedankte sich im Geiste bei Ms Luchesi, der Schulbibliothekarin, die ihnen beigebracht hatte, wie Bücher aufgebaut waren, und nach einem kurzen Blick in die Inhaltsangabe wusste sie, auf welcher Seite sie den Anhang fand.

Sie las den ganzen Absatz und dann gleich noch ein zweites Mal. Anschließend holte sie tief Luft.

»Abuela«, sagte sie mit zugeschnürter Kehle, »kannst du mal schauen?«

»Was ist, Leonora?« Abuela beugte sich über ihre Schulter.

»Was lest ihr da?« Mrs Morales kam näher und beugte sich neugierig über Leos andere Schulter.

Ein leises Stimmchen in Leos Kopf flüsterte ihr zu, das Buch schnell zuzuschlagen, zu lügen und zu hoffen, dass sie das Ganze missverstanden hatte. Aber noch mehr Geheimnisse und Nicht-wahrhaben-Wollen würden nichts helfen und mit Tricks war dieses Problem auch nicht zu lösen.

Sie deutete auf den fraglichen Absatz. »Bedeutet es wirklich das, was ich denke?«

In Anhang IV war die Rede von einer Hexenmeisterin, Elisheva Zafrani, die es schaffte, ihrem Ehemann auch nach ihrem Tod noch Briefe zukommen zu lassen.

»Indem er ihre Anweisungen ganz genau befolgte, konnte der Ehemann ihren Geist sogar körperlich herbeirufen, obwohl er selbst keinerlei magische Fähigkeiten besaß. Zafranis Briefe zeigen allerdings auch, welch hohen Preis der Geist seiner verstorbenen Frau für diese wiederholten Manifestationen zahlen musste. Sie schrieb, sie fühle sich ›erschöpft‹ und ›unbehaglich‹ in unserer Welt, und sie tadelte ihren Mann dafür, dass er ihr Komplimente über ihr Aussehen machte. ›Du sagst, ich würde mit jedem Tag noch schöner werden, jugendlicher, als hätte ich meine Jahre abgeschüttelt. Doch ich verliere nicht mein Alter, sondern mich selbst. Liebster, bitte ruf mich nicht mehr zu dir, sonst werde ich mich, wie ich fürchte, in diesem leeren Reich der Lebenden verlieren und nie mehr den Weg zurück zum Frieden finden.‹ Ihre Befürchtungen spiegeln das wider, was schon oft beschrieben wurde: nämlich dass es gefährlich ist, Geister zu häufig oder für zu lange Zeit in unsere Welt zurückzurufen. Denn es führt unweigerlich dazu, dass sie sich auflösen und zu gequälten, herumspukenden Fragmenten ihres früheren Selbst werden.«

Abuela biss sich auf die Lippe. Sie zog Mrs Morales das Buch weg und hielt es sich dichter vors Gesicht. »¿Qué diablos?«, flüsterte sie. Ihr Mund bewegte sich lautlos, während ihr Finger langsam und mehrfach über dieselben Zeilen fuhr. Leo dagegen starrte nur auf eine bestimmte Stelle:

Sich auflösen.

Die Altersflecke auf Abuelas Handrücken waren mittlerweile fast verblasst, die Adern unter einer dickeren Haut verschwunden. Nach den Maßstäben von Lebenden sah sie gesund und kräftig aus. Doch Leo vermisste die im Alter von Arthritis gekrümmten, runzeligen Finger.

»Das klingt nicht gut, stimmt's?«, fragte Leo und legte ihre Hand über die von Abuela, um sie am erneuten Lesen zu hindern.

Abuela blickte von dem Buch auf und sah Leo mit ihren unergründlich tiefen, durchdringenden, schwarzen Augen an. »Psst, Leo. Sag nichts. Wir wollen niemanden erschrecken ...« Ihre Augen huschten zu Mr Pérez, der übellaunig aus dem Fenster schaute, während er seinen Kaffee trank, dann zu Bürgermeister Rose, der sich mit Old Jack halb flüsternd unterhielt und von seinem Gesprächspartner immer wieder aufgefordert wurde: »Sprechen Sie lauter, Sir!«

Leo nickte. Sie musste nachdenken, und sie musste vor allem herausfinden, ob es wirklich stimmte, aber natürlich ohne die Geister in Carolines Küche in Panik zu versetzen. Sie zupfte am unteren Ende ihres Zopfs herum. »Vielleicht sollte ich …« Sie blickte zum Flur, wo Tía Paloma und Isabel vermutlich noch immer Carolines Speicher durchsuchten.

Mrs Morales legte Abuela einen Arm um die Schultern. »Geh ruhig, erzähl deiner Tante, was mit uns passiert. Schnell!« Sie wedelte mit einer Hand, um Leo wegzuscheuchen.

Leo nickte und folgte nach kurzem Zögern Mrs Morales' Aufforderung, die von einem Schwall Ringelblumen-Blütenblättern begleitet wurde.

»Caroline?«, flüsterte sie vom Fuß der Klappleiter aus. »Caroline, bist du da oben?«

Vom Speicher wehte ihr ein warmer Luftzug entgegen, in dem der Geruch von staubigem, altem Papier lag. Als Leo blinzelnd hochschaute, hatte sie den Eindruck, als würde die Luft über der Leiter schimmern und wie ein Vorhang in einem Luftzug wehen – ganz ähnlich wie vorhin am Autofenster und auch vor Carolines Haustür. Leo blinzelte so lange, bis dieser Eindruck nachgelassen hatte.

»Leo?« Carolines Kopf tauchte in der rechteckigen Öffnung in der Decke auf, ihre Augen glänzten und ihre Stimme war gedämpft. »Bist du es? Wir haben etwas gefunden.« Sie zog den Kopf wieder zurück und eine Sekunde später kam eine flauschige grüne Haussocke aus dem Dunkel und stellte sich auf die oberste Sprosse der Klappleiter. »Wir haben etwas gefunden, das uns weiterhelfen könnte!«

Leo öffnete den Mund, um ihrer Freundin anzuvertrauen, welche Angst ihr die Brust zusammenschnürte, doch dann schloss sie ihn wieder. Wenn Caroline das Problem gelöst hatte und jetzt wusste, wie man die Geister zurückschicken konnte, dann brauchte sich Leo keine Sorgen mehr darüber zu machen, was passieren würde, wenn sie blieben. Sie stieß einen zittrigen Seufzer aus.

Als Carolines Flanellpyjama mit dem durchgeknöpften Oberteil die Leiter herunterkam, sah Leo, dass sie ein graubraunes Büchlein, etwa so groß wie eine Postkarte und dünner als ein Päckchen Spielkarten, in der Hand hielt, während sie sich mit der anderen an dem dünnen Geländer festhielt.

Leo wippte gespannt auf und ab. »Ist das euer Zauberbuch?«, fragte sie aufgeregt. »Gehört es deiner Familie? Steht etwas darüber drin, wie wir die Geister wieder zurückschicken können?«

Caroline schüttelte den Kopf und drückte das Büchlein an ihre Brust. »Nein, es ist das Tagebuch meiner Urgroßmutter. Mom hatte es immer in ihrem Schatzkästchen liegen, aber ich konnte es natürlich nicht lesen, als ich noch klein war.«

Leo hatte Mrs Campbells Schatzkästchen schon einmal gesehen, als Caroline es in die Schule mitbrachte, weil sie damit an der Reihe war, einen Gegenstand mitzubringen und etwas darüber zu erzählen. Es war eine hellbraune Holzschatulle mit Schnappverschluss, und alles, was darin war, roch nach diesem Holz: ein Rosenkranz mit Glasperlen, Büchereiausweise von jeder Bücherei, in der Mrs Campbell je gearbeitet hatte, Zeugnisse von ihrer Schule in Costa Rica. An das kleine

Büchlein konnte sich Leo nicht erinnern, aber vielleicht hatte sie es übersehen, weil das winzige Dominospiel oder die gebastelten Papierpüppchen sie so sehr fasziniert hatten. Vielleicht hatte Mrs Campbell das Büchlein aber auch herausgenommen, bevor sie es Caroline mitgegeben hatte, oder das Buch hatte sich von allein unsichtbar gemacht, da es schließlich ein magisches Buch war.

»Kannst du es jetzt lesen?« Zu Leos Neugier kam die Erinnerung an den Anhang des anderen Buchs, an den Ausdruck »sich auflösen«. Vor Aufregung wippte sie auf und ab. »Steht etwas darin, wie man Geister in den Otro Lado zurückschicken kann?«

Caroline schüttelte den Kopf. »Nein, darum geht es nicht, Leo. Sie erzählt darin nur von ihrer Tante und ihrem Onkel und schildert unsere Familiengeschichte. Stell dir vor: Ihre Urgroßeltern waren beide Curanderos, Zauberer, die kranke Menschen heilen konnten. Es gibt auch ein paar Notizen über die Benutzung von Kerzen zum magischen Heilen, die ganz ähnlich sind wie das, was Tía Paloma dir und deinen Schwestern beigebracht hat. Deshalb nehme ich an, dass auch meine Familie magische Kräfte hat. Und ich glaube, da gibt's noch mehr, denn sie schreibt, dass sich unser Schwerpunkt verlagert hat – aber leider sagt sie nicht, wohin. Ich werde gleich weiterlesen, denn deine Tante sagt, dass wir mehr Einzelheiten wissen müssen über meine … ähm, über die Magie, die die Geister herbeigerufen hat, und das würde uns … hm, irgendwie helfen.« Caroline zuckte mit den Schultern.

»Ja, beim Umkehrzauber.« Tía Paloma kam ebenfalls die Leiter herunter, wesentlich langsamer als Caroline vorhin. Sie klammerte sich an den Handlauf und ruderte mit jedem Bein durch die Luft, bevor sie es auf die nächsttiefere Stufe setzte. Mit einem »Uff!« landete sie schließlich im Flur. »Ich muss es natürlich noch einmal genauer durchlesen, aber jetzt haben wir schon mal zwei brauchbare Hinweise: nämlich dass deine Magie im Curanderismo wurzelt und dass deine Familie regelmäßig mittels Kerzen gechannelt hat. Das ist schon mal ein guter Ansatzpunkt.«

Leo runzelte die Stirn. Das mochte ja ein guter Ansatzpunkt sein, aber es klang nicht wie eine Antwort auf das Problem, wie sie die Geister wieder nach Hause schicken konnten – noch nicht. Leo klopfte mit den Fingerspitzen auf das dünne Cover des Buches, das sie aus der Küche mitgebracht hatte, und öffnete den Mund, um etwas zu sagen. Doch weil es eine schlechte Nachricht war, blieb diese an ihrer Zunge kleben, und eine andere Stimme kam ihr zuvor.

»Ich würde mir auch gern noch mal deinen Altar ansehen«, sagte Isabel, die sich mit einer Hand ihren Rock an die Beine drückte, als sie die Leiter herunterkletterte. »Ich gehe davon aus, dass wir für den Enthüllungszauber einen eigenen Zauber brauchen, vermutlich einen etwas komplizierteren, angesichts der Tatsache, dass dein Zauber die Magie deiner

Familie mit der Kerze kombiniert hat, die ihrerseits mit der Magie unserer Familie imprägniert war. Aber wir können es sicher erst mal mit ähnlichen Komponenten versuchen oder mit Komponenten, die symbolisch das genaue Gegenteil sind …« Sie war nun endlich unten im Flur angekommen und drehte sich zu den anderen um. »Leo! Was machst du hier?«

»Das will ich schon die ganze Zeit sagen«, flüsterte Leo. »Ich habe mir einige der Bücher angesehen, die du ins Wohnzimmer gelegt hast und … und da bin ich auf etwas gestoßen. Etwas … vermutlich etwas Schlechtes. Wie schnell findet ihr den Enthüllungszauber heraus, was meinst du?«

Isabel krauste die Stirn. »Das ist eine komplizierte Situation, und wir haben noch immer nicht alle Informationen, die wir brauchen. Es kann – im besten Fall – Stunden dauern, bevor wir uns einen groben Überblick verschafft haben.«

Leo zuckte zusammen. »Auweia«, sagte sie. »Das klingt nicht gut.« Sie schlug den Anhang des Buchs auf und hielt es ihrer großen Schwester hin.

Noch bevor jemand einen Blick hineinwerfen konnte, fiel irgendwo eine Tür zu, und alle erschraken. Caroline wirbelte herum. Tía Palomas Augen, die hinter den Brillengläsern sowieso schon größer wirkten, als sie waren, traten wie Froschaugen hervor. Isabel starrte Leo an und auf ihrer Stirn bildete sich eine tiefe Längsfalte.

»Leo, du hast die Geister allein gelassen, stimmt's?«

KAPITEL 12

Hilferuf

Caroline rannte in die Küche, dicht gefolgt von Leo, der die entsetzten Worte ihrer Schwester noch in den Ohren hallten. Sie stieß mit dem Schienbein an den Couchtisch, merkte den Schmerz aber kaum, weil sie verzweifelt hoffte, dass es nur ein dummes Missverständnis war und die Geister noch immer friedlich am Tisch saßen und Vollkornkekse futterten.

Als Leo schlitternd auf dem Linoleumboden der Küche abbremste, war Caroline schon da und schüttelte fassungslos den Kopf. »Sie sind weg!«

Leo riss die Hintertür auf. »Komm!«, rief sie. »Wir müssen sie einholen!«

Isabel und Tía Paloma waren mit versteinerter Miene unter der Tür stehen geblieben. »Könnt ihr sie sehen?«, fragte Isabel.

Leo schüttelte den Kopf.

»Ich fürchte, es sähe verdächtig aus, wenn ihr ihnen jetzt

nachrennt«, sagte Tía Paloma. »Aufsehen zu erregen ist das Letzte, was wir brauchen können.«

Leo starrte auf die leeren Becher und einen nur halb aufgegessenen Vollkornkeks auf dem Küchentisch. Dann betrachtete sie die Spur der Blütenblätter, die die Einfahrt hinunterführten und vom Wind in verschiedene Richtungen zerfranst wurden. An der inzwischen wohlbekannten Stelle in den Tiefen ihres Magens machte sich Angst breit, die ihre zappligen Tentakel ausstreckte und Leos Frühstück zu einem harten Klumpen zusammendrückte.

Wo wollten die Geister hin? Und wie konnten sie ein Aufsehen vermeiden, falls wirklich alle sechs durch die Stadt liefen?

»Du solltest doch auf sie aufpassen!« Obwohl Isabel nicht schrie, hätte Leo sich am liebsten die Ohren zugehalten. Isabel zog den Saum ihres Shirts nach unten, strich dann mehrmals ihren Rock glatt und zupfte hektisch an einem unsichtbaren Fussel herum.

»Beruhige dich, Isabel.« Tía Paloma streckte eine Hand aus. »Leo? Ich begreife es nicht. Du hast ihnen nur für eine Minute den Rücken zugedreht, und da haben sie spontan beschlossen, Hals über Kopf zu fliehen? Das ergibt keinen Sinn.« Sie starrte durch das Küchenfenster auf die Spur der Blütenblätter.

Ich kann nichts dafür, hätte Leo gern gesagt, nur dass sich diesmal allein schon der Gedanke wie eine Lüge anfühlte. Sie hätte lieber gesagt: *Es tut mir leid*.

»Ich weiß, warum sie weggelaufen sind«, sagte sie stattdessen. »Ich wollte es euch gerade sagen.« Sie nahm ihren Finger aus dem dünnen magischen Büchlein und legte es aufgeschlagen auf den Küchentresen. »Ich glaube, die Geister sind in Gefahr.«

»In Gefahr? In was für einer Gefahr?« Isabel beugte sich vor, um sich die aufgeschlagenen Seiten anzusehen, doch Tía Paloma kam ihr zuvor und riss das Buch an sich. Mit dem Zeigefinger fuhr sie die Zeilen hinunter und ließ das Buch dann sinken.

»Natürlich!« Sie seufzte. »Du hast es geahnt, Isabel. Durch die Anwesenheit in unserer Welt brauchen sie ihre ganze Energie auf. Und wenn wir es nicht schaffen, sie zurückzuschicken, werden sie ...«

»... sich auflösen«, führte Leo den Satz zu Ende. Laut ausgesprochen klang es noch schrecklicher.

Tía Paloma schürzte die Lippen. »Hast du es ihnen gesagt, Leo?«

»Nein!« Leo zog den Kopf ein und ihre Wangen brannten. »Ich meine ... nur Abuela und Mrs Morales haben es mitbekommen. Aber sie haben mir beide eingeschärft, es ja nicht den anderen zu sagen, sondern euch zu holen, damit ...«

Oh! Mrs Morales hatte sie absichtlich weggeschickt, und sie, Leo, war darauf hereingefallen! Leo verschränkte die Arme vor dem Bauch, in dem sich die Tentakel der Angst gerade mit Scham vermengten. Es war nicht sehr lustig zu merken, dass man hereingelegt worden war.

»Ich verstehe es nicht«, sagte Caroline und starrte in das Büchlein. »Es klingt als … als müssten sie … dann sterben?« Sie krauste die Stirn. »Aber sie sind doch schon tot!«

»Sie verlieren sich selbst«, sagte Isabel leise. Sie griff nach dem Büchlein und überflog auch die nächsten Seiten. »Wenn sie länger in unserer Welt sind, können sie sich nicht mehr zusammenhalten und zerfallen, werden zu nichts.«

»Zu allem«, verbesserte Leo ihre große Schwester, weil sie noch wusste, wie Abuela den Otro Lado beschrieben hatte. »Abuela sagte, dort verschmilzt man mit allem. Aber es hörte sich nicht schlimm an.«

»Ist es auch nicht im Otro Lado.« Abuela erschien plötzlich unter der offenen Hintertür, mit müden Augen und schweren Schritten. »Doch auf dieser Seite des Schleiers verhält es sich anders …« Sie blickte auf den Boden. »Tut mir leid. Ich wollte sie aufhalten. Doch der Bürgermeister hat sie aufgestachelt, und wie ich feststellen musste, bin ich ohne meine Gabe der Beeinflussung nicht besonders gut darin, andere zu überzeugen.«

»Was hat der Bürgermeister gesagt?«, fragte Caroline. »Was wollen sie?«

»Da in dem Büchlein die Rede davon ist, dass sie ihre Energie verlieren und sich auflösen, wäre es dann nicht klüger gewesen, hierzubleiben, statt durch die Stadt zu rennen?«, gab Isabel zu bedenken.

Abuela setzte sich schwerfällig an den Küchentisch. »Sie

haben Angst«, erklärte sie. »Miguel Antonio will sich bei seiner Schwester entschuldigen, der Lehrer will sich um sein Klavier kümmern und so weiter. Sie wissen, dass ihnen die Zeit ausgeht, und der Bürgermeister hat sie aufgewiegelt, indem er sie fragte, wie sie ihre letzten Stunden zu verbringen gedenken, bevor sie …« Abuela wedelte mit beiden Händen und ließ dadurch ein paar Blütenblätter in einen Kaffeebecher fallen. »… verpuffen. Zu nichts werden, zu Staub. Dann werden wir echte Geister sein, verlorene Seelen. Zerbrochen wie La Llorona in dem alten mexikanischen Volkslied.« Leo reichte Abuela einen frischen Becher Kaffee und erntete dafür ein müdes Lächeln. Abuela umfasste den warmen Becher mit beiden Händen und trank einen Schluck, bevor sie fortfuhr.

»Im Otro Lado kann man wie Wasser fließen. Man ist man selbst oder nicht man selbst, lässt sich von der Strömung und den vielen Möglichkeiten treiben. Im Otro Lado ist alles voller Magie, man kann aus der Luft Dinge herbeizaubern, Gefühle nehmen feste Formen an und können verändert werden. Dort können Geister sich fortbewegen, sich ohne Worte unterhalten, und sie fühlen sich sicher.« Sie schüttelte den Kopf. »Ohne diese Magie, die uns beschützt, verblassen wir und verwehen, und dann sind wir nicht mehr in der Lage, den Weg zu uns selbst zu finden oder zu den Dingen und Menschen, die wir lieben.«

»Das ist ja schrecklich.« Isabel sank neben Abuela auf

einen Stuhl, griff nach der Hand ihrer Großmutter und drückte sie fest.

»Wir müssen den ursprünglichen Zauber herausfinden«, sagte Tía Paloma entschlossen und versenkte sich erneut in das Büchlein. »So schnell wie möglich.«

»Zuerst müssen wir die Geister finden«, sagte Leo mit Nachdruck. Durch ihre Flucht liefen sie zwar Gefahr, sich noch schneller aufzulösen, aber auch, unliebsam aufzufallen. Und da *sie* ihnen die Flucht ermöglicht hatte, würde alles, was sie nun in der Stadt anrichteten, auf sie zurückfallen. Und möglicherweise flog sogar ihr Familiengeheimnis auf. Es wäre alles ihre Schuld!

»Ich muss das hier lesen.« Caroline hielt das Tagebuch hoch, das sie auf dem Speicher gefunden hatte. »Ich muss mehr über die Magie meiner Familie herausfinden. Ich muss begreifen, was ich getan habe.«

Leo nickte. »Du brauchst aber Tía Palomas und Isabels Hilfe«, sagte sie. »Folglich ist es meine Aufgabe, die Geister zu suchen.«

Sie drückte die Schultern zurück und wartete auf Widerspruch. *Du bist zu jung, zu klein, du richtest nur Chaos an. Überlass es jemand anderem, kleine Leo. Es ist nicht deine Sorge.* Doch das würde sie nicht akzeptieren. Sie würde nicht tatenlos herumsitzen und den anderen dabei zusehen, wie sie nach einer Lösung suchten. Damit war es vorbei!

»Stimmt«, sagte Isabel. »Das klingt vernünftig.«

»Danke, Leo«, sagte Tía Paloma und drückte Leos Schulter.

»Du kannst mein Rad nehmen«, schlug Caroline vor. »Dann bist du schneller als sie, da sie zu Fuß unterwegs sind.«

Leo nickte und versuchte, sich ihre Überraschung nicht anmerken zu lassen. Sie würde ihren Fehler wiedergutmachen und die anderen vertrauten ihr.

Aber falls sich die Geister getrennt hatten und die Blütenblätter vom Wind in verschiedene Richtungen geweht worden waren, musste sie nicht nur eine einzelne Spur verfolgen. Und obwohl sie sich denken konnte, wohin jeder der Geister gehen wollte, war das Ganze ganz bestimmt kein Versteckspiel. Sie musste sie auch wieder hierher zurückbringen und keiner von ihnen würde freiwillig mitkommen.

Wie konnte sie sie alle einsammeln, ohne dass es zu einer Szene kam und ohne dass die Stadtbewohner etwas merkten? Was, wenn sie sie nicht rechtzeitig zurückbringen konnte und sie sich auflösten? Was, wenn sie mit dieser Aufgabe restlos überfordert war?

Bevor Leos Zweifel aus ihrem Mund tropfen konnten wie Ananasgelee aus einer Empanada, riss das Läuten von Carolines Festnetztelefon sie aus ihren wirren Befürchtungen. Auch Caroline zuckte zusammen, rannte zur Wand neben dem Kühlschrank und rief mit viel zu hoher Stimme in den Hörer: »Hallo?«

Alle in der Küche hielten gespannt die Luft an.

»Hallo?«, sagte Caroline ein zweites Mal. »Wer ist da?« Nach einigen langen Sekunden legte sie achselzuckend wieder auf. »War niemand dran«, sagte sie. Sie drückte auf einen Knopf am Telefon. »Auf dem Display stand anonym. Ich dachte, es sei mein Dad, aber vermutlich hat sich jemand verwählt.«

Ein mysteriöser Anruf an einem Morgen voller Geister, die aus dem Jenseits zurückgekehrt waren, war ziemlich gespenstisch, doch daran dachte Leo nicht. Sie dachte daran, wie sie Caroline vor Kurzem angerufen und gehofft hatte, ihre Freundin würde ihr helfen. Und dieser Anruf war ganz anders verlaufen als erwartet. Jetzt befand sie sich wieder in derselben Zwickmühle, mit zu vielen imaginären Zeitschaltuhren, die der Null entgegentickten, und nicht genug Leuten, um all diese Probleme zu lösen. Oder gab es auch jetzt eine ähnliche Lösung?

»Du, Caroline«, sagte sie. »Da fällt mir etwas ein. Kannst du mir dein Handy ausleihen? Ähm, für den Fall, dass ich dich von unterwegs anrufen muss?« Das war wieder etwas hinterhältig, aber nur ein bisschen. Caroline würde es später sicher verstehen. Hoffte sie zumindest.

»Klar.« Caroline klopfte an die Taschen ihrer Shorts. »Ich dachte, ich hätte es bei mir … Aber vielleicht habe ich es in meinem Zimmer liegen lassen.«

Leo folgte Caroline in ihr Zimmer und blieb unter der Tür stehen, während ihre Freundin ihr ungemachtes Bett durchwühlte und auf den Bücherregalen nachschaute. Carolines Zimmer hatte einen neuen Fries mit Sonnenblumen und Schmetterlingen unterhalb der Decke, zusätzlich zu den anderen handgemalten Bildern an den Wänden. Mr Campbell brauchte offenbar ein Ventil für seine kreative Energie.

Auf dem Nachttisch entdeckte Leo die gestohlene Kerze – eine dicke gelbe Kerze, die inzwischen ganz heruntergebrannt war, sodass sich der Rand um den geschwärzten Docht tief unten in der Mitte zusammengerollt hatte. Caroline hatte sie neben ein Familienfoto gestellt und vor einen der Prospekte vom letzten Fest der Toten. Leo fragte sich, ob diese Gegenstände den Zauber verstärkt haben könnten, aber andererseits lag auch ein Drachenbuch auf dem Nachttisch, und die Kerze hatte (soweit sie wusste) keinen Drachen herbeigerufen. Sie war froh, dass Isabel und Tía Paloma an einem Umkehrzauber arbeiteten, aber sie hätte zu gern miterlebt, wie das ging. Es gab so vieles, das sie noch nicht wusste.

»Wie ist es passiert?«, fragte sie. »Wie hast du gemerkt, was vor sich ging? Ich habe noch nie aus Versehen einen Zauber gewirkt, aber es kann einem schon Angst machen, hm?«

»Nun, ich war in den letzten drei Monaten ziemlich viel mit dir zusammen«, erklärte Caroline. »Deshalb war mir schon klar, dass das, was ich tat, Folgen haben könnte. Aber dann war ich doch wie vor den Kopf gestoßen. Bürgermeister Rose kam als Erster an. Er klopfte an die Haustür, kurz nachdem mein Dad zur Arbeit gefahren ist. Und er kann ziemlich … anstrengend sein. Als dann auch noch Mr Nguyen und Mr Pérez vor der Tür standen, dachte ich zuerst fast, die drei Weisen seien verfrüht eingetroffen.«

Leo lachte. Als die Heiligen Drei Könige würden die drei Geister ein sonderbares Trio abgeben. »Als Abuela mich heute Morgen aufgeweckt hat, wusste ich natürlich gleich, dass sie ein Geist ist. Dachte ich zumindest, aber dann haben wir festgestellt, dass sie … du weißt schon … materiell ist, ich sie also anfassen konnte.«

Caroline nickte. »Du hattest es gut. Ich dagegen war total baff. Bürgermeister Rose hat dauernd behauptet, er sei ›geschickt‹ worden. Vermutlich redete er von meinem Zauber, aber ich dachte zuerst, er sei ein Klempner oder so …«

Das fand Leo komisch. »Du meinst, der Zauber hat ihn in dein Haus gerufen? Oder ihn hierhergezogen? Warum dann nicht auch Abuela oder Mrs Morales und Old Jack?«

»Ich weiß nicht, aber wieso haben die drei Geister an meine Tür geklopft?«, fragte Caroline. »Vielleicht haben sich die anderen drei gegen den Sog gewehrt?«

Leo lachte, und Caroline grinste, doch ihre Augen huschten durch den Raum, und sie spielte nervös mit ihrem grünen Perlenarmband. »Wo kann mein Handy nur sein?«, fragte sie sich und biss sich auf die Lippen. »Ich hatte es doch noch, als du vorhin angerufen hast, und ich bin ja nirgendwohin gegangen.«

»Hast du es vielleicht mit auf den Speicher genommen?«,

fragte Leo, während sie zwischen den Büchern suchte, die Caroline auf ihrem Schreibtisch liegen hatte, weil ihr Bücherregal schon voll war. »Wann hast du es denn zuletzt in der Hand gehabt?«

»Als du angerufen hast, war ich im Wohnzimmer, und dann bin ich in mein Zimmer gegangen …« Caroline drehte sich zu ihrem Nachttisch. »Ich wollte nachsehen, ob die Kerze wirklich aus war. Ich dachte, wenn deine Großmutter erst kurz zuvor erschienen ist, müsste der Zauber noch wirken.« Sie öffnete ihren Schrank und starrte eine Minute lang hinein, bevor sie die Tür kopfschüttelnd wieder zumachte. »Aber hast du nicht gesagt, dass deine Großmutter schon sehr früh eingetroffen ist, bei Tagesanbruch?«

»Ja«, sagte Leo. »So gegen sieben.« Sie kniete sich auf den Boden, um unter Carolines Bett nachzusehen, doch außer Wollmäusen und Ringelblumen-Blütenblättern war dort nichts zu sehen.

»Gegen sieben?«, wiederholte Caroline. »Bist du dir sicher? Das bedeutet, dass es wieder nicht hinhaut.«

»Was haut nicht hin?« Leo wusste nicht mehr, wo sie noch suchen sollte, also strich sie die Bettdecke glatt und setzte sich darauf. Warum Isabel im Hause Logrono die meisten Sachen fand, war klar – sie hatte mehr Geduld.

»Meine Berechnung.« Caroline setzte sich zu Leo aufs Bett und auf ihrer Stirn bildete sich eine Längsfalte. »Ich habe eine Theorie, wie es gewesen sein könnte, weißt du. Ich habe die

Kerze um Mitternacht angezündet und kurz vor sieben ausgeblasen – aber ganz sicher bin ich mir nicht. Es könnte auch ein paar Minuten nach sieben gewesen sein.«

»Welchen Unterschied macht es, ob es kurz vor oder kurz nach sieben Uhr war?«, fragte Leo.

»Nun, die Geister – die Geistwesen – sind nicht alle gleichzeitig eingetroffen«, erklärte Caroline und setzte sich zu Leo aufs Bett. »Einige kamen mitten in der Nacht, andere eher im Morgengrauen und deine Großmutter also noch später. Und sie wirkten alle ziemlich verwirrt.« Leo nickte, doch Caroline spürte, dass sie ihr nicht recht folgen konnte. Sie hüpfte auf dem Bett auf und ab und fuhr fort: »Ich glaube, es war ein Geist pro Stunde. Also der erste um eins, der zweite um zwei und so weiter. Wenn ich die Kerze nach sechs ausgeblasen habe, wären es sechs Geister gewesen. Aber wenn es kurz *nach* sieben Uhr war …«

»Oh.« Leo verzog das Gesicht. Hoffentlich war nicht *noch* ein Geist in der Stadt unterwegs. »Okay, dann hoffen wir, dass du die Kerze rechtzeitig ausgeblasen hast. Aber du weißt schon, dass man Zauberkerzen nicht *ausblasen* sollte, oder?«

Caroline zuckte mit den Schultern. »Nö, weiß ich nicht.«

»Das sollte man nie machen«, wiederholte Leo, stolz darauf, dass sie sich das aus ihrem Lehrbuch gemerkt hatte. »Es schwächt die Magie. Aber gut, dein Zauber war auf jeden Fall mächtig genug. Es ist allerdings eine schlechte Angewohnheit. Tía Paloma sagt, Brujas würden eine Flamme immer abdecken, um sie zu ersticken.«

Leo war klar, dass sie ein kleines bisschen besserwisserisch klang. Aber sie konnte nicht anders, denn sie genoss es, in Sachen Magie ausnahmsweise mal mehr zu wissen als ihr Gegenüber. Und vielleicht klang sie dabei sogar etwas überheblich, wie Isabel manchmal, wenn sie ihr etwas erklärte.

Aber dass Caroline nach ihren Worten das Gesicht in den Händen begrub und in Tränen ausbrach – das hatte sie nicht gewollt.

»Caroline?«, fragte Leo bestürzt. »Bist du …?« Die Schultern ihrer Freundin bebten, und Leo beschloss, nicht nachzuhaken. »Halb so schlimm«, sagte sie stattdessen.

»Doch, ist es.« Carolines Stimme war gedämpft, aber fest. »Das ist alles voll daneben! Ich habe keine Ahnung, was ich getan habe! Ich bin keine richtige Bruja. Es ist eine einzige Katastrophe! Ich habe andere – ich meine: Geister – in Gefahr gebracht. Was, wenn die ganze Stadt mitbekommt, dass sie da sind? Es kann so viel passieren, aber bestimmt nichts Gutes. Hey, warum *grinst* du?«

»Entschuldige.« Leo hielt sich die Hand vor den Mund. »Tut mir leid, ich grinse nicht über das, was du sagst. Ich muss einfach nur … lächeln.«

»Dafür gibt es nun wirklich keinen Grund.« Caroline zog eine Schnute.

»Nein, gibt es nicht«, sagte Leo. »Es ist nur so, dass … nun ja, damals im November habe ich ganz ähnliche Sachen gedacht. Ich kann dich verstehen. Und diesmal sage *ich dir*, dass alles wieder gut wird.«

Mit dem Ärmel ihrer Flanelljacke wischte Caroline sich die Nase ab. »Was du getan hast, war bei Weitem nicht so schlimm wie das hier.«

Leo hüpfte vom Bett, denn für das, was sie gleich sagen würde, musste sie die Hände in die Hüften stemmen und zudem noch mit dem Fuß aufstampfen. »Caroline Campbell, habe ich richtig gehört? Hast du gerade behauptet, dein Zauber-Malheur sei schlimmer als meines damals? *Ich* habe einen Jungen geschrumpft! Und davor hat die ganze Schule unter den Auswirkungen meiner Liebesbisschen gelitten! Brent wurde von der Polizei gesucht! Wegen dem, was du letzte Nacht getan hast, hat kein Mensch die Polizei gerufen!«

»Noch nicht.« Trotzig schob Caroline die Unterlippe vor. »Zumindest soweit wir wissen …«

»Nein, bestimmt nicht«, beharrte Leo. »Und es wird nicht passieren. Du wirst die Sache wieder in Ordnung bringen, und danach kannst du in aller Ruhe mehr über deine magischen Kräfte herausfinden. Und du wirst üben und immer besser werden – auch wenn es manchmal anstrengend und langweilig ist. Und wir zwei werden die besten Brujas der Stadt sein. Du wirst schon sehen!«

Caroline atmete laut aus. »Meinst du?«

»Aber klar doch«, versicherte ihr Leo. »Hast du etwa nicht

an mich geglaubt, als ich einen Umkehrzauber finden musste, damit Brent wieder normal groß wurde?«

»Hmm ...« Nun musste auch Caroline lächeln. »Nun ja ...«

Da summte etwas auf der anderen Seite des Raums, die beiden Mädchen zuckten zusammen, und Leo vergaß ihr beleidigtes Nach-Luft-Schnappen. »Mein Handy!« Caroline sprang auf und folgte dem Summton, der unter einem der Bücher auf ihrem Schreibtisch hervorkam. »Komisch, wie ist es ...?« Sie hielt sich das Handy ans Ohr. »Hallo? Halloooo?« Schulterzuckend ließ sie es dann wieder sinken. »Wieder mit unterdrückter Nummer«, sagte sie. »Der Anrufer hat vor dem Wählen Sternchen-Sechs-Sieben gedrückt. Meine Mom hat mir diesen Trick gezeigt, als ich noch klein war, damit wir meinen Tanten Telefonstreiche spielen konnten.«

Leo fragte sich, wer Caroline wohl mit unterdrückter Nummer anrufen würde.

»Hier, nimm!« Caroline reichte Leo ihr Handy. »Du solltest los. Tut mir leid, dass ich so lange suchen musste.«

»Danke«, sagte Leo und nahm es entgegen. »Aber diese Anrufe sind schon komisch.«

»Vielleicht war die Verbindung zu schlecht.« Caroline nickte, als müsse sie sich selbst davon überzeugen. »Wir hatten schon mal so ein Problem, vor einigen Jahren. Immer wenn meine Großmutter anrief, war die Leitung plötzlich weg, und wir konnten nichts hören ...«

Auch Leo nickte, obwohl sie nicht so recht davon überzeugt war. So schräg, wie Carolines und ihr Tag bisher verlaufen war, erschien es ihr wahrscheinlicher, dass ein siebter Geist oder ein Drache angerufen hatte oder dass es sonst eine verrückte Erklärung gab.

»Hey, ich sollte sie anrufen!« Caroline schlug sich an die Stirn. »Meine Großmutter. Ich kann sie fragen, ob sie etwas über Curanderos in unserer Familie weiß. Keine Angst, ich verrate ihr dein Familiengeheimnis nicht, aber ich kann ja mal mit ihr reden.«

»Super Idee«, fand Leo. »Wir brauchen jede Hilfe, die wir kriegen können.« Sie überlegte, ob sie Caroline erzählen sollte, warum sie ihr Handy *wirklich* haben wollte. Caroline würde es verstehen. »Ehrlich gesagt, habe ich vor …«

»Leo!« Isabel klopfte an die offene Tür und spähte ins Zimmer. »Bist du so weit? Kannst du los?«

Leo klappte den Mund schnell wieder zu und umklammerte Carolines Handy. »Ja, ich bin so weit.«

Sie ging mit Isabel ins Wohnzimmer zurück. Tía Paloma hatte etliche Bücher rund um den Couchtisch auf dem Fußboden ausgebreitet sowie mehrere Kerzen und kleine Kräutersäckchen auf der Tischplatte. »Sei vorsichtig, Leo«, sagte sie und blickte kaum von ihrer Versuchsanordnung auf.

»Warte«, sagte da Abuela hinter Leo. »Ich komme mit.«

Leo erstarrte. »Wirklich?«

»Selbstverständlich«, antwortete Abuela. »Ich bin ebenso schuld wie du, dass die anderen kopfscheu wurden und davongelaufen sind. Du wirst jemanden brauchen, der Miguel Antonio eins über den Schädel geben kann, wenn er zu störrisch ist. Außerdem brauchst du dann kein Rad, denn ich kann dich fahren.«

Leo nickte bedächtig. »Klar, wenn du meinst …«

»Das mit Miguel war nur ein Scherz, Leonora.« Abuela hängte sich bei Leo ein und führte sie durch die Haustür auf den feuchten Rasen im Vorgarten. »Sie werden kein Theater machen, nicht mal Miguel Antonio, glaub mir.«

Das war nicht der Punkt, der Leos Magen verknotet hatte, doch sie zuckte mit den Schultern und ließ sich von Abuela zum Van führen. Ihre Socken und Zehen in den Sneakers wurden von dem feuchten Gras ganz klamm. Sie hatte einen guten Plan gehabt, wie sie sämtliche Geister einfangen könnte, doch von dem wäre Abuela sicher nicht begeistert.

»Weißt du was, Abuela?«, begann sie vorsichtig, während sie in ihrer Jeanstasche mit Carolines Handy herumspielte. »Vielleicht sollten wir uns aufteilen. Ich könnte mit dem Rad zur Schule fahren und Mr Nguyen suchen. Und du fährst zum Rathaus und schnappst dir Bürgermeister Rose.« Mit einem unschuldigen Lächeln fügte Leo noch hinzu: »Dann ginge es vermutlich schneller.«

Abuela, die schon an der Beifahrertür stand, drehte sich zu Leo um. »Meinst du wirklich, Leonora?«

Ihre dunklen Augen durchbohrten Leo und ließen sie innerlich schrumpfen. Doch sie straffte die Schultern. Zu viel stand auf dem Spiel. Und zu viel Zeit war bereits verstrichen. Die Geister mussten so schnell wie möglich gefunden werden.

»Klar«, quiekte sie, räusperte sich und fuhr mit ruhigerer Stimme fort: »Es ist kein Problem. Caroline hat mir doch angeboten, ihr Rad zu nehmen.«

Abuela stieß einen langen Seufzer aus – mussten Geister überhaupt atmen, fragte sich Leo, oder tat sie es nur, weil es dramatischer wirkte? – und öffnete die Beifahrertür. »Steig ein, Leonora!«

Ohne weiteren Protest stieg Leo ein. Während Abuela auf die andere Seite ging und sich auf den Fahrersitz setzte, starrte Leo auf das Muster, das ihre feuchten und schmutzigen Sneakers im Fußbodenraum hinterlassen hatten.

»Ich mag ja alt sein und auch tot. Und ich mag nur einen Hauch davon entfernt sein, mich in den Star in einem dieser Horrorfilme zu verwandeln«, sagte Abuela, die Hände bereits am Lenkrad, ohne jedoch den Motor anzulassen, »aber naiv bin ich nicht! Willst du mir nicht verraten, warum du lieber allein losgezogen wärst?«

Leo zuckte zusammen. Wo war Mrs Morales, wenn man sie brauchte, um Abuela wieder mit Erinnerungen an ihre Highschool-Tage abzulenken? Gut, Leo mochte bisweilen etwas durchtrieben sein und flunkern, doch so unverfroren, ihrer Großmutter ins Gesicht zu lügen, war sie nicht.

»Ich wollte nicht allein losziehen«, sagte sie langsam. »Wirklich.« Abuelas Augenbrauen schossen nach oben und unter ihrem enttäuschten Blick gab Leo ihren Widerstand auf. Sie holte das Handy aus der Tasche und zeigte es vor, wie ein Beweisstück oder wie zur Verteidigung. »Ich will die Geister nur ganz schnell finden und sie sind alle woanders hingegangen. Deshalb habe ich mir gedacht, dass ich vielleicht …«

»Vielleicht?« Abuela trommelte mit einem Finger auf das Lenkrad.

»Ähm, ein paar Leute anrufen sollte«, gestand Leo schließlich. »Zur Unterstützung.«

»Deine Freunde!«, sagte Abuela. Leo nickte. »Du wolltest deine Nicht-Brujo-Freunde um Hilfe bitten, aber das wolltest du deiner Familie nicht verraten, richtig?« Sie nahm Leo das Handy aus der Hand und drehte es nachdenklich hin und her.

Leo ließ den Kopf hängen. »Ich muss die Sache wieder in Ordnung bringen«, gestand sie. »Wir müssen zu mehreren sein, um alle Ausreißer möglichst schnell zu finden.« Ausreißer, die nur davonlaufen konnten, weil sie nicht aufgepasst hatte.

Abuela drehte den Zündschlüssel und der Motor sprang an. »Na schön. Und was hattest du vor? Wen genau wolltest du anrufen?«

»Zuerst wollte ich bei Brent Bayman klopfen, er wohnt gleich dort.« Sie deutete auf Carolines Nachbarhaus. »Und ihn in die Schule schicken, um nach Mr Nguyen zu suchen. Dann wollte ich mit dem Rad zum Rathaus fahren, und Tricia

Morales könnte ihre Großmutter suchen, die vermutlich wieder auf dem Weg zu ihr ist. Und du könntest mit dem Auto durch die Stadt fahren«, sagte Leo achselzuckend. »Keine Ahnung, wo die anderen Geister sind, aber vielleicht entdeckst du sie ja …«

Als Abuela den Kopf schüttelte, verstummte Leo.

»Ich weiß.« Leo seufzte. »Wir dürfen keine normalen Menschen in unsere Bruja-Angelegenheiten hineinziehen. Wir müssen uns bedeckt halten. Wir dürfen streng gesehen nicht mal nicht-magische Freunde haben.«

»Das hat Isabel dir gesagt, richtig?«, konstatierte Abuela sachlich.

»Und Marisol hat mir gesagt, ich dürfe sehr wohl Freunde haben, aber Magie zu lernen, sei ein Problem, und ich solle lieber die Finger davon lassen.« Leo starrte auf das Armaturenbrett und verzog das Gesicht. »Deshalb wünsche ich mir fast …« Sie schüttelte den Kopf.

»Was?«, hakte Abuela nach.

Leos Kehle schnürte sich zusammen. *Ich wünsche fast, ich hätte nie von unserer Magie erfahren.* Doch das brachte sie nicht über die Lippen. Es stimmte auch gar nicht. »Wir müssen los«, sagte sie stattdessen. »Wir verlieren Zeit.«

»Das versuche ich dir ja zu erklären«, sagte Abuela. »Dein Plan haut nicht hin. Leti Morales hat bestimmt nicht vor, wieder in ihr früheres Haus zu gehen. Ich wette, sie hilft Miguel Antonio, seine Schwester zu finden.«

»Oh.« Leo krauste die Stirn. »Okay. Wohnt sie in der Nähe?« Mit etwas Glück würden alle Geister in der Nähe des Stadtzentrums bleiben. Dann kämen Abuela und sie auch alleine klar.

»Nein, in der Wide Oak Road«, antwortete Abuela. »In der Nähe von Letis Haus.«

Leo stöhnte. Das war ziemlich weit weg. »Was passiert, wenn wir sie nicht finden?«, fragte sie leise.

Abuela zögerte. »Vielleicht ist es möglich, den Umkehrzauber auch aus der Ferne zu wirken, falls deine Freundin begabt ist und sehr viel Glück hat«, sagte sie. »Falls nicht – aber das halte ich für unwahrscheinlich –, werden die Geister herumwandern, bis sie schließlich so erschöpft sind, dass sie sich auflösen.«

Leo machte ein bestürztes Gesicht. »Dann solltest du nicht mitkommen. Du bleibst besser hier, damit du sofort zurückgeschickt werden kannst, sobald sie den Umkehrzauber kennen. Du musst vorsichtig sein.«

Lächelnd ließ Abuela das Lenkrad los und drehte sich zu Leo.

»Ist dir aufgefallen, dass jeder der Geister, der zurückgekommen ist, etwas Bestimmtes vorhatte? Etwas Unerledigtes in der Welt der Lebenden zu Ende bringen will?«

Leo blinzelte. Old Jacks Garten, Mr Nguyens Klavier und Mr Pérez' Entschuldigung an seine Schwester … Abuela hatte recht. »Du aber nicht«, sagte sie. »Oder?«

Abuela lächelte nachsichtig. »Ich bin in *dein* Zimmer gekommen, Leo. Nicht in mein früheres Haus zu Paloma. Nicht in meine Bäckerei. Weil ich reden wollte.«

»Mit mir?« Leos Gesicht wurde heiß. *Sie* war Abuelas ›unerledigte Angelegenheit‹. Und das bedeutete – vor Schreck kippte Leos Kinnlade herunter. *Sie* war schuld, dass Abuela nun in Gefahr war. »Es … das tut mir leid.«

Abuela wischte ihre Entschuldigung mit einem Handwedeln beiseite. »Leo, deine Schwestern wissen nicht alles.«

»Ich weiß.« Leo zuckte mit den Schultern.

»Sie sind noch jung und müssen ihren Platz auf der Welt erst finden«, fuhr Abuela fort. »Und ihren Platz in der Familie, in der Gemeinschaft. Genau wie du. Und was für sie das Beste ist – wenn es um Geheimnisse, Familie und Freunde geht – ist vielleicht nicht immer auch für dich das Beste.«

»Wirklich?« Der Knoten der Angst in Leos Brust begann sich zu lockern.

Abuela schmunzelte. »Unsere magischen Fähigkeiten waren nicht immer ein Geheimnis. In den Anfangszeiten hat jeder in der Stadt Bescheid gewusst. Es steht ja sogar in dem Namen unserer Bäckerei: Amor y Azúcar. Bei unserer Magie geht es vor allem um Liebe. Liebe zu unserer Familie und zu unseren Freunden, zu unseren Kunden und unserer Stadt. Magie sollte die zwischenmenschlichen Beziehungen stärken, nicht zerstören.«

Abuelas Worte schwappten über Leo hinweg wie eine Welle, wie Musik, durchfluteten ihre Gefühle sogar noch schneller als Isabels Beeinflussungszauber. »Ich hab's gewusst«, flüsterte sie triumphierend. Doch dann brach die Welle in sich zusammen. »Ich hätte es wissen sollen«, sagte sie zerknirscht. »Es tut mir leid, Abuela. Ich hätte es wissen sollen, dann wärst du nicht aus dem Otro Lado hierhergezogen worden und wärst jetzt nicht in Gefahr, dich aufzulösen und …«

»Leonora«, sagte Abuela. »Cálmate!«

Das weiche spanische Wort – beruhige dich! – ließ in Leos Kopf eine Erinnerung aufblitzen, die Erinnerung an ein Fest im Garten der Logronos. Leo hatte auf ihr violett-weißes Osterkleid geweint, weil Marisol Cascarones auf ihrem Kopf zerdrückt hatte, die dann zusammen mit Konfettifetzen in ihren Haaren klebten. Daddy war dazwischengegangen und hatte die beiden streitenden Schwestern getrennt, während Mamá die Zwillinge davon abgehalten hatte, ihren Cousin JP, der ihnen altersmäßig am nächsten stand, zu ärgern. Deshalb waren es Abuelas Hände gewesen, die Leo hochhoben, ihr den Rücken tätschelten und die klebrigen Eierschalen aus ihrem Pferdeschwanz gepuhlt hatten. Und Abuelas Stimme hatte geflüstert: »Cálmate, Leonora, mijita linda.«

Bis zu diesem Moment hatte Leo nicht gewusst, dass sie überhaupt eine Erinnerung an Abuela zu Lebzeiten gehabt hatte, und deshalb kniff sie nun die Augen zusammen und konzentrierte sich darauf, diesen Erinnerungsfetzen an einer Stelle in ihrem Kopf zu verankern, wo sie ihn nie wieder vergessen würde.

»Ich bin nicht nur deinetwegen gekommen«, fuhr Abuela nun fort. »Ich wollte aber zuerst mit dir reden, weil du wegen der Sache mit Caroline einen Rat gebraucht hast. Doch das war nicht der einzige Grund.« Abuela seufzte, und ihre Augen huschten zu den grün leuchtenden Ziffern am Armaturenbrett: 10 Uhr 41. »Jetzt aber fürchte ich, dass uns die Zeit wegläuft, deshalb vertraue ich dir nun eine Botschaft für Isabel und Marisol an. Ich will nicht, dass ihr Mädchen denkt, ihr müsstet euch entscheiden, ob ihr eine Bruja sein oder gute Freunde haben wollt. Dass ihr euch isoliert wegen etwas, das euch eigentlich verbinden sollte. Wenn ich damals dieselben Ratschläge bekommen hätte wie du, wären Leti und ich nie so enge Freundinnen geworden.«

Leo begriff auf einen Schlag, und in ihrem Kopf erstrahlte etwas, so hell wie die Lichter einer Weihnachtsgirlande. »Abuela, willst du damit sagen …?«

»Ja, damit will ich sagen: Alleine schaffen wir es nicht.« Abuela gab Leo das Handy zurück. »Also, ruf deine Freunde an!«

KAPITEL 13

Alle Geisterjäger auf den Plan rufen

Die Geister verstreuen überall orangefarbene Blütenblätter«, erklärte Leo Brent Bayman. »Du brauchst also nur diesen Blättern zu folgen. Mr Nguyen dürfte leicht zu finden sein, denn die Schule ist so gut wie leer. Meinst du, du kriegst es hin?«

»Logo«, sagte Brent, ließ seine glänzende Zahnspange aufblitzen und schwang ein Bein über die Querstange seines Fahrrads, sein anderer Fuß stand noch auf dem Boden. »Ich frage mich nur, was danach passiert. Meinst du nicht, dass ich besser ein … ich weiß nicht, irgendwelche Hilfsmittel brauche?«

»Wir sind nicht bei *Ghostbusters*«, sagte Leo. »Sie sind ganz normale Leute.« Brent zog die Augenbrauen hoch und Leo seufzte. »Die zufällig tot und genauer gesagt Geistwesen sind, die durch den Schleier gezogen wurden, ja, okay. Aber wichtig ist, dass du ihm erklärst, dass er unbedingt zu Carolines Haus zurückkommen muss, sonst könnte er sich für immer auflösen. Du musst ihn mit Worten überzeugen.«

»Ich muss ihn mit Worten überzeugen«, brummte Brent. »Klar, ihr anderen habt Magie und Zaubersprüche zur Verfügung, aber ich muss mit Worten überzeugen.« Aber er streckte ihr grinsend die Zunge raus, sodass Leo wusste, dass er nicht wirklich sauer war.

Brent hatte Leos Zauberkräfte am eigenen Leib erfahren, und das auf die harte Tour. Das war im letzten November gewesen, als sie aus Versehen dafür sorgte, dass er sich in sämtliche Mädchen der Schule verliebte, um ihn danach – wieder aus Versehen – auf die Größe eines Däumlings zu schrumpfen. Deshalb hatte er nun die Nachricht, dass Caroline ebenfalls zaubern konnte, relativ cool aufgenommen und nur überrascht lange und laut durch die Zähne gepfiffen. Er hatte Abuela vorhin fröhlich begrüßt, da er sie ja schon kannte von damals, als er nur fünf Zentimeter groß und sie ein normaler Geist gewesen war. Und das Beste von allem war, dass er keine Sekunde gezögert hatte, als Leo ihn fragte, ob er helfen könne, einen Geist aufzuspüren, der nicht von seinem alten Klavier lassen konnte. Allerdings erst, nachdem Leo ihm dafür eine große Tüte Gebäck aus der Bäckerei versprochen hatte.

Dass er für seine Geisterjagd keine Waffe bekam, störte ihn jedoch gewaltig. Leo hätte fast gelacht – oder auch geweint –, dass ihr Freund ihr immer noch vertraute, trotz allem, was sie ihm im November mit ihrem missglückten Zauber angetan hatte.

»Ich soll ihn also auftreiben und zu Caroline schleppen, wo ich dich und deine Geister und alle anderen treffe, und dafür kriege ich eine Riesentüte mit Gebäck, richtig?« Brent klickte seinen grün-blauen Fahrradhelm unter dem Kinn zu und hob den Fuß, um gleich seine Einfahrt hinunterzusausen. »Klingt gut.«

Leo winkte ihm lächelnd, aber mit einem leichten Augenrollen, nach. Abuela hupte, und Leo hüpfte schnell wieder auf den Beifahrersitz und schnallte sich an, während Abuela Brent bis zum Ende des Häuserblocks folgte. Dann zog Leo das Handy wieder aus der Tasche.

»Mach weiter, Leonora!«, sagte Abuela.

Leo nickte, doch sie musste schlucken. Brent war zwar ein taffer Feilscher, doch er war ein leichter Fall gewesen. Tricia anzurufen, fiel ihr schwerer. Erst vor wenigen Stunden hatte Leo ihre Freundin angeschwindelt. Tricia würde bestimmt sauer werden, wenn Leo ihr jetzt die Wahrheit sagte. Aber es gab keine andere Möglichkeit. Sie fand Tricias Nummer unter Carolines Kontakten, biss die Zähne zusammen und tippte auf das Telefon-Icon. Sie brauchte Tricias Hilfe, und wenn die sie hinterher hasste, dann hatte Leo es wahrlich verdient.

Das Telefon läutete. Und läutete. Leo schloss gequält die Augen.

»Caroline? Was gibt's?«

Leo hatte total vergessen, dass sie ja mit Carolines Handy telefonierte.

»Hallo, Tricia«, sagte sie. »Ich bin's, Leo, aber ich rufe mit Carolines Handy an.«

»Oh!«, sagte Tricia. »Habt ihr euch wieder versöhnt? Ich hab's gewusst. Du, Mai ist jetzt hier, und wir …« Mai rief im Hintergrund etwas Undeutliches. »Ja, warum kommt ihr zwei nicht auch her? Wir könnten ein Mini-Pausen-und-Backclub-Meeting machen – ich habe noch eine Packung Brownie-Backmischung da, glaub ich.«

»Warte!«, rief Leo. »Ähm, ich muss dir … etwas Krasses sagen. Und ich muss dich um einen Riesengefallen bitten.«

»Alles okay?«, fragte Tricia besorgt. »Ist alles okay mit deiner Familie?«

»Ja, ja, allen geht's gut. Wir sind nur …« Leo blickte auf Abuela, die ihr aufmunternd zunickte. »Es ist echt schwierig«, flüsterte Leo ihrer Großmutter zu, bevor sie wieder ins Telefon sprach, diesmal sehr hastig. »Meine Familie und ich – wir sind ehrlich gesagt Brujas. Und im Moment laufen ein paar Geister durch die Gegend, weil ein Zauber total aus dem Ruder gelaufen ist und … ähm, Caroline hat auch damit zu tun, aber wir wissen nicht genau, wie es dazu gekommen ist. Jedenfalls bräuchte ich jetzt eure Hilfe. Wir müssen sie wieder einfangen. Einer der Geister ist übrigens deine Großmutter, und das hätte ich dir vermutlich sagen sollen, als ich vorhin bei dir war. Aber ich habe mich nicht getraut, das tut mir leid. Sie hatte für deinen Dad einen Zettel hingelegt, den ich mitgehen ließ. Tut mir ebenfalls leid. Weißt du, du musst uns nicht helfen, aber es ist sehr wichtig, dass wir sie finden, und dazu brauchen wir noch mehr Leute, ach ja, würdest du Mai bitte auch einweihen? Dann könnt ihr beide zusammen suchen. Es ist okay, wenn sie auch von unserem Geheimnis erfährt. Ich vertraue euch beiden.«

Tricia schwieg. Leo hörte ein Rascheln und Knacken und fragte sich schon, ob Tricia gleich auflegen würde. Das Telefon piepte, und eine leicht gedämpfte Stimme sagte: »Hallo?«

»Mai?«

»Ich hab dich auf laut gestellt«, sagte Tricia. »Weil ich das, was du mir gerade erzählt hast, definitiv nicht weitergeben kann. Fängst du also bitte noch mal von vorne an? Und sag uns auch gleich, was genau wir für dich tun können.«

Während Abuela auf die Hauptstraße einbog, holte Leo tief Luft und schilderte ihren Freundinnen ihr Dilemma. Sie fing ganz von vorne an, mit dem Tag im November, an dem sie entdeckt hatte, dass ihre Familie zaubern konnte.

Abuela steuerte gerade den Parkplatz vor dem Rathaus an, als Leo Tricia und Mai erklärte, wo Mr Pérez' Schwester wohnte – zumindest soweit Abuela sich erinnerte. Als sie das Gespräch beendete, war ihr Angstschweiß schon wieder getrocknet, und sie stieß einen langen Seufzer aus. Sie hatte jemandem von der Magie ihrer Familie erzählt, mit voller Absicht. Das würde niemand gutheißen – weder Mamá noch Tía Paloma oder Isabel und Marisol. Und zudem hatte sie drei nicht-magische Freunde auf Geisterjagd geschickt, bewaffnet nur mit Handys und vagen Beschreibungen.

Was um alles in der Welt hatte sie sich dabei gedacht?

Doch sie hatte keine Zeit für Selbstvorwürfe, denn Abuela schaltete den Motor aus und klickte den Sicherheitsgurt auf. »Also, nun zu Bürgermeister Rose. Wie gehen wir vor?«, fragte sie Leo. »Soll ich mit dir reingehen?«

Leo musste kurz überlegen. Wie groß war das Risiko, dass jemand Abuela erkannte? Größer als ihre Angst, sich allein in das sehr offiziell aussehende Gebäude zu wagen? »Nein, ist schon okay«, sagte sie und verzog das Gesicht. »Du kannst hier warten.«

Abuela schmunzelte. »Ich wollte schon immer mal ein Fluchtauto fahren – der zweite unerledigte Punkt auf meiner Liste. Kann ich dann auch abhaken.«

Leo grinste etwas gequält, als sie aus dem Wagen stieg und über die Rollstuhlrampe zum Rathaus hinaufrannte. Das Gebäude war kleiner als ihre Schule oder das Kino, doch dafür hatte es einen hohen Uhrenturm und Mauern aus schimmernden hellen Backsteinen und eine Doppeltür aus Metall, die mit gusseisernen Blumen und Weinreben verziert war. Leo zog sie auf und trat auf einen glänzend weißen Fliesenboden. Ihr erster Blick fiel auf eine der alten Damen aus der Kirche, die Mamá kannte – eine Klatschbase, die sich mit den anderen

Kirchenladys gern über Donuts unterhielt und die nicht nur Abuela garantiert erkennen würde, sondern auch alle anderen Bewohner, die in den letzten zwanzig, dreißig Jahren gestorben waren. Die Frau stand hinter einer Art Empfangstheke.

Zum Glück war Bürgermeister Rose schon um einiges länger tot, sonst hätte sie ihn erkannt, sobald er über die Schwelle getreten war.

»Hallo«, sagte die Lady. »Leo Logrono? Was machst du hier?«

Leo rang sich ein breites, verzweifeltes Lächeln ab, während ihr Gehirn Purzelbäume schlug. Mit der Lüge aus dem Baumarkt konnte sie hier nicht kommen; die Kirchenlady würde ihr das Märchen von einem mysteriösen Großonkel, von dem sie noch nie gehört und den sie noch nie gesehen hatte, nicht abkaufen, sondern garantiert misstrauisch werden. Hektisch blickte Leo durch die Eingangshalle und sah sofort ein paar orangefarbene Blütenblätter, die in einem Häuflein an der Wand unter einer Anschlagtafel mit Informationen über die Stadt lagen. Die Korkwand zerbröckelte schon stellenweise, und zwei rote, schlaffe Luftballons, die daran festgetackert waren, hingen herunter. Die zerfledderten Blütenblätter direkt darunter ließen das Ganze noch verwahrloster aussehen, aber immerhin waren sie der Beweis, dass Bürgermeister Rose hier gewesen war. Jetzt musste Leo nur noch erfahren, was er getan hatte und wo er jetzt war.

»Leo?«, fragte die alte Dame besorgt. »Alles in Ordnung?«

»Ich …« Leo schluckte. »Ich habe eine Frage zur Bürgermeisterwahl.« Sie verstummte und hoffte, die alte Dame würde gleich sagen, dass zufällig gerade ein älterer Herr da gewesen war, der sich ebenfalls für die Bürgermeisterwahl interessiert hatte. Doch die Frau blinzelte Leo nur durch ihre schmalen Brillengläser an.

»Zur Bürgermeisterwahl?«, fragte sie. »Warum denn das?«

Leo blinzelte zurück. »Och, einfach so.«

Das war ganz offensichtlich die falsche Antwort gewesen. Die Kirchenlady rückte ihre Brille zurecht, warf sich in die Brust und blickte so missbilligend drein, dass sie fast wie Abuela aussah. »Miss Leo, ich hoffe nicht, dass ich deiner Mutter berichten muss, du hättest etwas mit dem *Vandalismus* zu tun, der vorhin verübt wurde«, sagte sie barsch.

»Vandalismus?«, krächzte Leo. »Nein, bestimmt nicht. Ich weiß nicht mal, was das ist.«

Die Kirchenlady holte etliche mittelgroße Plakate unter der Theke hervor und hielt sie so, dass Leo sie sehen konnte. »Vandalismus ist ein Akt mutwilliger Beschädigung … wenn man fremdes Eigentum verunstaltet … wie zum Beispiel diese Wahlplakate für die Bürgermeisterwahl, die gerade verschandelt wurden, nur Minuten, bevor du hier auftauchst und dich nach der Bürgermeisterwahl erkundigst. Das ist schon ein merkwürdiger Zufall, nicht wahr?«

Leo betrachtete die Plakate, auf denen die unscharfen Gesichter von zwei Frauen abgebildet waren, die ein ebenso breites Lächeln zur Schau trugen wie Bürgermeister Rose. Bedauerlicherweise waren die Gesichter fast verdeckt von großen, mit Permanentmarker geschriebenen Druckbuchstaben, die jemand quer über das Plakat geschmiert hatte. *ROSE HILL BRAUCHT ECHTE FÜHRUNGSPERSÖNLICHKEITEN* stand auf dem ersten Plakat, *DIE VERGANGENHEIT IST DER WEG IN DIE ZUKUNFT* auf dem zweiten. Wer immer das geschrieben hatte – und Leo hatte eine ziemlich klare Vorstellung, *wer* –, hatte der einen Kandidatin balkendicke Augenbrauen und der zweiten fette Dollarzeichen direkt in die Augen gezeichnet.

»Oh nein«, sagte Leo entsetzt. »Wo ist das passiert?«

»Gleich hier um die Ecke, am Ende der Straße«, erklärte die Kirchenlady. »Ein besorgter Mitbürger hat mich darauf aufmerksam gemacht. Willst du behaupten, dass du es nicht warst?«

»So etwas würde ich nie tun!«, sagte Leo im Brustton der Überzeugung.

Die Kirchenlady summte skeptisch. »Und du weißt auch nichts davon?«

Leo zögerte eine Sekunde zu lange, bevor sie sagte: »Ähm, nein.«

»Ich hab's gewusst!« Die Kirchenlady schleuderte die Plakate auf den Boden, mit überraschend viel Kraft für eine so kleine Frau. »Du bist eine Komplizin, die sich vermutlich mit Rowdy-Freunden herumtreibt und Unfug anstellt. Bist du hier, um mich abzulenken, damit deine Vandalen-Freunde weiter wüten können?«, zeterte die Frau.

»Aber nein!« Leo wich erschrocken zurück. »Ich bin nicht mit Rowdys unterwegs. Aber ich glaube, ich habe vorhin draußen ein paar Jugendliche herumrennen sehen. Vielleicht waren sie die Vandalen.« Innerlich entschuldigte sich Leo bei allen Jugendlichen weit und breit, die vermutlich schon genug eigene Probleme hatten, ohne dass sie ihnen auch noch die Schuld für etwas in die Schuhe schob, was in Wirklichkeit ein mindestens hundertjähriger Geist verbrochen hatte.

Die Kirchenlady musterte Leo. »Stimmt das auch?«, fragte sie. »Waren es Schüler der Rose Hill Highschool? Ich sollte es der zuständigen Behörde melden.« Sie griff nach dem altmodischen Telefon auf ihrer Theke.

»Moment!« Leo hielt eine Hand hoch. »Melden« klang etwas bedrohlich, und was wäre, wenn die ›zuständige Behörde‹ Nachforschungen anstellen und Bürgermeister Rose aufgreifen würde? Das konnte sie nicht riskieren. »Ähm, ich weiß nicht, ob es Schüler waren. Und ich glaube nicht, dass sie Dummheiten machten. Sie waren vermutlich nur …« Wie lautete das Wort, das Mamá gern verwendete, wenn Marisol mal wieder ausflippte? »… etwas überdreht. Und zurzeit ist keine Schule. Ich denke nicht, dass es noch mal vorkommt. Teenager langweilen sich nun mal oft. Deshalb ist es sicher besser, wenn Sie keinen großen Wirbel um die Sache machen.«

Die Kirchenlady trommelte mit den Fingern auf die Theke

und Leo setzte ihr breitestes und überzeugendstes Lächeln auf.

»Nun ja, du könntest recht haben«, sagte die alte Lady schließlich. »Besser, wenn sie nicht erfahren, dass ich mich über sie aufgeregt habe. Und vielleicht gehören Vandalen mit zum demokratischen Prozess. Ich wünschte nur, sie würden ihre Ansichten auf kreativere Art zum Ausdruck bringen.« Sie verdrehte die Augen und schüttelte den Kopf.

Leo nickte. »Danach wollte ich eigentlich fragen«, sagte sie. »Ich wollte mehr über die Bürgermeisterwahl erfahren. Zum Beispiel, wann sie stattfindet, wer zur Wahl steht, ob man sich noch als Kandidat bewerben kann. Stimmt es, dass es Städte gibt, in denen Katzen Bürgermeister sind? Das habe ich im Internet gelesen.«

Der bislang strenge Blick der Kirchenlady wich einem leicht überheblichen Lächeln. »Nun, was immer auch im Internet stehen mag, mein Kind – unsere Wahlen sind eine höchst seriöse Angelegenheit, die für den Wohlstand und die Sicherheit unserer Stadt von großer Bedeutung ist. Soll etwa eine Katze darüber entscheiden, ob eine Straße neu asphaltiert werden muss oder wo ein Schulorchester eine Benefizveranstaltung abhalten darf?«

Leo schüttelte den Kopf.

»Eben!« Stirnrunzelnd sah die Kirchenlady die Papiere auf der Empfangstheke durch. »Wenn du dich also dafür interessierst und mehr über die Kandidaten erfahren willst, solltest du ihre Stellungnahmen durchlesen. Sprich mit deinen Eltern darüber und – oh!« Sie wühlte in ihrem Schreibtisch und förderte einen bunten Prospekt zutage. »Wir haben ein Kinderferienprogramm, für das du dich bewerben kannst. Falls genügend Interesse besteht, werden wir eine Exkursion nach Austin, unsere Hauptstadt, durchführen. Störe dich nicht an der Anmeldefrist, es gibt noch ein paar freie Plätze.« Nach einem betrübten Blick auf den Prospekt reichte sie ihn Leo.

»Oh, danke.« Leo nahm die vielen Broschüren entgegen.

»Und was deine anderen Fragen betrifft: Die Wahl findet gleich hier um die Ecke statt.« Lächelnd legte die Kirchenlady noch einen weiteren Flyer auf Leos Stapel. »Und denk daran, deine Eltern zu erinnern, wie wichtig es ist, an der Bürgermeisterwahl teilzunehmen.«

Leo nickte. In dem orangefarbenen Flyer in ihren Händen stand das Datum des Wahltags, in nur wenigen Wochen, und es waren auch alle Kandidaten abgebildet. Folglich war es völlig ausgeschlossen, dass Bürgermeister Rose sich so spät noch anmelden konnte.

»Sind damit all deine Fragen beantwortet, Kind?«, fragte die Kirchenlady.

»Ich glaube schon, danke.« Leo seufzte. Sie drehte sich um und sah zu, dass sie von hier wegkam. Auf dem Weg ins Freie blieb sie noch kurz vor dem Anschlagbrett stehen und sah, dass auch etliche der dort hängenden Flyer mit einem Edding bekritzelt worden waren. *Geben Sie Rose Ihre Stimme!*

Leo riss die Flyer an sich und winkte der Kirchenlady zum Abschied zu, die ihr nachrief, sie solle ihre Mutter von ihr grüßen. Leo rannte, immer zwei Stufen auf einmal nehmend, die Freitreppe neben der Rampe hinunter.

»Er war hier, aber jetzt ist er weg«, erklärte sie Abuela. Sie legte die Broschüren der Kirchenlady und die bekritzelten Flyer aufs Armaturenbrett. »Es ist schon zu spät, er kann sich nicht mehr für eine Kandidatur anmelden. Als ihm das klar wurde, ist er vermutlich weggegangen.«

»Okay«, sagte Abuela. »Aber wohin?«

Leo hielt beide Hände hoch. »Woher soll ich das wissen?« Dass ihre Antwort so schroff ausfiel, lag daran, dass sie ängstlich war, nicht ärgerlich, doch als sie Abuelas Blick auffing, bekam sie ein schlechtes Gewissen. »Ich meine, ich weiß es nicht«, verbesserte sie sich. »Ich habe keine Ahnung, wo wir ihn suchen sollten.«

In ihrer Tasche piepte Carolines Handy, und Leo sah kurz aufs Display, bevor sie dranging. »Tricia? Habt ihr sie gefunden?«

»Sorry, Leo«, lautete die Antwort. »Die Frau, die in dem violetten Haus wohnt, sagte, dass die Schwester von Mr Pérez vor drei Jahren weggezogen ist. Sie sagte zudem, dass heute Morgen noch niemand bei ihr war, und Ringelblumen-Blütenblätter hätte sie auch keine gesehen. Wo immer er ist, hier war er jedenfalls nicht.«

»Okay.« Leo biss sich auf die Unterlippe. »Hat die Frau gesagt, wohin die Schwester gezogen ist? Dann könntet ihr ja zu dieser neuen Adresse gehen …«

»Geht nicht. Sie ist nach Wisconsin gezogen.«

Leos Magen fühlte sich an wie die schlaffen Luftballons im Rathaus, in denen kein Helium mehr war, um sie in der Luft zu halten.

»Was sollen wir jetzt machen?«, fragte Tricia.

Darauf fiel Leo nur eine Antwort ein. »Vergesst es«, wisperte sie. »Wir finden sie nicht an den Orten, an denen ich sie vermutet hatte, und ich habe keinen Plan B. Ich denke, wir können alle …« *Wieder nach Hause gehen*, hätte sie beinahe gesagt, doch sie erstickte an diesem Zusatz.

»Zu Caroline gehen, super. Dann treffen wir uns dort in zwanzig Minuten.« Tricia legte auf, noch bevor Leo ihre Stimme wiedergefunden hatte.

»Was gibt's?«, fragte Abuela. »Deine Freundinnen haben nicht mal Leti gefunden?«

Leo schüttelte den Kopf. »Und Mr Pérez kann nicht mit seiner Schwester reden, es sei denn, er fliegt nach Wisconsin. Deshalb fahren wir jetzt zurück und hoffen, dass Caroline oder Isabel etwas entdeckt haben, das unseren Tag rettet.« Leo umklammerte Carolines Handy und ihr Magen verknotete sich vor Frust. »Es war völlig sinnlos und überflüssig, meinen Freunden von unserem Geheimnis zu erzählen«, sagte sie leise und sah ihre Großmutter an. Unter Abuelas teilnehmendem Blick fühlte sich Leo noch miserabler, denn es wäre ihre

Aufgabe gewesen, Abuela vor der endgültigen Auflösung zu bewahren. Hier ging es nicht um Leo. »Fährst du uns bitte zurück?«, sagte sie.

»Hmmm.« Mit quietschenden Reifen wendete Abuela auf dem Parkplatz. »Sorry, aber das mache ich nicht. Ich habe eine andere Idee.«

»Was meinst du?«

»Leonora«, sagte Abuela, als sie auf die Hauptstraße einbog. »Ich habe vermutlich nicht mehr genügend Zeit, um dir viel beizubringen, deshalb musst du jetzt unbedingt gut zuhören. Wir sind brujas cocineras – Backhexen. Unsere Familie löst Probleme. Wir geben nicht auf. Deshalb rufst du jetzt noch mal deine Freundinnen an und sagst ihnen, dass wir uns in der Bäckerei treffen. Und dass wir dort eine Lösung finden werden, okay?«

Leo wandte sich von Abuelas entschlossenem Schmunzeln ab und starrte aus dem Fenster. Sie konnte sich nicht vorstellen, wie dieses Problem gelöst werden konnte, doch sie vertraute ihrer Großmutter. »Wenn du meinst …«

Abuela nickte mit Nachdruck und weitere Blütenblätter fielen von ihrer Strickjacke. Sie überfuhr ein Stoppschild und drückte mit einem lauten Lachen aufs Gaspedal. Als Leo ihre Großmutter erschrocken ansah, stellte sie fest, dass die dünnen Fältchen um ihre Augen fast verschwunden waren.

»Schneller!«, sagte Leo, mehr zu sich selbst als zu ihrer rasanten Großmutter. »Uns geht die Zeit aus.«

KAPITEL 14

Ojos de Buey

Leo rief noch schnell bei Caroline an, bevor sie Tricia Bescheid geben wollte.

»Ich habe meine Großmutter in Costa Rica angerufen«, berichtete ihr Caroline aufgeregt. »Sie wollte mir nicht viel erzählen, doch dann kam meine *Prima*, also meine Kusine, an den Apparat und hat mir erzählt, dass mein Großonkel der letzte Brujo in unserer Familie war.«

Da es in Leos Familie seit Generationen nur weibliche Brujas gab, hatte sie fast vergessen, dass auch Männer Brujos sein konnten. »Und was hast du über ihn erfahren?«

»Es ist total cool, Leo! Ich habe von alledem nichts gewusst! Meine Vorfahren waren anfangs Curanderos, die dem ganzen Dorf bei gesundheitlichen Problemen geholfen haben. Und weil die Menschen es gewohnt waren, sich an meine Familie zu wenden, wenn sie Hilfe brauchten … sind sie auch noch nach ihrem Tod gekommen. Und da hat mein Großonkel bestimmte magische Fähigkeiten entwickelt, um den Seelen zu helfen, ihren Frieden zu finden. Das war für Generationen die Gabe unserer Familie. Mein Großonkel hatte das spezielle Talent, Scheidewege zu finden, an denen sich ruhelose Seelen aufhielten. Sie spazierten nicht herum wie unsere Geister, die heute Morgen komplett in die Welt der Lebenden gezogen wurden, aber manche Seelen, die zurückkehren wollen, stecken fest oder kämpfen darum, wieder auf unsere Seite zu kommen. Und denen hat er geholfen, indem er sie in den Otro Lado verbannt hat.«

»Aha.« Leo war sich nicht sicher, ob dieses ›Verbannen‹ besser klang als ›sich auflösen‹, doch Caroline schien sich keine Sorgen zu machen, und deshalb sprach Leo es nicht an. »Ihr habt also genau das Gegenteil von dem gemacht, was du mit deinem unbeabsichtigten Zauber bewirkt hast.«

»Deine Tante sagt, das sei eine gute Nachricht«, erklärte Caroline. »Denn wenn ich die Geister herbringen konnte, kann ich sie möglicherweise auch wieder zurückschicken.«

»Klingt logisch.« Leo nickte. »Du, sag mal, Caroline, weißt du schon, dass alle Geister, die hergekommen sind, noch etwas erledigen wollen? Das hat mir Abuela erzählt und es klingt absolut nachvollziehbar.«

»Ja, das ist mir schon aufgefallen, als die Ersten eintrafen«, sagte Caroline aufgeregt. Leo war nicht sonderlich überrascht, dass ihre kluge Freundin es noch vor ihr herausgefunden hatte.

»Es passt zu meiner Familiengeschichte, richtig? Ich meine, da wir offenbar Seelen helfen können, ihren Frieden zu finden. Und es erklärt, warum der Zauber nicht so gewirkt hat, wie ich gehofft hatte und nicht meine – ähm, ich meine, warum genau diese Wesen in unsere Welt gezogen wurden.«

»Stimmt«, sagte Leo. »Natürlich.«

»Aber es ist trotzdem seltsam, dass es so viele sind«, fuhr Caroline fort. »Meine Prima sagte, in Costa Rica gäbe es höchstens alle fünf Jahre eine ruhelose Seele. Aus diesem Grund hat meine Großmutter sich auch nicht die Mühe gemacht, die Zaubersprüche von ihrem Onkel zu lernen. Ich weiß, dass mein Zauber ihnen geholfen hat, herüberzukommen, doch man muss sich schon fragen, warum es in Rose Hill so viele ruhelose Seelen gibt.«

»Keine Ahnung«, sagte Leo. »Aber ich will es herausfinden.«

»Gut, doch sag: Wie läuft's bei dir?«

»Oh, hm, ganz gut.« Leo wollte Caroline nicht anschwindeln, und deshalb wechselte sie lieber das Thema. »Meinst du, ihr werdet den Zauber enthüllt haben, wenn wir mit ihnen zurückkommen?«

»Ich denke schon«, antwortete Caroline. »Allerdings sagt Isabel, es gehe streng genommen nicht ums Enthüllen, denn wenn wir nur die Auswirkungen des Zaubers rückgängig machen, könnte es sein, dass wir den Seelen wehtun und sie gar nicht auf die andere Seite des Schleiers zurückgeschickt werden. Aber inzwischen haben Isabel und deine Tante eine Art Portalzauber ausgetüftelt – etwas, das ein Tor zwischen den zwei Welten öffnet. Deine Tante ist nicht so recht zufrieden damit, weil sie ihn nicht für sicher hält, aber wir werden ihn in einigen Punkten abändern, um sicherzugehen, dass unsere Geister heil zurückkehren können. Einen Test sollten wir in …« Leo hörte Isabels Stimme im Hintergrund. »… in etwa einer Stunde machen können.«

»Perfekt«, sagte Leo und hoffte, dass Caroline ihre Skepsis nicht heraushörte. Denn leider hatte sie bis jetzt nicht die leiseste Ahnung, wie sie die Geister innerhalb der nächsten Stunde einsammeln konnten. Bis jetzt hatten sie und ihre Helfer genau null Erfolg gehabt. »Gut, dann macht weiter. Bis bald.«

»Klang wie ein interessantes Gespräch«, sagte Abuela, nachdem Leo aufgelegt und eine Minute lang nur dagesessen und auf das Handy gestarrt hatte, ohne etwas zu sagen.

Leo zuckte zusammen. »Ach so, ja. Es klang eigentlich recht vielversprechend. Ich fürchte nur, dass Caroline bereit ist, noch bevor wir einen der anderen Geister gefunden haben. Sie hat mehr über die magischen Fähigkeiten ihrer Familie erfahren und inzwischen eine ungefähre Ahnung, wie wir euch wieder zurückschicken können.«

Während sie Abuela berichtete, was Caroline ihr erzählt hatte, warf sie einen Blick auf die Uhr im Armaturenbrett. Es war schon nach elf. In der Bäckerei herrschte um diese Zeit

Hochbetrieb, und Abuela setzte sich Mamás Sonnenbrille auf, die sie in der Ablage entdeckt hatte, bevor sie einen freien Parkplatz in der Nähe der Bäckerei ansteuerte. Leo brachte Tricia telefonisch kurz auf den neuesten Stand und hinterließ Brent eine Nachricht auf seinem Handy, da er nicht ranging. »Wir treffen uns in der Bäckerei. Planänderung. Komm so schnell wie möglich!«

»Ich habe eine Theorie«, sagte Abuela. »Die die Frage deiner Freundin beantworten könnte.« Sie starrte aus dem Fenster auf die Kunden, die die Bäckerei betraten und verließen.

»Wirklich?«, fragte Leo. »Moment mal, welche Frage?«

»Warum so viele Geister aus Rose Hill so flugs durch den Schleier kamen.«

»Warum?«

»Ich glaube, es hat mit der Bäckerei zu tun. Damit, dass unsere Familie hier verwurzelt ist und wir unsere Magie mit der Gemeinschaft verwoben haben.«

»Moment mal, du meinst, wir seien schuld, dass es so viele unglückliche Geister gibt?«, fragte Leo stirnrunzelnd.

»Nein, nicht unglücklich«, meinte Abuela. »Nur … aktiv. Viele der Menschen hier essen Magie quasi schon zum Frühstück. Das muss nach einer Weile auf sie abfärben.«

»Oh.« Leo schaute aus dem Fenster und stellte sich vor, dass die Kunden die Bäckerei mit einer Papiertüte voll Magie verließen. »Das klingt cool.«

»Finde ich auch.« Abuela lächelte. »Deshalb ist es auch

wichtig, dass ihr Mädchen eurer Mamá helft und alles von ihr lernt, was es zu lernen gibt. Ich kann mir unsere Stadt ohne unsere Bäckerei nicht vorstellen.«

Abuela löste den Dutt auf ihrem Kopf – die weißen Strähnen waren inzwischen fast vollständig aus dem glatten schwarzen Vorhang ihrer Haare verschwunden – und sie und ihre Enkelin schlichen sich wie Spione auf der Flucht zur Hintertür.

»Was machst du hier?«, keuchte Alma, als Leo die Tür aufschob und fast an das heiße Blech stieß, das ihre Schwester in den Händen hatte. »Leo ist zurück!«, rief sie über ihre Schulter. »Und … herrje, noch ein Geist!«

Abuela lachte laut, warf die Haare in den Nacken und schob sich die Sonnenbrille auf den Kopf. Alma blieb die Luft weg.

»Abuela?« Belén tauchte hinter ihrer Schwester auf. »Bist du es wirklich? Du siehst aus wie ein Filmstar!«

»Ich bin erschöpft«, grantelte Abuela über ein geschmeicheltes Lächeln hinweg. »Habt ihr Mädchen viel zu tun?«

»Zu viel«, jammerte Belén. »Heute hatten wir schon so viel Kundschaft, dass Mamá demnächst entweder vor Glück oder vor Erschöpfung stirbt.«

»Mami?«, rief da Mamá. Sie hatte zwei Rührschüsseln in der Hand und einen Mehlstreifen auf der Wange. »Wieso seid ihr wieder da?«

»Leo und ich brauchen das Büro für eine Weile.« Abuela rieb Mamás Schultern. »Kommst du hier klar, Maria Elena?«

Mamá schloss die Augen und genoss Abuelas Kneten. »Klar doch«, sagte sie. Sie schob ein paar schmutzige Löffel beiseite, um auf dem Küchentresen Platz für ihre Schüsseln zu schaffen. Dann drehte sie sich um und nahm Abuela in die Arme. »Es ist schön, dich zu sehen«, sagte sie leise. »Dich *wirklich* zu sehen.«

»Ach was, ist es nicht!« Lachend tätschelte Abuela Mamás Rücken. »Ich gehöre nicht hierher, und ihr habt genug zu tun, ohne mich, die ich hier aufkreuze und alles durcheinanderbringe. Mach weiter so, mija. Du machst es gut. Ich bin bald wieder dort, wo ich hingehöre.«

Mamá drückte ihre Mutter noch einmal fest an sich, dann ließ sie sie los und wischte sich das nunmehr feuchte Mehl vom Gesicht. »Okay.«

»Du brauchst nur dafür zu sorgen, dass meine Bäckerei weiter so gut läuft«, sagte Abuela.

»Alma, Belén! Der Zuckerguss!«, befahl Mamá. Widerwillig kehrten die Zwillinge auf ihren Posten zurück, um ein weiteres Blech mit Roscas de Reyes fertig zu machen. Leo folgte Abuela ins Büro und schloss die Tür hinter ihnen.

»Also, Leonora …« Abuela bückte sich und zog ein Buch aus dem Regal. »Deine Tía Paloma und deine Schwester haben die wichtige Aufgabe, einen neuen Zauber auszutüfteln, mit denen sich dieses höchst ungewöhnliche Problem lösen lässt. Ich dagegen halte mich in einer Notsituation lieber an Bewährtes und Erprobtes.« Sie ließ das schwere Buch auf

Daddys Schreibtisch fallen und Leo erkannte den roten Lederumschlag des alten Familienrezeptbuchs. Ihre Mundwinkel kräuselten sich.

»Meinst du, darin steht etwas, das uns weiterhilft?«

Abuelas lautes, kurzes Auflachen klang zunehmend vertrauter und setzte sich in Leos Gehirn fest wie das Geräusch, wenn Señor Gato, die Katze der Familie Logrono, die Kissen auf dem Sofa knetete und sich dann an sie kuschelte.

»Das hoffe ich, Leonora. Wenn nicht, sitze ich ganz schön tief in der Tinte.«

Ojo de Buey Buscador: Estos pasteles te ayudarán a ver claro e iluminarán el camino para encontrar cosas perdidas.

Als Abuela Leos fragenden Blick sah, übersetzte sie es für sie. »Ojo de Buey, also Bullaugen oder auch Ochsenaugen genannt, helfen einem beim Suchen.«

Der Zauber zum Auffinden von verlorenen Dingen klang so einfach, wie ein Sofakissen anzuheben und darunter die Schlüssel zu finden, aber auch so langweilig, wie jeden Raum im Haus zu durchsuchen, bevor einem einfällt, doch mal unter den Sofakissen nachzusehen. Mamá hatte den Teig, den man dafür brauchte, zum Glück sowieso schon vorgefertigt, doch Leo musste noch die Füllung, beziehungsweise das Innere der Ojos – die mantecada – zubereiten. Genau nach Vorschrift und unter Abuelas prüfenden Blicken siebte Leo im Büro das Mehl genau drei Mal und gab jeweils eine Prise Magie hinzu, indem sie an Dinge dachte, so leicht und fluffig, dass sie fast durchsichtig waren. Dann fügte sie Zucker, Butter und die anderen Zutaten hinzu und rührte »in aller Dringlichkeit«, damit der Zauber sich verankern konnte. Sie roch kurz an der Orangenessenz, bevor Abuela diese hinzugab, »während sie intensiv an den verlorenen Gegenstand oder auch mehrere Gegenstände dachte«. Sie war mehr als gespannt, ob es außer bei Gegenständen auch bei Geistern funktionierte. Zu guter Letzt füllte sie den Teig in die Teigförmchen und platzierte je eine Wimper darauf, die sie dann wegpustete. Auf diese Weise entstanden sechs Ojos de Buey, und Alma und Belén steuerten beide jeweils zwei Wimpern bei, damit Leo nicht sechs ihrer Wimpern opfern musste.

Die Ojos de Buey waren bereits im Ofen, als Tricia und Mai an die Hintertür klopften. Leo zeigte ihnen, wo sie ihre Fahrräder abstellen konnten und führte sie dann durch die Küche ins Büro, wobei sie darauf achtete, dass ihre Freundinnen einen Bogen um die heißen Backöfen machten.

»Hier sieht es ja richtig professionell aus«, flüsterte Mai, die ihre dunklen Augen kaum von den überdimensionalen Edelstahlgeräten abwenden konnte. »Ich hatte mir eure Backstube ganz anders vorgestellt.«

Das Rezeptbuch, das sehr viel hexenmäßiger aussah, weil es so alt und von Hand geschrieben war, schien ihr schon besser zu gefallen. Und sie achtete darauf, dass sie Abuela nicht zu nahe kam, indem sie hinter Daddys Drehstuhl stehen blieb. »Das ist ein Geist?«, flüsterte sie Tricia zu.

Grinsend wedelte Abuela mit den Armen, bis Blütenblätter auf den Fußboden flatterten.

»Oo-oo-ooh«, rief sie stöhnend und musste lachen, als Mai erschrocken aufschrie und zurückwich. »Entschuldige, aber achtet einfach nicht auf mich. Das war gemein, aber ich fand es witzig. Freut mich, euch kennenzulernen, und danke für eure Hilfe.«

Mai nickte, dass ihre kurzen schwarzen Zöpfe wippten, traute sich jedoch nicht hinter dem Schreibtischstuhl hervor.

»Sie sehen gar nicht wie eine Großmutter aus«, meinte Tricia, musterte Abuela argwöhnisch und war drauf und dran, sich zu Mai in die Ecke zu flüchten.

»Sie altert umgekehrt«, erklärte Leo. »Genau wie auch die anderen Geister. Deshalb müssen wir sie ganz schnell finden und zurückschicken, denn andernfalls hören sie auf zu existieren.«

Mai riss die Augen auf. »Wenn deine Großmutter rückwärts altert und aufhört zu existieren, hätte das dann nicht zur Folge, dass du und deine Mutter nie geboren wurdet?«

Leo kicherte hinter vorgehaltener Hand, Abuela nicht. »Nein«, erklärte sie sehr ernst, während Mai rot anlief. »Es betrifft nur Seelen, die dann Gefahr laufen, echte Geister zu werden, also herumspukende Gespenster. Was ich zu meinen Lebzeiten tat, wird nicht ausgelöscht.«

»Mach dir nichts draus.« Tricia stieß Mai einen Ellbogen in die Seite. »Ich habe auch keine Ahnung, was hier abgeht. Willkommen in Leos Welt!«

»Tut mir leid«, sagte Leo. »Ich weiß, dass es schwer zu begreifen ist. Und es tut mir auch leid, dass ich euch nicht schon früher die Wahrheit gesagt habe. Aber jetzt überschlagen sich die Dinge und ich … ich schaffe es nicht allein. Ich brauche meinen Backclub.«

Mai und Tricia blickten sich kurz an und nickten dann. »Wir helfen gern«, sagte Mai. »Ich meine, das Ganze ist ziemlich schräg, aber aufregend.«

»Ich wollte schon immer mal ein Ghostbuster sein«, fügte Tricia hinzu.

»Und ich versuche, es besser zu erklären«, versprach Leo. »Wir haben noch ungefähr fünf Minuten, bevor die Ojos de Buey fertig sind – darin ist ein Zauber eingebacken, der uns dabei hilft herauszufinden, wohin die Geister gegangen sind.«

Leo war noch mitten im Erklären, als Alma den Kopf ins Büro streckte.

»Leo, dein Kumpel ist vorn im Laden und macht so einen Aufstand, dass uns gleich die Kunden weglaufen. Sei so gut und hole ihn von dort weg!«

»Was?!« Leo, Tricia und Mai liefen hinter Alma her. Als die vier Mädchen durch die blauen Schwingtüren platzten, waren

Daddy und Brent Bayman (Letzterer mit einer Empanada im Mund) gerade in einem Streitgespräch.

»Aber wir haben einen Deal!«, beteuerte Brent empört. »Fragen Sie Leo! Ich habe ihr bei etwas geholfen und deshalb habe ich mir die hier anständig und ehrlich verdient!«

»Tut mir leid, Brent, aber du kannst dir hier nicht einfach nehmen, was du willst, egal was Leo gesagt hat.« Daddy klang erschöpft und seine freundliche Kundenstimme hörte sich gepresst an. »Und Sie, Sir«, wandte er sich an den älteren Mann, der hinter Brent stand, »Sie müssen auch bezahlen. Ich hoffe doch sehr, Sie werden mir jetzt nicht sagen, dass meine Tochter auch mit Ihnen einen Deal gemacht hat!«

Leo und Mai schnappten entgeistert nach Luft, als sich der grauhaarige Kunde umdrehte, eine halb aufgegessene Concha in der Hand, und dabei gelbe Blütenblätter verstreute. Seine Haare waren dichter und die Haut um seine Augen war glatt, doch die silbrige Brille und das Gesicht, das Generationen von Schülern die richtige Zwerchfellatmung beigebracht hatte, waren unverkennbar.

Brent hatte Mr Nguyen gefunden!

»Glauben Sie mir«, verteidigte sich der Geist. »Ich habe keineswegs aus freien Stücken einen Deal mit diesen Kindern gemacht. Genau genommen …«

»Daddy!« Leo rannte hinter die Ladentheke und zupfte ihn am Ärmel. »Kann ich dich kurz sprechen?«

»Leonora.« Daddy klang fröhlich, aber seine hochgezogenen Augenbrauen verrieten seine wahren Gefühle. »Wie ich höre, hast du deinen Freunden großartige Versprechen gemacht!«

»Ja.« Leo wrang die Hände. Die Bäckerei war voller Kunden, und sie hatte das Gefühl, dass alle sie anstarrten, auch wenn das nicht unbedingt der Fall war. »Ähm, es waren spezielle Umstände …«

»Und der Zweck heiligt die Mittel, meinst du?«, fragte Mr Nguyen streng. Leo wusste nicht, wie Brent es geschafft hatte, ihn hierherzulocken, wenn der Mann so griesgrämig und widerspenstig war, aber das konnte sie ihn vor all den Leuten natürlich nicht fragen.

»Leo, du kannst deinen Freunden keine Freibriefe geben. Falls du …« Er verstummte, als er endlich merkte, dass Leos Augenbrauen auf und ab hüpften. »Oh, verstehe«, sagte er dann. »*Spezielle* Umstände.« Er seufzte. »Wie wär's, wenn du mit deiner Mutter darüber sprichst?« Er redete nun etwas lauter, damit die Kunden ihn hören konnten. »Sie wird dir erklären, warum wir unsere Backwaren nicht verschenken können.« Er zwinkerte Brent entschuldigend zu, bedachte Leo mit einem Kopfschütteln und schob die beiden in Richtung Backstube. »Und Sie, Sir …«

»Oh, er kommt mit uns«, sagte Leo hastig. »Er ist der … ähm, der Reparateur von …« Ihre Lüge versickerte, doch zum Glück hatte Daddy inzwischen begriffen.

»Ah, natürlich! Ich bin froh, dass Sie gekommen sind, Sir.

Wir brauchen dieses spezielle Teil dringend für einen unserer Backöfen. Leo bringt Sie nach hinten in die Küche.« Er wandte sich wieder den Kunden zu. »Gut, wer ist der Nächste?«

Leo und ihre Freunde zogen den murrenden Mr Nguyen nach hinten.

»Was hast du dir dabei gedacht?«, zischte Alma Leo zu, sobald sie in sicherer Entfernung waren.

»Was hast *du* dir dabei gedacht?«, fauchte Leo Brent an, der jedoch zufrieden seine Empanada mampfte.

»Warum hast du uns nicht gesagt, dass Mr Nguyen auch einer der Geister ist?«, wisperte Mai Leo zu. Mr Nguyens mürrisches Gesicht hellte sich etwas auf, als er Mai erkannte, und er tätschelte ihren Kopf, ohne dass sie erschrocken zurückwich.

»Du hast gesagt, ich soll ihn in die Bäckerei bringen«, erklärte Brent achselzuckend. »Es hat etwas länger gedauert, ihn zu finden, und dann wollte er sich nicht hinten auf mein Rad stellen. Und in der Zwischenzeit bin ich hungrig geworden. Du hast gesagt, wenn ich ihn herbringe, bekäme ich lebenslang umsonst Gebäck von euch.«

Leo atmete durch die Nase ganz tief ein und zählte dabei bis zehn, wie Isabel Marisol immer riet, wenn die sich wieder mal aufregte. Sie rief sich dabei ins Gedächtnis, dass sie die Hilfe ihrer Freunde brauchte und ihnen dankbar war. »Danke«, sagte sie mit zusammengebissenen Zähnen. »Dass du ihn gefunden hast. Gut gemacht! Aber nur zur Info: Es gibt eine Hintertür, die du in heiklen Situationen nehmen kannst. Zum Beispiel wenn du widerspenstige Geister mitbringst.«

»Die du erpresst hast«, knurrte Mr Nguyen.

»Okay, okay«, sagte Brent achselzuckend. »Hab's kapiert.« Er blickte sich um. »Und wo ist der Rest der Blumengeister?«

»Ähm …« Leo kickte an einen Spalt in dem orangefarbenen Fliesenboden. »Die haben wir ehrlich gesagt nicht gefunden.«

Brents Augenbrauen schossen in die Höhe. »Im Ernst? Hurra! Ich bin der weltbeste Geisterjäger!« Triumphierend boxte er in die Luft.

»Brent!« Leo schlug ihm an den Arm, Tricia rollte mit den Augen. »Das ist keine gute Nachricht. Sie sind in Gefahr und wir müssen sie finden.«

Brent verzog das Gesicht und öffnete den Mund, weil er sich vermutlich entschuldigen wollte, doch da kam Mamá mit einem heißen Backblech an und scheuchte die ganze Bande aus dem Weg. Leo verzog sich mit ihren Freunden wieder ins Büro, wo es zwar etwas eng werden würde, aber immerhin waren sie nicht mehr im Weg.

»Warum sind Sie zurückgekommen?«, wollte Mai von Mr Nguyen wissen. »Gibt es in Ihrer Familie auch Probleme?«

»Nein, nein, keine Sorge, alles gut«, versicherte ihr Mr Nguyen. »Ich wollte aus rein beruflichen Gründen noch einmal in meine frühere Schule. Mein Klavier …« Er funkelte Brent an. »… war in einem grässlichen Zustand.«

»Komisch«, meldete Brent sich wieder zu Wort. »Mr Nguyen hat eine Familie?«

Leo verdrehte die Augen, genau wie Tricia und Mai, obwohl auch sie sich nicht so recht vorstellen konnte, dass Lehrer noch ein Leben außerhalb der Schule haben. Aber sie war klug genug, es nicht auszusprechen.

»Ja, er ist mein Onkel«, erklärte Mai. »Nicht mein richtiger Onkel, aber ich nenne ihn so. Er ist ein Bekannter meiner Eltern.«

»Oh ja, grüß sie von mir«, sagte Mr Nguyen.

Mai zog die Augenbrauen hoch und schüttelte den Kopf. »Ähm, Sie wissen schon, dass Sie ein Geist sind, oder?«

Mr Nguyen nickte bedächtig. »Stimmt. Dann besser nicht.«

»Kommen Sie mir nicht auf dumme Ideen.« Brent hob warnend einen Zeigefinger. »Alles, was ich gesagt habe, gilt immer noch, falls jemand außer den hier anwesenden Personen herausfindet, dass Sie in Wirklichkeit ein Geist sind.«

Mr Nguyen hielt abwehrend beide Hände hoch. »Ich habe doch schon zugestimmt, Mr Bayman. Ehrlich gesagt ist das der Grund, warum ich nur in der Grundschule unterrichtet habe.«

»Zugestimmt zu was?«, fragte Leo argwöhnisch. Brent blickte schrecklich schuldbewusst drein. »Er wollte das Klavier nicht stehen lassen und irgendeinem unbekannten Jungen folgen, und leider hat mir eine bestimmte Person keine magischen Schrumpfstrahlen gegeben, die ich gegen ihn hätte einsetzen können.«

»Es gibt keine magischen Schrumpf…«, wollte Leo widersprechen, doch Mr Nguyen fiel ihr ins Wort.

»Er hat damit gedroht, mein Klavier zu ruinieren, sobald ich diese Welt wieder verlassen hätte.«

»Was?« Tricia schnappte nach Luft.

»Brent!«, schimpfte Leo.

»Wow!« Mai nickte Brent anerkennend zu. »Das war clever.« Das trug ihr einen enttäuschten Lehrerblick von Mr Nguyen ein.

»Danke.« Brent zeigte auf Mai. »Soweit ich sehe, hat außer mir niemand einen Geist angeschleppt, oder? Außerdem hab ich ihm versprochen, einmal im Monat oder so nach seinem Klavier zu schauen, wenn er kooperiert.«

Leo wollte ihrem Kumpel gerade sagen, dass sie »mit Worten überzeugen« eigentlich etwas anderes gemeint hatte, doch in diesem Moment streckte Belén nach kurzem Anklopfen den Kopf zur Tür herein. »Leo, deine Zeitschaltuhr piept.«

»Ich hole die Sachen aus dem Ofen«, sagte Abuela, die an Mamás Schreibtisch lehnte und aussah, als würde sie auch gern die Flucht ergreifen. Sie eilte in die Küche, um das magische Gebäck aus dem Backofen zu nehmen. Leo und die anderen folgten ihr, und Leo ermahnte ihre Freunde, einen Sicherheitsabstand von den Backöfen und dem megaheißen Backblech einzuhalten.

»Sie sehen so … normal aus«, meinte Tricia, während sie die abkühlenden Ojos de Buey beäugte.

»Na ja, sie sehen schon etwas komisch aus«, widersprach Mai. »Ist es ein Kuchen innerhalb eines Kuchens?«

»Eher ein Muffin mit Kruste«, antwortete Leo achselzuckend. »Man kann die Magie nicht sehen, aber wenn man hineinbeißt, merkt man sie.«

»Wie mysteriös«, sagte Mai, nahm vorsichtig eines der heißen Gebäckstücke und ließ es schnell wieder fallen.

»Richtig«, sagte Leo. Sie verschwieg ihren Freunden wohlweislich, dass der Zauber und seine Wirkweise auch für sie ein Geheimnis waren.

Ungeduldig starrten sie alle auf den Abkühlrost. Der Geruch der fluffigen Teilchen kitzelte in Leos Nase, denn es duftete nach einem Hauch von würziger Magie.

»Na schön, ich fange dann mal an«, sagte Brent nach einer Weile und griff mit den Fingerspitzen nach einem der runden Ojos. »Einfach nur abbeißen?«

Leo blickte zu Abuela, die ihr zunickte. Brent biss in sein Ojo de Buey, knackte den härteren Rand und riss ein Stück des weichen Inneren heraus. Mai folgte seinem Beispiel, dann Leo und Tricia. Abuela und Mr Nguyen beschlossen, sich ein Ojo de Buey zu teilen, obwohl sie sich nicht sicher waren, ob die Magie auch bei Geistern wirkte.

»Und? Hatsch geklappt?«, nuschelte Brent mit noch vollem Mund. »Scheht ihr wasch?«

Leo knabberte an dem noch heißen Rand ihres Ojo de Buey. »Ich – oh!«

Sie schnappte nach Luft, als plötzlich leuchtende Streifen wie Blitze vor ihren Augen zuckten. Diese Blitze wurden so intensiv, dass sie sich die Hände vors Gesicht schlug, aber dennoch sah sie die zuckenden Lichter noch, stärker als Nachbildeffekte. Und als sie schon dachte, ihr Kopf würde gleich platzen, hörte der Sturm abrupt auf. Langsam ließ sie die Hände sinken und blinzelte durch die Backstube.

Ein Gewirr von sich durchkreuzenden Linien in goldenem Orange blieben sichtbar, deren Ränder verschwammen, wenn man zu genau hinsah. Eine kurze dicke Linie wand sich träge durch die Küche, während andere gerade von Wand zu Wand verliefen und den Raum unterteilten.

»Sind das …?«

»Ha, ha, seht nur!« Brent stupste Mr Nguyen an, der protestierend einen Schritt zur Seite machte. Dabei ließ er eine dicke Linie aus Licht hinter sich zurück, die in Stückchen zerfiel und zu einer Spur von Ringelblumen-Blütenblättern wurde.

»Wow«, flüsterte Tricia. »Echt krass.«

»Kommt das von diesen Muffins?« Vorsichtig streckte Mai eine Hand aus, um einen der goldenen Lichtstrahlen zu berühren, doch ihre Hand glitt hindurch wie durch das Strahlenbündel eines Projektors.

Leo zuckte nur mit den Schultern und verkniff es sich, ebenfalls nachzuprüfen, ob sich diese goldenen Lichtstrahlen berühren ließen und wie sie sich anfühlten.

»Der Zauber wirkt sich nur auf eure Augen aus«, erklärte Abuela. »Die Energiespuren, die wir hinter uns herziehen, waren eigentlich immer vorhanden. Aber nun können wir sie auch sehen, und das macht es leichter, unsere Freunde zu finden.« Sie klatschte in die Hände und wischte sich ein paar Krumen von ihrer Strickjacke. »Jetzt, wo wir sie aufspüren können, Leo, fangen wir am besten gleich an. Wie lautet dein Plan?«

KAPITEL 15

Die Jagd geht weiter

Der Plan sah vor, dass sie sich aufteilten. Tricia und Mai, die zu Fuß unterwegs sein würden, entschieden sich für einen Lichtstrahl, der stark und stabil wirkte, denn das konnte eigentlich nur bedeuten, dass der betreffende Geist nicht weit weg war. Leo tat sich mit Brent zusammen, dessen Rad kurze Querstangen am Hinterrad hatte, auf die sich eine Begleitperson stellen konnte, und sie entschieden sich für den zweithellsten Strahl. Abuela und Mr Nguyen würden im Auto dem dünnsten Strahl folgen.

»Werdet ihr euch auch benehmen?«, fragte Leo. »Beide? Und augenblicklich zurückkommen, wenn ihr euren Geist gefunden habt?«

»Hand aufs Herz und so weiter, du weißt schon, was ich meine«, witzelte Abuela.

»Mir bleibt gar nichts anderes übrig angesichts der Gefahr,

dass mein Klavier andernfalls ruiniert wird«, sagte Mr Nguyen resigniert.

»Richtig!«, bekräftigte Brent. »Ich weiß, wo unser Chemielehrer seine hochaggressiven Chemikalien aufbewahrt. Und ich wette, dass es Ihrem Klavier nicht gut täte, wenn ich ein paar davon reinschütte.«

»Mittelschüler«, seufzte Mr Nguyen kopfschüttelnd, bevor er Abuela zum Parkplatz folgte.

»Okay, Leute.« Leo musterte ihre beiden Mitstreiterinnen. »Wir werden die Geister finden. Und wir arbeiten mit Charme und Logik …«

»Oder Drohungen, wenn nötig«, fiel Mai ihr ins Wort.

»Das wird hoffentlich nicht nötig sein«, fuhr Leo fort, »um sie zu überzeugen, mit uns zu kommen. Wir treffen uns dann alle bei Caroline. Ruft an, wenn irgendwas schiefläuft, okay?«

Tricia und Mai nickten feierlich. Brent stibitzte noch schnell ein halbes Ojo de Buey und stopfte es in den Mund.

»Komm mit«, nuschelte er. »Mein Rad steht vor dem Laden.«

Leo hatte sich noch nie hinten auf ein Rad gestellt. Sie hatte selbst auch ein Rad, ein kleines grünes, von Belén geerbt, mit Troddeln am Lenker, aber sie war seit der Grundschule nur wenig damit gefahren, weshalb es derzeit mit Plattfuß und einem verstaubten Sitz in der Garage stand. Als ihr nun der Fahrtwind um die Ohren pfiff und langsam aber sicher ihre Zöpfe aufdröselte, wurde ihr ziemlich kalt, und sie wünschte sich, sie hätte eine dickere Jacke an, oder Brent wäre etwas größer und breiter und würde ihr mehr Windschutz bieten. Aber sie ließen das Zentrum ruck, zuck hinter sich und bogen nun, immer ›ihrem‹ Lichtstrahl folgend, von der Hauptstraße auf die Rose Street ein. Leo fand die Fahrt toll und überlegte sich, ob sie ihr Fahrrad nicht ausmotten sollte, denn mit dem Rad war man so viel schneller als zu Fuß.

»Was ist, wenn der Strahl durch ein Gebäude geht oder so?«, fragte Brent. Er musste schreien, damit sie ihn hörte. »Fahren wir dann drum herum? Verlieren wir den Strahl oder berechnet er wie ein Navi eine neue Route?«

»Keine Ahnung!«, schrie Leo zurück, die sich instinktiv vorbeugte und dadurch mit dem Gesicht an seinen Helm donnerte. Mit einer Grimasse richtete sie sich wieder auf und schüttelte heftig den Kopf, was das Rad ins Schlingern brachte.

»Verflixt!« Brent schaffte es gerade noch, das Rad in der Senkrechten zu halten. »Was, wenn die Geister sterben – oder sich zersetzen oder was auch immer –, bevor wir sie gefunden haben? Löst sich der Lichtstrahl dann einfach auf?«

»Keine Ahnung«, rief Leo erneut. »Aber das wird schon nicht passieren.«

»Wie lange dauert es, bis die Strahlen verblassen?«, lautete Brents nächste Frage, als er um das große Schlagloch vor dem Supermarkt kurvte, das Leos Vater oft übersah, wenn er mit seinem Truck unterwegs war. »Wie lange dauert es, bis sich die Geister auflösen? Kennt Caroline nicht irgendeinen Zauber, um das zu verhindern?«

Leo hatte alle Mühe, sich mit einer Hand die Haare aus dem Gesicht und dem Mund zu halten, während sie sich mit der anderen Hand an Brents Schulter festkrallte. »Ich – oh – weiß – puh – nicht!«

Brent hielt für eine Weile die Klappe und bremste an dem Stoppschild vor der Park Road ab. »Du hast echt null Ahnung, was abgeht, stimmt's?«

Als Brent das Rad auslaufen ließ, schlingerten sie durch eine tiefe Pfütze, und Leos linker Fuß rutschte vom Ständer. Sie kippte zur Seite, verlor das Gleichgewicht und sprang rückwärts auf die Straße, um nicht herunterzufallen. Sie taumelte zwar, konnte sich aber aufrecht halten, während Brent sein Rad wieder unter Kontrolle bekam und einige Meter weiter anhielt.

»Leo! Bist du okay?«

»Ja.« Sie schüttelte ihren Fuß, der von dem schmalen Ständer und dem Aufprall auf dem Asphalt etwas steif war. »Alles gut.«

»Tut mir leid, ich hab die Pfütze nicht gesehen. Ich hätte dir meinen Helm geben sollen. Du bist, statistisch gesehen, gefährdeter als ich.« Er klickte seinen Helm auf und reichte ihn ihr. »Ich würde wetten, dass wir sowieso gleich da sind. Schau dir den Strahl an!«

Und tatsächlich: Der schimmernde goldene Lichtstrahl war merklich dicker und heller geworden.

Leo setzte sich den blau-grünen Helm auf und schob ihn ein Stück nach hinten. Dann stellte sie sich wieder auf die beiden Fußstützen und klammerte sich, diesmal etwas fester, an Brents Schultern.

»Bereit?«, fragte er. Leo brummte ein Ja. Brent trat wieder in die Pedale, und Leos Magen verkrampfte sich, obwohl er nun etwas langsamer und vorsichtiger fuhr.

»Weißt du, ich muss es erst lernen«, sagte Leo, nachdem sich ihre Schultern entkrampften und ihr Körper sich wieder an den kalten Fahrtwind gewöhnt hatte. »Magie, meine ich. Ich lerne die ganze Zeit und weiß schon einiges über die Grundlagen. Oder … okay, nicht viel, aber … ich bemühe mich. Magie wird immer komplizierter, je länger man sich damit beschäftigt.«

Brents hellbrauner Haarschopf nickte. »Ich weiß. Ich dagegen weiß rein gar nichts darüber. Ich habe auch nie Fragen gestellt, weil meine erste Begegnung mit Magie eher abschreckend war. Und ich dachte, Magie sei dein Ding, und Caroline und ich wären, du weißt schon … Muggels oder so was.« Er zuckte mit den Schultern. »Aber jetzt sieht es so aus, als würdet ihr zwei in eine ganze neue magische Welt mit coolem Zeug abdriften, und ich habe Angst, dass ich …«

»Dass du außen vor bleibst«, führte Leo seinen Satz zu Ende. »Ich weiß. Dieses Gefühl hatte ich früher auch. Und Caroline ebenfalls.«

Brents Schultern hoben und senkten sich.

»Wir werden dich nicht ausgrenzen«, versicherte ihm Leo. »Aber ich verstehe dich. Manchmal höre ich zu sehr auf meine Schwestern, verhalte mich dumm und vergesse, wer meine Freunde sind. Das würde Caroline nie tun. Und ich tue es auch nicht mehr.«

Sie fuhren zum Rose Hill Park hoch, von dem die Park Road ihren Namen hatte. Brent überquerte die Straße, um auf dem Radweg weiterzufahren, der rund um den Park führte, und sie kamen an eine sonnige Stelle, an der sich Leos Nacken wärmte.

Brent ließ das Rad auf dem rötlich-braunen Kies ausrollen.

»Danke«, sagte er.

»Ich danke dir«, erwiderte Leo. »Du hilfst uns in dieser kniffligen Situation.«

»Stimmt«, sagte Brent, und Leo wusste, dass er selbstzufrieden grinste, auch wenn sie es nicht sehen konnte. »Für einen Muggel bin ich ein ziemlich guter Freund, nicht wahr?«

Leo lachte. »Kann sein«, sagte sie, »aber ab jetzt bist du nicht mehr der Geisterjäger-Champion. Gleich sind wir punktgleich.« Sie zeigte über seine Schulter hinweg auf eine Parkbank, die von einem orangegoldenen Schimmer umgeben war. Auf ihr saß Bürgermeister Rose, wie Leo gesehen hatte, als sie die Augen zusammenkniff.

»Das ist unfair!« Brent bremste so abrupt ab, dass matschige Kieselsteine an Leos Knöchel flogen. »Es war ein echt geiles Gefühl!« Er wartete, bis Leo abgestiegen war, bevor er selbst abstieg. »Aber ich finde, dieser Punkt geht zur Hälfte auch an mich, da ich für den Transport gesorgt habe. Und folglich bleibe ich weiterhin Champion, besonders wenn man bedenkt ...«

Leo achtete nicht mehr auf Brents Geplapper, als sie sich Bürgermeister Rose näherten. Er sah, genau wie Abuela, jünger aus, aber auch trauriger; das breite Lächeln fehlte auf seinem Gesicht, als er gedankenverloren Blätter von dem Busch hinter ihm abzupfte und achtlos eines nach dem anderen auf den Boden fallen ließ.

»Bürgermeister Rose?« Leo lief zu ihm und setzte sich ans andere Ende der Bank. »Was machen Sie hier?«

Er seufzte schwer und ließ noch ein paar Blätter fallen, bevor er antwortete: »Früher bin ich über diese Wiesen hier gelaufen, als sie sich noch bis zum Ende des Countys erstreckt haben. Die Idee zu diesem Park stammte von mir. Die Stadt ist so schnell gewachsen, dass immer mehr Wiesen und Felder neuen Häusern und Gebäuden weichen mussten, und ich wollte einige der Bäume und Wiesen erhalten, auf denen ich als Kind gespielt hatte. Jetzt sieht hier alles so anders aus. Genau wie die ganze Stadt.«

»Aber ... das ist doch gut, oder?«, fragte Leo.

Der Bürgermeister zuckte mit den Schultern. »Natürlich wollte ich, dass die Stadt wächst. Dafür habe ich mich mein Leben lang eingesetzt. Aber es ist schwer zu akzeptieren, dass es mir aus den Händen genommen wurde. Das ist der Lauf der

Dinge, ich weiß, aber wenn ich die Stadt so sehe, frage ich mich, ob sie nicht in den falschen Händen ist und sich in die falsche Richtung entwickelt. Deshalb wollte ich sie wieder auf den richtigen Kurs zurückbringen.«

Leo nickte. »Ich denke, da müssen Sie sich keine Sorgen machen«, sagte sie. »Für den Bürgermeisterposten bewerben sich zwei Menschen und keine Tiere, und am Empfang des Rathauses arbeitet eine Lady, der das Amt des Bürgermeisters sehr wichtig ist. Sie erklärt allen, wie wichtig es ist, dass die Stadt richtig geführt wird.« Brent kam mit seinem Fahrrad herangerollt. »Und viele Leute interessieren sich dafür. Sag mal, Brent, hast du gewusst, dass Bürgermeister Parks anlegen lassen können? Ist das nicht cool?«

»Ähm … schon.« Brent blinzelte sie an.

»Ich finde es supercool«, fuhr Leo fort. »Und sie tun wahrscheinlich viele andere wichtige Dinge. Wie … zum Beispiel Schlaglöcher beseitigen zu lassen.« Sie stellte sich Bürgermeister Rose vor einer Planierraupe vor, die den Asphalt glatt walzte, während die Einwohner herbeieilten und Beifall klatschten. »Kein Wunder, dass Sie so gern Bürgermeister waren.«

»Die Anmeldefrist für eine Kandidatur ist abgelaufen«, sagte Bürgermeister Rose niedergeschlagen.

»Ich weiß.« Leo tätschelte seinen Arm. »Ich war vorhin im Rathaus. Es tut mir leid, dass wir uns verpasst haben. Aber ich denke, es ist besser so.«

Bürgermeister Rose seufzte. »Es war dumm von mir, die

Wahlplakate zu beschmieren. Aber zu sehen, dass es in der Stadt auch ohne mich weitergeht, ist schmerzhaft für mich.«

Leo nickte.

»Okay.« Brent stupste Leo an den Ellbogen. »Aber wir müssen Sie jetzt möglichst schnell zurückbringen.«

»Ich habe mir überlegt, dass ich vielleicht hierbleiben und als Poltergeist im Park herumspuken könnte.« Der frühere Bürgermeister stieß einen tiefen Seufzer aus.

»Oh nein, das tun Sie nicht!«, rief Brent. »Nicht, nachdem wir uns so viel Mühe gegeben haben, Sie aufzutreiben. Wir sind nicht durch die ganze Stadt gerast, damit Sie sich auflösen und den Park fortan zum Ort des Schreckens machen!«

Erst da wurde Bürgermeister Rose auf Brent aufmerksam. »Wie habt ihr mich überhaupt gefunden?«, fragte er. »Und wer bist du, junger Mann?«

»Er ist mein Freund Brent«, erklärte Leo. »Und er hat recht. Wir mussten eine Suchtruppe aufstellen, um euch alle einzusammeln, und wir lassen es nicht zu, dass sich einer von euch für alle Zeiten in ein ruheloses Gespenst verwandelt. Deshalb bringen wir Sie jetzt zurück zu Brujas, die euch wieder hinter den Schleier schicken können.«

Bürgermeister Rose ließ die letzten Blätter in seiner Hand fallen und sah Leo mit plötzlichem Interesse an. »Suchtrupps, hm? Und ein Hauptquartier? Und ein konkreter Plan, sobald ihr uns alle eingesammelt habt? Nicht schlecht. Wessen Idee war das alles?«

»Leos«, antwortete Brent spontan. »Wir sind alle ihre Freunde. Sie hat uns zusammengetrommelt.«

Bürgermeister Rose nickte. »Genau wie ich vermutet habe. Sieht ganz so aus, als gäbe es in Rose Hill doch eine leidenschaftliche Führungspersönlichkeit, die einen Plan hat, und das ist für die Zukunft der Stadt sehr wichtig. Das ist gut zu wissen.«

»Ich?«, fragte Leo verwundert. »Ich würde es nicht direkt einen Plan nennen. Ich weiß nur, dass ich alles wieder in Ordnung bringen muss, bevor es noch schlimmer wird.«

»Eine absolut zutreffende Beschreibung für einen Staatsdiener.« Der alte Herr grinste. »Und all seine Freunde dazu zu bringen, dass sie einem helfen, ist keine leichte Sache.«

»Stimmt.« Leo zuckte mit den Schultern. »Aber ich bin nicht gut darin. Niemand hört auf mich, es sei denn, es handelt sich um einen Notfall, und alle sind immer sauer auf mich. Und die meiste Zeit weiß ich nicht mal, was ich tue.«

Das Lachen von Bürgermeister Rose, hoch und klar, hallte durch den Park. »So spricht eine wahre Politikerin«, sagte er. Er stützte seine Hände auf die Knie und erhob sich mit einem leisen Stöhnen. »Na schön, gehen wir! Ich möchte deine Pläne nicht durchkreuzen – das würde gerade zu Beginn deiner Karriere deine Glaubwürdigkeit untergraben und deine Chancen schmälern.«

Chancen für was?, fragte sich Leo. Eine komische Aussage. Sie, Leo, eine Führungspersönlichkeit? Sie würde Bäckerin werden und natürlich Bruja. Waren das nicht genug Jobs für eine Person?

Doch als sie auf dem Rückweg an dem Supermarkt mit dem Schlagloch vorbeikamen, stellte sich Leo vor, wie es wäre, wenn *sie* vor der Planierraupe stand, während das Schlagloch ordnungsgemäß zubetoniert werden würde. Vielleicht wäre es doch ganz cool, eine Führungspersönlichkeit zu sein? Sie musste nur erst noch herausfinden, was es genau bedeutete.

Irgendwann auf dem Rückweg zog Leo ihr Sweatshirt aus, denn die Mittagssonne hatte die morgendliche Kühle vertrieben. Sie war froh, als sie endlich wieder in der Straße waren, in der Caroline und Brent wohnten, und das nicht nur, weil fast alle grauen und silbrigen Strähnen auf dem Kopf von Bürgermeister Rose inzwischen dunkel geworden waren. Sie war auch froh zu sehen, dass etliche der goldenen Lichtstrahlen kreuz und quer durch die Straße verliefen. Das konnte nur ein gutes Zeichen sein.

»Hey, was ist da passiert?«, rief Brent, als sie an seinem Haus vorbeikamen. »Wer hat in unserem Vorgarten rumgewühlt?«

Die Gartentür stand offen und dahinter waren etliche Haufen aufgeschütteter Erde zu sehen. Dafür standen jetzt mehrere große Sträucher dort, die bisher nicht da gewesen waren.

»Oh-oh«, sagte Leo. »Weißt du zufällig, wem euer Haus früher gehört hat?«

»Ja, einem alten Onkel meiner Mutter, Jack.« Brent zuckte mit den Schultern. »Warum?«

Eine Erklärung blieb Leo erspart, denn als sie auf Carolines Haus zugingen, wurde die Tür aufgerissen und Tricia und Mai kamen ihnen entgegengelaufen.

»Ich sagte doch, dass der Lichtstrahl heller wird!«, rief Tricia. »Sie sind da!«

»Ihr habt's auch geschafft!« Mai lächelte. »Wir hatten Old Jack schon nach fünf Minuten gefunden.«

»Aber mitgekommen ist er erst, nachdem wir ihm geholfen hatten, seine unerledigte Angelegenheit zu regeln.« Tricia streckte beide Hände aus und Leo sah die schmutzigen und nach Laub riechenden Fingernägel.

»Ihr wart das in meinem Garten?!« Brent kniff die Augen zusammen. »Wozu das?«

»Wir haben versucht, Old Jack in Carolines Haus zu lotsen, aber er wollte erst mitkommen, wenn er alles gepflanzt hatte. Und die meisten Löcher hatte er ohnehin schon gebuddelt. Es hätte schlimmer ausgesehen, wenn wir sie nicht wieder aufgefüllt hätten.«

Brent blickte wenig überzeugt drein, doch dann zuckte er mit den Schultern und folgte Tricia und Mai in Carolines Haus. »Ich denke, ich könnte meiner Mom sagen, dass ich … ähm, einen Anfall von Arbeitseifer hatte und die Dinger gepflanzt habe. Vielleicht als Biologie- oder Ökologieprojekt für die Schule.«

»Ich habe meine Oma gesehen!«, flüsterte Tricia aufgeregt und hielt Leo noch kurz zurück, als die anderen schon ins Haus gingen. »Sie ist wirklich hier! Irre!«

Abuela und Mrs Morales standen im Flur und plauderten mit Mr Nguyen, umgeben von orangefarbenen Lichtstrahlen.

»Wo ist Mr Pérez?«, fragte Leo. »Habt ihr ihn gefunden?« Es gab mindestens einen oder zwei goldene Lichtstrahlen, die vom Wohnzimmer wegführten, doch bei dieser Ansammlung von Geistern war es schwer zu sagen, welcher Strahl zu wem gehörte.

»Ja, sie haben mich gefunden«, tönte es da aus der Küche, und Mr Pérez streckte sein lächelndes Gesicht durch die Tür. »Ich bin hier und mache gerade Rühreier für hungrige Gärtner.«

»Au ja!« Tricia und Mai hüpften in die Küche.

»Will der Rest von euch Ghostbustern auch welche?«, fragte er.

»Ich nicht, danke«, rief Leo zurück, während Brent schnurstracks in die Küche rannte, zusammen mit Bürgermeister Rose, der ihm etwas langsamer, aber nicht minder begeistert folgte.

»Wie lief es für Mr Pérez?«, wisperte Leo Abuela zu. »Er konnte nicht tun, weswegen er hergekommen ist, richtig?« Sie dachte daran, wie traurig Bürgermeister Rose gewesen war, bevor sie ihn davon überzeugt hatte, dass die Zukunft von Rose Hill in politisch verlässlichen Händen lag. Dass Mr

Pérez' fröhlich war, machte Leo stutzig, denn vielleicht täuschte er seine Fröhlichkeit nur vor, um bei der nächstbesten Gelegenheit erneut das Weite zu suchen.

»Ganz gut«, antwortete Mrs Morales. »Mach dir keine Sorgen.«

»Aber seine Schwester ist doch weggezogen …«, sagte Leo.

»Wir haben ihn vor der Stadtbücherei entdeckt«, erklärte Abuela.

»Dort standen früher Telefonzellen und von dort aus wollte er seine Schwester anrufen. Wir mussten allerdings feststellen, dass sie alle abgebaut wurden, seit wir tot sind.« Mrs Morales schüttelte den Kopf. »Die moderne Technik! Als wir noch ratlos davorstanden, kam eine Büchereiangestellte vorbei, und als wir ihr sagten, was wir vorgehabt hatten, schlug sie uns vor, stattdessen auf einem der Computer in der Bücherei eine E-Mail zu schicken.«

Oh-oh. »Das habt ihr ihn doch nicht machen lassen, oder?«, fragte Leo bestürzt. Es wäre schon schlimm genug, leibhaftig vor einem Familienmitglied zu erscheinen, das genau wusste, dass man ein Geist war. Sie würden erschrecken oder Angst bekommen. Aber einen Beweis hätten sie hinterher nicht. Eine E-Mail dagegen wäre ein sichtbarer Beweis für eine Magie, die die Grenze zwischen Leben und Tod überschritt. Leo hatte die grässliche Vision von Zeitungsreportern mit Kameras, die wie Heuschrecken in Rose Hill einfallen würden – Fremde, die ihre Nase in alles steckten. Es war sehr wichtig, dass das Geheimnis der Magie gewahrt blieb, zumindest was den Großteil der Menschheit betraf.

»Cálmate.« Abuela legte Leo eine Hand auf die Schulter. »Er hat es nicht gemacht.«

»Er hat seine Schwester stattdessen gegoogelt«, ergänzte Mrs Morales. »Sie schreibt Gedichte und veröffentlicht sie online – er hat einige davon gelesen! Sie ist ein glücklicher Mensch. Und das ist alles, was er wissen wollte.«

Leo beugte sich vor, um in die Küche zu spähen. Mr Pérez pfiff vor sich hin, während er mit der Pfanne hantierte. »Super, das ist gut.« Sie zählte die Geister an ihren Fingern ab. Mr Pérez, Old Jack, Bürgermeister Rose, Mr Nguyen, Mrs Morales und auch Abuela. »Das sind jetzt alle, richtig?«, fragte sie. »Keine unerledigten Angelegenheiten mehr?«

Abuela nickte. »Vorhin habe ich kurz mit deiner Schwester gesprochen. Ich musste ihr erklären, warum deine Freunde mit Geistern im Schlepptau hier ankamen. Tja, und wenn wir tatsächlich alle bald wieder im Otro Lado sind, bevor wir uns auflösen, würde ich sagen, dass unser kleiner Ausflug auf die andere Seite des Schleiers recht erfolgreich war.«

In diesem Punkt war sich Leo nicht so sicher. Die Geister hatten während ihres ›kleinen Ausflugs‹ für schrecklich viel Aufregung gesorgt. Aber sie war froh, dass sie nicht unglücklich zurückgeschickt wurden und sich weiterhin danach sehnten, ihre irdischen Angelegenheiten regeln zu können. Und genau das hatte Carolines Magie bewirkt.

War es also gut, dass sie durch den Schleier gekommen waren?

Herrje, das war alles zu verwirrend, und Leo würde erst dann in Ruhe darüber nachdenken können, wenn alle Geister wieder außer Gefahr waren. »Wo ist Caroline?«, fragte sie. »Wie läuft's mit dem Umkehrzauber?«

»Leo, kommst du mal?«, rief Tía Paloma vom Flur aus. »Wir müssen reden.«

Leos Magen schlug einen Purzelbaum, als ihr klar wurde, dass sie – von Abuelas aufmunternden Worten abgesehen – niemanden von ihrer Familie um Rat oder um Erlaubnis gefragt hatte, bevor sie ihren drei Freunden von der Magie erzählt hatte.

»Ich komme …«, sagte sie mit einem nervösen Blick durch den Raum. »Krieg ich gleich Ärger?«, flüsterte sie Abuela zu.

Ihre Großmutter zuckte mit den Schultern, doch Leo sah den Schalk in ihren Augen aufblitzen. »Es gibt nur eine Möglichkeit, das herauszufinden.«

Mit einem leisen Seufzer trat Leo in den dunklen Flur.

KAPITEL 16

Ein heimliches Versprechen

Der Geruch der Rühreier und das schimmernde goldfarbene Licht verblassten, als Leo durch den Flur ging, und wurden ersetzt durch den Duft von Kräutern, die sie vermutlich kannte, und durch flackernde Kerzen. Leo folgte ihrer Nase in Carolines Zimmer, wo Isabel im Schneidersitz auf dem Bett saß, mit einem dicken Buch auf dem Schoß und einem Stirnrunzeln im Gesicht. Mehrere brennende braune Kerzen – die für Begreifen, Erforschen, Konzentration sorgten – standen auf der Kommode.

»Oh, hallo«, sagte Leo. »Wie läuft's?«

Hinter dem Bett tauchte Carolines Gesicht auf und Leo musste kurz an einen Präriehund denken. Ihre Ponyfransen klebten an ihrer Stirn, und die steile Falte zwischen ihren Augen blieb bestehen, obwohl ihre Mundwinkel ein Lächeln andeuteten.

»Hey, Leo. Deine Tante ist nebenan und will dich sehen. Isabel und ich planen gerade den Portalöffnungs-Zauber.«

»Aha!« Leo blickte von ihrer Freundin zu ihrer Schwester und dann zu dem dichten Rauch, der von einem brennenden Rosmarinbüschel aufstieg und für mehr Konzentration und geistige Klarheit sorgte. »Ihr habt es herausgefunden, oder?«, fragte sie. »Könnt ihr bald anfangen?«

Missmutig blickte Isabel von ihrem Buch auf. »Wir tun unser Bestes, Leo. Es gibt nicht viele Aufzeichnungen darüber, wie man ein Portal in den Otro Lado öffnen kann, weil es eine äußerst gefährliche Angelegenheit ist! Wir versuchen, den Teil herauszufiltern, der den Schleier öffnet, und die echt unangenehmen Beschwörungselemente wegzulassen, doch die meisten Bücher, die wir wirklich bräuchten, sind dem SRBZ-Verband vorbehalten. Geh jetzt bitte zu Tía Paloma. Ich glaube, sie hat eine Aufgabe für dich, aber nimm dich in Acht – sie scheint etwas komisch drauf zu sein.«

»Okay, okay.« Leo hielt beide Hände hoch und ging dann weiter den Flur entlang. »Tía Paloma?«

»Hier drin«, rief eine Stimme aus dem Fernsehzimmer, die so gar nicht wie die ihrer Tante klang. Früher, bevor Mr Campbell die ganzen Veränderungen vorgenommen hatte, war der Fernsehraum das Elternschlafzimmer gewesen. Tía Paloma saß mitten im Zimmer auf der Couch und blickte Leo entgegen. Es brannte kein Licht, nur zwei winzige Votivkerzen standen genau in der Mitte des Teppichs, und ihre Flammen tanzten und spiegelten sich in Tía Palomas Augen, die riesig und fast so weiß waren wie das Kerzenwachs. Leo rieb sich die Augen. In dem dämmrigen Licht zuckten noch immer mehrere der orangefarbenen Strahlen durch ihr Gesichtsfeld, die sich hin und her schlängelten, je nachdem wie der zu ihnen gehörende Geist sich durch das Haus bewegte. Ein besonders starker Strahl schien direkt zu Tía Paloma zu führen, aber das konnte nicht sein – ihre Tante war kein Geist.

»Mach bitte die Tür zu«, sagte Tía Paloma. Ihre Stimme klang echt komisch, flach und ohne Gefühlsregung. Leo kannte ihre Tante, wenn sie wütend war und wild mit den Händen fuchtelte, ruhelos herumrannte und schnell sprach. Doch diese Leere hatte sie bei ihr noch nie erlebt.

»Ist alles in Ordnung?«, fragte Leo. »Geht es um meine Freunde? Ich hatte einen guten Grund, sie einzuweihen und …«

»Leo Logrono«, sagte Tía Paloma mit dieser tonlosen Stimme. »Ich muss dir etwas Wichtiges sagen.«

»Ich höre.« Leo legte ihren Kopf schief, um an den flackernden Kerzen vorbei zu sehen und sich einen Reim auf das seltsame Verhalten ihrer Tante machen zu können.

Einmal hatte Leo eine Geburtstagskarte für ihre Tante mit ›Leo Logrono‹ unterzeichnet und die ganze Familie hatte sich darüber lustig gemacht. »Glaub mir«, hatte Tía Paloma gesagt, »ich weiß, welche Leo du bist.« Warum also hatte sie jetzt ihren Familiennamen genannt?

»Aber zuerst musst du mir etwas versprechen.« Tía Paloma

hielt eine Hand hoch. »Du musst mir versprechen, dass du Caroline nichts verraten wirst. Schwöre es.«

Leos Kinnlade kippte herunter und ihre Augenbrauen schossen in die Höhe. »Was?! Nein! Caroline gehört mit dazu. Sie hat es verdient, alles zu erfahren, was hier vor sich geht – sie muss es sogar wissen, damit sie ihren Zauber wieder rückgängig machen kann. Außerdem habe ich mir fest vorgenommen, vor meinen Freundinnen nichts mehr zu verheimlichen. Das hat mir auch Abuela geraten. Und du bist im Moment echt komisch. Sag mir einfach, was los ist, und dann können wir es alle gemeinsam besprechen!«

Statt wütend zu werden oder zu widersprechen, starrte Tía Paloma die ganze Zeit stur geradeaus, und nur ihre Mundwinkel zuckten fast unmerklich.

»Du bist eine gute Freundin, ich weiß«, sagte sie. »Aber gib mir bitte die Chance, dir alles zu erklären? Versprich mir, dass du mich anhören wirst – bis ganz zu Ende – bevor du Caroline rufen wirst?«

Leo zögerte. Diese ganze Unterhaltung fühlte sich irgendwie falsch an, und Leo hatte das Gefühl, rein gar nichts zu begreifen. Was hatte das zu bedeuten? Sie suchte in den Worten ihrer Tante nach einem Trick oder einer Falle, doch sie fand nichts, sodass sie schließlich achselzuckend sagte: »Okay, na schön. Was hast du mir zu sagen?«

Tía Palomas Lächeln erlosch. Die sie umgebende Luft begann zu flimmern, und der intensive Lichtstrahl, der zu ihr führte, begann zu pulsieren. Und dann, ganz langsam, erhob sich hinter der Couch eine Gestalt, bis sich deren Kopf direkt über dem von Tía Paloma befand. Es war ein Gesicht, das Leo gut kannte, obwohl sie es seit über einem Jahr nicht mehr gesehen hatte. Die Frau war jetzt jünger, ungefähr so alt wie auf dem Bild in dem Rahmen neben Carolines Bett. Sie hatte die gleichen vollen Wangen wie Caroline und das gleiche herzförmige Kinn.

Leo schnappte nach Luft. Es gab also doch noch einen siebten Geist: Mrs Campbell!

»Caroline!«, wollte Leo rufen, die ihr Versprechen augenblicklich vergessen hatte, doch schockiert, wie sie war, brachte sie nur ein heiseres Flüstern zustande. Leo räusperte sich und wollte einen neuen Versuch machen.

»Leo, bitte!« Tía Paloma und Mrs Campbell sprachen beide gleichzeitig und streckten ihr auch beide gleichzeitig die Hände entgegen. »Du hast es versprochen.«

»Ich verstehe nicht …«, stammelte Leo. »Sie sind hier und haben sich nicht gezeigt? Caroline hat diesen Zauber doch für Sie gewirkt, nur für Sie, und jetzt wollen Sie sie gar nicht sehen?« Mrs Campbells Gesicht wurde lang und ihre Trauer spiegelte sich in Tía Palomas Gesicht. »Und was haben Sie mit meiner Tante gemacht?«

»Es tut mir leid«, antwortete Mrs Campbell. Tía Paloma sprach die Worte gleichzeitig mit und streckte genau wie das Geistwesen eine Hand aus. »Ich weiß, du hast eine Menge

Fragen, doch ich kann dir alles erklären. Aber zuerst: Deiner Tante geht es gut. Sie channelt mich gerade, und das erzeugt einen speziellen Effekt, da ich ebenfalls auf der materiellen Ebene anwesend bin.«

»Mhmm.« Leo legte den Kopf schief. Mrs Campbell war wie Caroline und redete, als hätte sie ein Wörterbuch verschluckt. »Okay.« Leo hatte schon gesehen, wie Alma und Belén am Día de los Muertos im Botschaften-Zelt Geister gechannelt hatten. Tía Paloma würde erschöpft sein, wenn sie den Geist zu lange channelte, aber sie würde sich schnell wieder erholen. »Aber warum muss meine Tante Sie channeln?«

Tía Paloma und Mrs Campbell seufzten unisono. »Caroline hat deiner Tante erzählt, dass eventuell noch ein siebter Geist durch den Schleier gekommen ist. Daraufhin hat deine Tante versucht, sich dank ihrer Geburtsgabe mit diesem Geist in Verbindung zu setzen. Als der Zauber zu wirken begann und sie kurz davor stand, mich in meinem Versteck zu finden, da … nun, da geriet ich in Panik und ergriff Besitz von ihr, damit sie mich nicht verraten kann. Es funktioniert ganz offensichtlich, wenn der Geist immateriell – also körperlos – als auch körperlich anwesend ist.«

Leo krauste die Stirn. »Aber Sie geben meine Tante doch wieder frei, oder? Das müssen Sie!«

»Selbstverständlich.« Mrs Campbell und Tía Paloma drückten sich je eine Hand ans Herz. »Ich will ihr nichts Böses antun, brauche aber eine Gelegenheit, um zu erklären, in welcher Situation ich mich derzeit befinde. Das tue ich gerade, doch du scheinst mich nicht zu verstehen.«

Die Enge in Leos Brust ließ etwas nach. Sie hatte Mrs Campbells überstürzte, konfuse Erklärung durchaus verstanden. Sie hatte auch Verständnis dafür, dass man aus Angst, ertappt zu werden, mal einen Fehler macht. Und das hier war Carolines Mom, die Leo Pfannkuchen gebacken hatte, nachdem Leo zum ersten Mal bei Caroline übernachtet hatte, und die sie unzählige Male von Spielplätzen, Geburtstagsfeiern und Schwimmstunden nach Hause gefahren hatte. Sie war nicht zum Fürchten und auch nicht böse oder gefährlich. Sie war nur nervös und verwirrt – wie alle Geister hier. Wie überhaupt alle an diesem Tag …

Leo setzte sich ans andere Ende der L-förmigen Couch, sodass sie die beiden dunkelhaarigen Frauen sehen konnte. »Okay«, sagte sie dann. »Es ist okay. Aber sagen Sie mir bitte, warum Sie sich verstecken.«

Zwei Schulterpaare sanken vor Erleichterung herab. »Ich wurde wenige Minuten nach Mitternacht durch den Schleier gezogen«, erklärte Mrs Campbell. »Und obwohl ich nicht wusste, was genau geschah, konnte ich es mir denken. Caroline hat dir inzwischen ja von unserer Familienmagie erzählt. Ich habe all diese Geschichten gehört, aber nicht so ganz geglaubt. Ich habe nur gesehen, wie Caroline die Kerze anzündete, bevor sie zu Bett ging. Folglich konnte ich mir denken, dass sie mich unabsichtlich zurückgeholt hatte.«

»Sie haben sie gesehen?«, fragte Leo verdutzt. »Wie das?«

Mrs Campbell umklammerte eines ihrer Handgelenke und spielte an ihrem silbernen Armkettchen herum. »Ich sehe sie ständig«, erklärte sie, »vom Otro Lado aus. Sie leidet noch stark unter meinem Tod, und deshalb halte ich mich gern in ihrer Nähe auf. Ich weiß, ich kann ihr nicht wirklich helfen, aber …«

Leo nickte.

»Wie dem auch sei …« Mrs Campbell räusperte sich. »Ich weiß dank unseres familiären Hintergrunds von den Gefahren, die es mit sich bringt, wenn Geister ins Reich der Lebenden zurückgeholt werden. Es ist nicht nur für uns problematisch, musst du wissen, sondern hat oft auch für die lebenden Magier nachteilige Auswirkungen. Derartige Zauber können auf mannigfache Weise schiefgehen und den Magier verletzen, und selbst wenn sie gut verlaufen … fordern sie ihren Tribut. Besonders wenn es um eine nahestehende Person geht, um jemanden, um den man noch trauert. Folglich war mir sofort klar, dass Caroline oder mein Mann mich auf gar keinen Grund sehen dürfen.«

»Warum?«, fragte Leo trotzig. »Caroline würde sich so sehr freuen, Sie zu sehen. Meine Familie schickt häufig Nachrichten zwischen Lebenden und Toten hin und her und es hat noch nie jemandem geschadet.«

Mrs Campbell schüttelte den Kopf. »Deine Familie geht dabei sehr umsichtig vor. Und sie tut es nur einmal im Jahr, am

Día de los Muertos, für wenige Minuten, und nur für Geister, die schon lange genug tot sind, dass ihre Familienangehörigen sich bereits einigermaßen damit abgefunden haben. Es ist dann nur ein tröstlicher Moment, nicht die totale Aufhebung der Grenze zwischen Leben und Tod.«

Leo schnalzte mit der Zunge. Schon wieder diese Grenze! »Ich begreife nicht, warum Ihnen irgendeine doofe Grenze wichtiger ist als Ihre Tochter!«, fauchte sie. »Aber ich weiß, dass meine Mamá sich nie vor mir verstecken und mich ganz allein irgendeinen gefährlichen Zauber ausprobieren lassen würde. Sie würde mir helfen.« Das zu sagen, war nicht nett von Leo, aber nett wollte sie im Moment auch nicht sein.

Sie sah die Tränen zuerst über Tía Palomas Wangen kullern, denn sie glänzten im Schein der Kerzen. Ihr Magen verknotete sich, als Mrs Campbell schniefte und sich das Gesicht abwischte, doch Leo schob weiterhin trotzig das Kinn vor. »Ich wollte nicht … Ich denke nur, dass Sie sich da unberechtigte Sorgen machen«, sagte sie. »Lassen Sie mich Caroline herholen. Sie wird Ihnen sagen, dass es sie keinen Tribut kostet oder was auch immer. Sie würde Sie schrecklich gern sehen.«

»Ich weiß, das würde sie gern, die ganze Zeit«, flüsterte Mrs Campbell. »Monatelang war das ihr erster Gedanke, wenn sie morgens aufwachte, noch bevor sie die Augen aufschlug. Sie wünschte sich, sie hätte alles nur geträumt. Dass es nie passiert wäre. Sie wollte sich einfach nicht damit abfinden, und das will sie bis heute nicht – deshalb hat sie ja auch diesen Zauber gewirkt.«

»Sie hat den Zauber nur für Sie gewirkt, nur um Sie wiederzusehen«, sagte Leo. »Damit sie sich etwas besser fühlt.«

»Es geht nicht ums Sich-besser-Fühlen«, argumentierte Mrs Campbell. »Wenn Caroline mich jetzt sieht, wären alle Fortschritte, die sie in den letzten Monaten gemacht hat, hinfällig – die Freundschaft mit dir und Brent, die sie vertieft hat, das neue Heim, das sie und ihr Vater sich geschaffen haben, ihr neu erwachtes Interesse am Unterricht. Es würde sie um Längen zurückwerfen. Sie würde sich wieder nach einem Leben sehnen, das sie nicht haben kann, nach all den Dingen, die ich ihr nicht mehr geben kann.«

Leo blickte auf ihre Fußspitzen und schluckte die Tränen, die sich in ihrer Kehle ansammelten, hinunter. »Vielleicht denkt sie, das wäre es ihr wert.«

»Sie vielleicht«, stimmte Mrs Campbell ihr zu. »Ich nicht.«

Leo sah die weiße Kerze in ihrem flachen Blechtöpfchen flackern. Der Docht stand aufrecht in der hellen Wachspfütze. Sich über die Ungerechtigkeit von Leben und Tod zu ärgern oder traurig darüber zu sein, würde weder Mrs Campbell noch einem der anderen Geister weiterhelfen und – noch wichtiger: auch Caroline nicht. Leo blinzelte und schluckte, bis sich die Gefahr eines Tränenausbruchs gelegt hatte.

»Verstehe«, sagte sie leise. »Aus diesem Grund haben Sie sich die ganze Zeit versteckt.«

»Ganz recht.« Mrs Campbell nickte. »Aber weil ich mich gleich versteckt habe, wusste ich nicht, dass die Kerze die ganze Nacht weiterbrannte und noch andere durch den Schleier zog. Das begriff ich erst Stunden später, als ich Bürgermeister Rose die Straße hinuntergehen sah.«

Leos Augen wurden groß. »*Sie* haben ihn zu Caroline geschickt?«, sagte sie. »*Deshalb* haben er und die anderen an ihre Tür geklopft?«

»Ich bat ihn, sie aufzuwecken und ihr zu sagen, dass er durch den Schleier gezogen wurde«, erklärte Mrs Campbell. »Ich dachte, dann würde sie die Kerze ausblasen und der Zauber wäre zu Ende. Als die Kerze aber weiterbrannte, dachte ich mir, wir müssen alle Geister an einem Ort versammeln, und so habe ich Mr Nguyen und Mr Pérez abgefangen. Und als auch das nicht funktioniert hat …, versuchte ich zu helfen, so gut ich konnte. Allerdings war mir nicht klar, wie kompliziert der Zauber ist und wie viel Arbeit es bedeutet, ihn rückgängig zu machen.«

Leo hakte im Geiste eine Checkliste der mysteriösen Vorfälle des heutigen Morgens ab. »Die Spielfiguren«, sagte sie. »Die anonymen Anrufe.«

»Caroline bekam alle Informationen, die sie benötigte.« Mrs Campbells lächelte leicht, aber stolz. »Sie hat meine Hilfe kaum gebraucht. Ich habe keinen Zweifel, dass sie herausfinden wird, wie sie alle Geistwesen zurückschicken kann, schon bald. Aber …«

»Sie weiß nicht, dass sie auch Sie zurückschicken muss.« Leo kratzte mit ihrer Fußspitze kleine Striche in den Teppich.

»Sie darf es nicht erfahren«, sagte Mrs Campbell. »Leo, bitte, sag mir, dass du es verstehst. Ohne deine Hilfe schaffe ich es nicht.«

Leo antwortete nicht sofort. Sie dachte über Geheimnisse nach. Warum ihre Familie so viele hatte und warum es sie so sehr störte. Sie hasste es, wenn ihre älteren Schwestern sie wie ein kleines Kind behandelten, über ihren Kopf hinweg Entscheidungen trafen, die sie als richtig für sie empfanden, obwohl sie sie damit nur frustrierten und verwirrten. Sie wollte vor Caroline nichts verheimlichen.

Doch noch wichtiger war für Leo, ihr nicht wehzutun.

»Gut, was muss ich machen?«

Mrs Campbells Miene entspannte sich. »Ich denke, es wird reichen, wenn du sie kurz ablenkst. Sobald das Portal aufgebaut ist, muss ich unbemerkt hindurchschlüpfen können. Es wäre gut, wenn du gleich nachher auch deiner Tante Bescheid sagst, damit sie bei der Planung von der richtigen Anzahl von Geistwesen ausgeht.« Mrs Campbell rang die Hände. »Ich muss sie natürlich gleich loslassen. Sie wird sich nicht im Einzelnen an dieses Gespräch erinnern, aber sie wird wissen, was passiert ist. Sie wird erschöpft sein, desorientiert. Das ist ein weiterer Grund, warum ich deine Hilfe brauche.«

Leo nickte. »Ich werde dafür sorgen, dass sie Caroline nichts erzählt, auch nicht aus Versehen«, versprach Leo.

»Machen Sie sich keine Sorgen. Sie hat bestimmt Verständnis.«

»Danke«, sagte Mrs Campbell. »Ich muss noch eine letzte Sache erledigen, aber das schaffe ich allein, und dann kehre ich in mein Versteck im Vorgarten zurück, wo es nicht so überlaufen ist. Dort warte ich, bis das Portal offen ist und du Caroline abgelenkt hast.«

»Gut, ich lasse mir etwas einfallen«, versprach Leo.

Mrs Campbell lächelte. »Ich bin froh, dass Caroline dich zur Freundin hat.« Sie zögerte. »Passt du bitte auf sie auf? Die Zauber, die sie gerade studieren und das Öffnen von Portalen in andere Welten können sehr volatil sein.«

»Natürlich«, sagte Leo und nahm sich vor, gleich nachher nachzuschlagen, was dieser Begriff bedeutete. »Meine Familie wird dafür sorgen, dass ihr nichts geschieht.«

Mrs Campbell nickte. Sie schloss die Augen und atmete langsam aus. Tía Paloma blinzelte und holte tief und bebend Luft, während Mrs Campbell sie besorgt beobachtete und an ihrem Daumennagel kaute.

»Es tut mir leid«, sagte Mrs Campbell leise und stützte Tía Paloma ab, als sie sich zur Seite neigte. »Alles gut.«

»Tía Paloma?«, raunte Leo ihrer Tante zu. »Brauchst du etwas?«

Tía Paloma tastete nach der Brille auf ihrem Kopf und zog sie auf die Nase. »Leo? Was ist passiert? Hier muss noch ein weiterer Geist sein und wir müssen …« Sie drehte den Kopf, doch da hatte sich Mrs Campbell bereits weggeduckt und war im Halbdunkel des Raums verschwunden.

»Der andere Geist war eben hier«, sagte Leo, »aber das muss vorläufig geheim bleiben. Alles wird gut, glaub mir.«

»Na schön.« Tía Paloma rollte die Augen zurück und massierte sich die Schläfen. »Sag mal, hast du zufällig etwas Wasser für mich? Und etwas zu essen?«

Nachdem Leo ihre Tante in alles eingeweiht und mit einem großen Teller Rührei (mit viel Käse darauf, wie es dem Logrono-Stil entsprach) wieder auf Trab gebracht hatte, musste diese ihr versprechen, ebenfalls zu schweigen. Dann gingen sie zu Isabel und Caroline zurück. Die braunen Kerzen waren gelöscht und das Deckenlicht brannte. Caroline empfing Leo mit einem breiten Lächeln, das allerdings etwas erschöpft wirkte.

»Ich denke, wir haben es!«, erklärte sie. »Zumindest im Prinzip.« Caroline schob ihre Ponyfransen aus dem Gesicht und schwenkte ein vollgeschriebenes Blatt mit vielen durchgestrichenen Stellen und einem runden Kreis, um den in kleinen Buchstaben eine Menge Anmerkungen standen.

Leo strahlte. »Super.« Sie wusste selbst, wie beängstigend es war, einen neuen Zauber auszutüfteln, weil man nie wusste, ob man die richtigen Entscheidungen traf, die man ohnehin kaum begriff. »Dann können wir jetzt anfangen?«

Caroline nickte. »Wir wissen nicht genau, wie viel Zeit die Geister noch haben, aber mein Dad macht diese Woche früher Schluss, deshalb sollten wir uns beeilen.«

»Ganz so leicht ist es nicht.« Isabel seufzte. »Wir brauchen eine Menge Zutaten und Kultgegenstände und wir müssen alles ganz präzise vorbereiten. Ich habe Alma und Belén schon eine Liste geschickt, aber zuerst müssen wir noch alle Kerzen präparieren und …« Sie ließ sich aufs Bett fallen. »Die Geister können uns leider nicht helfen, nicht einmal Abuela, denn ihre Energie kommt von der falschen Seite des Schleiers, und das würde nicht funktionieren.«

»Aha.« Leo blickte von ihrer Schwester zu ihrer Tante. »Wir haben etliche Helfer hier, die keine Geister sind.«

Isabel schaute sie an, als hätte Leo gerade vorgeschlagen, Señor Gato solle das Geschirr spülen. »Deine Freunde? Leo, sei nicht albern.«

»Das ist keine schlechte Idee«, sagte Tía Paloma nachdenklich. »Für die meisten Vorbereitungen muss man keine magischen Kräfte besitzen.«

»Meinst du?« Isabel schüttelte den Kopf. »Tía Paloma, sie sind Sechstklässler! Ist es nicht schlimm genug, dass Leo sie mit hineingezogen hat?«

Leo zuckte zusammen. Sie hatte befürchtet, dass ihre Familie so denken würde. Doch Tía Paloma offenbar nicht.

»Sie sind gute Kinder«, versicherte sie Isabel mit strengem Blick. »Als ich in eurem Alter war, haben zwei meiner besten Freundinnen mir nicht geglaubt, dass ich eine Bruja bin. Und selbst die eine, die mir geglaubt hat, wollte mir nicht helfen bei meinem … Nun ja, sie nannte es mein ›makabres Zeug‹.«

Erschrocken riss Isabel die Augen auf. »Im Ernst? Du hast es auch herumerzählt?«

Tía Paloma seufzte. »Jeder erzählt es mal jemandem, meine Liebe. Marisol hat ihren dritten oder vierten Freund; bisher war keiner sonderlich begeistert, dass sie eine Bruja ist.«

»Sie hat mir nie gesagt, dass sie …« Isabel starrte stirnrunzelnd auf den Teppich. »Ich habe es nie jemandem erzählt.«

»Klar, du nimmst Regeln ja auch so ernst.« Tía Paloma tätschelte Isabels Arm.

»Hat Abuela nicht mit dir geredet?«, fragte Leo ihre große Schwester. »Hat sie dir nicht gesagt, dass …« Sie versuchte, sich an Abuelas Worte zu erinnern. »… dass Magie Beziehungen stärken sollte, statt sie zu zerstören?« Aus ihrem Mund klang es nicht ganz so überzeugend.

»Irgendwie schon«, gestand Isabel schließlich unwillig. »Sie hat mir gesagt, ich solle aufhören, dir schlechte Ratschläge zu geben. Aber ich wiederhole doch nur, was *mir* immer gesagt wurde.«

»Isabel«, sagte Tía Paloma nachsichtig. »Du warst das erste Mädchen, das fünfzehn wurde. Wir mussten das Familiengeheimnis vor deinen Schwestern verbergen, bis auch sie alt genug waren, und wir wollten dir ersparen, dass du dasselbe durchmachen musstest wie wir manchmal. Menschen sind nicht immer nett zu Leuten, die sie für anders halten – das gilt besonders für Highschool-Schüler. Jedenfalls glaubten wir damals, dass es richtig wäre, alles zu verheimlichen, bis deine

Schwestern älter wären. Ich bin mir sicher, dass deine Mutter dich nie davon abhalten wollte, Freundschaften zu schließen.«

»Egal«, sagte Isabel verkniffen und erinnerte für einen Moment an die fast ständig schmollende Marisol. »Ich habe sowieso keine Freunde.«

»Reg dich nicht auf, Isabel«, sagte Caroline leise. »Das kannst du später tun, wenn du unsere Geister gerettet hast.«

»Stimmt.« Leo nickte. »Sobald die Geister wieder dort sind, wo sie hingehören, kannst du meinetwegen eine Woche mit mir schimpfen, weil ich so viele Fehler gemacht habe. Ich werde dich nicht bei Mamá verpetzen.«

Isabel knurrte. Sie sah noch immer nicht zufrieden aus, doch sie hielt beide Hände hoch. »Na schön. Wenn du möchtest, dass sie mithelfen, soll es mir recht sein. Es geht um Tricia und Mai, richtig?«

»Und um Brent«, sagte Leo.

»Was?! Brent ist auch hier?« Carolines Gesicht lief feuerrot an. »Hast du ihm gesagt … was ich getan habe?«

»Ähm, ja.« Dadurch, dass Leo ihr eigenes Geheimnis verraten hatte, hatte sie auch Carolines Geheimnis verraten, ohne deren Einverständnis. Daran hatte sie in all der Aufregung gar nicht gedacht. »Hat sich so ergeben … Entschuldige.«

»Nein, schon gut. Eigentlich bin ich ganz froh darüber. Jetzt, wo ein paar Leute davon wissen, ist es irgendwie offiziell.« Sie lächelte Leo an. »Und gleich werde ich einen Zauber rückgängig machen, genau wie du damals. Das bedeutet, dass ich eine echte Bruja bin. Außer natürlich, es läuft total schief.«

»Unsinn, du bekommst es bestimmt hin«, versicherte Leo ihrer Freundin und blickte ihr sehr ernst in die Augen. Als sie damals ihren ersten Umkehrzauber gewirkt hatte, war es sehr hilfreich gewesen, dass Caroline so fest an sie geglaubt hatte. »Ich weiß es!«

Caroline blickte auf ihren Pyjama und strich sich die verschwitzten Ponyfransen aus der Stirn. »Wenn so viele Leute da sind, sollte ich mich vielleicht noch schnell umziehen. Wir treffen uns dann drüben.« Caroline ging an ihren Kleiderschrank und wühlte in ihren Sachen, während Isabel, Tía Paloma und Leo diskret in den Flur gingen und die Tür hinter sich zumachten.

»Isabel …«, begann Leo.

»Nein, nicht.« Isabel zerzauste Leos Haare. »Ich war dumm. Tía Paloma hat recht. Du hast gute Freunde. Darüber können wir heute sehr froh sein.«

»Wie wahr!« Tía Paloma klatschte in die Hände. »Wir können nur hoffen, dass sie auch gute Arbeit leisten, denn wir haben so viel zu tun, dass es eigentlich die ganze Bruja-Versammlung bräuchte. Und viel Zeit bleibt uns auch nicht. Alma und Belén können jede Minute eintreffen. Schreiten wir also unsere Truppe ab!«

KAPITEL 17

Magische Vorbereitungen

»Wir gehen streng nach dieser Skizze vor, um das Tor zu bilden«, erklärte Isabel und hielt das Blatt hoch, das sie und Caroline gezeichnet hatten – einen Kreis aus Kerzen, verbunden durch gepunktete Linien, mit Kräutern, Salz und Zucker bestreut. »Mit dieser Anordnung müsste es klappen, aber bevor wir anfangen können, muss jede Kerze präpariert, also gereinigt, eingeritzt und mit Öl und Kräutern eingerieben werden – oh, und wir werden wenigstens ein paar der Kräuter frisch schneiden müssen, denn wir dürfen auf gar keinen Fall bereits halb vergammelte Zutaten verwenden.«

»Klingt wie ein Sandwich«, flüsterte Brent. »Apropos, Caroline, ihr habt nicht zufällig etwas Erdnussbutter und Marmelade im Haus? Jemand hat mir massenhaft Gebäck versprochen, das ich dann doch nicht bekommen habe, und …«

Er saß am Esszimmertisch, gegenüber von Isabel, mit Tricia und Mai auf einer Seite und Leo auf der anderen. Leo kickte ihn unter dem Tisch ans Schienbein, doch Isabels strenger Blick hatte ihn bereits verstummen lassen.

»Auch hier ist die Zeit gegen uns, doch wichtiger als das Tempo ist der Vorsatz. Man kann nicht einfach die Anweisungen befolgen; man muss mit ganzem Herzen und ganzem Willen bei der Sache sein. Wer hier denkt, das alles sei ein Witz …« – mit stählernem Blick starrte sie erneut Brent an – »… sollte besser nach Hause gehen, denn er würde die Arbeit von uns anderen ernsthaft gefährden.«

»Jawohl, Ma'am.« Brent zog den Kopf ein. »Sorry, Ma'am. Ich halte es nicht für einen Witz.«

Mai streckte wie in der Schule auf, und Leo hätte beinahe gelacht (doch die Aussicht auf einen weiteren erzürnten Blick von Isabel hielt sie davon ab).

»Ähm, ist es okay, wenn ich nur beim Kleinhacken der Kräuter mitmache?«, fragte Mai. »Ich weiß nicht, ob es meiner Mutter recht wäre, wenn ich an einem Hexenzauber teilnehme.«

Leo öffnete den Mund, um sie zu fragen, was sie damit meinte, doch Isabel kam ihr zuvor.

»Selbstverständlich, Mai. Du musst nichts tun, bei dem du dich nicht wohlfühlst.«

»Aber ich möchte schon helfen«, sagte Mai hastig und lächelte Leo an. »Und zu Hause helfe ich auch oft mit, wenn

Kräuter oder Gemüse klein geschnitten werden müssen. Es ist zwar keine Magie, aber ganz nützlich.«

»Ich glaube, ich wäre beim Reinigen ganz gut«, ließ Brent sich vernehmen. »Meine Mom macht oft Saftkuren zur Darmreinigung. Schmeckt manchmal ganz lecker.«

Leo stützte ihre Ellbogen auf den Tisch und vergrub das Gesicht in den Händen.

»Ich glaube nicht, dass diese Art von Reinigung gemeint ist«, zischte Tricia. »Es geht wohl eher um einen magischen Reinigungsprozess, oder?«

»Wir verwenden auch Rauch«, fuhr Isabel ungerührt fort, »denn der ursprüngliche Zauber und Carolines Magie basieren auf Feuer. Salbeirauch wird die Kerzen von jeder eventuellen früheren Verunreinigung befreien.«

»Noch besser!«, rief Brent. »Ich verbrenne gern Zeug.« Er blickte in die Runde und verzog dann das Gesicht. »Okay, tut mir leid. Ich verspreche, dass ich mit dem Herumalbern aufhöre, wenn ihr mich helfen lasst.«

Abuela, die mit den anderen Geistwesen und Mr Campbells Erwachsenen-Malbüchern ins Wohnzimmer verbannt worden war, streckte den Kopf zur Tür herein. Da sich der Zauber der Ojos de Buey abgenutzt hatte, war der goldene Lichtschein, den sie hinter sich herzog, fast verblasst.

»Benutzt ihr für das Vorbereiten der Kerzen Rosmarin oder Drachenblutöl?«, fragte sie. »Wisst ihr, als ich noch jung war, konnte niemand so gut Kerzen präparieren wie ich –«

»Abuela, wir haben dir doch schon gesagt, dass Geister nicht mitmachen dürfen.« Isabel seufzte. »Du besitzt jetzt eine ganz andere Art von Magie. Die würde sich mit unserem neuen Zauber vermischen. Außerdem würdest du dich eventuell noch schneller auflösen, wenn du dich jetzt als Magierin betätigst!«

»Na und? Darf ich deshalb nicht mal erfahren, welche Zutaten ihr verwenden wollt?« Abuela runzelte die Stirn. »Immerhin bin ich diejenige, die ihr durch dieses Portal schieben werdet, das ihr gerade austüftelt. Da will ich wenigstens wissen, woraus es gemacht ist.«

»Es wird gut gehen, glaub mir!«, sagte Isabel patzig. »Wir brauchen keine Ratschläge.«

»Ähm, ich vielleicht doch«, meldete sich Tricia da zu Wort. »Ich weiß nicht, was ich tue, und ich will nichts falsch machen, wenn die zukünftige Existenz meiner Großmutter auf dem Spiel steht.«

»Na also!« Abuela strahlte. »Kluges Mädchen.«

»Mami, nervst du Isabel?« Tía Paloma lehnte sich aus der Küchentür, die Hände voller Sachen aus der Vorratskammer der Campbells, die sie gerade nach Dingen durchforstete, die irgendwie von Nutzen sein könnten. »Geh lieber wieder ausmalen!«

»War ja nur ein Angebot«, sagte Abuela schmollend. Ihr Gesicht war inzwischen so jung, dass sie glatt als langhaarige, Strickjacke tragende Zwillingsschwester von Mamá hätte durchgehen können.

»Abuela, es reicht«, seufzte Isabel. »Ich habe im Moment genügend andere Sorgen.«

»Meint sie etwa uns?«, raunte Brent in so lautem Flüsterton, dass es im ganzen Haus zu hören war. »Das erscheint mir doch etwas unangebracht.«

Tricia zischte »Psst!«, Mai verteidigte ihn und Abuela diskutierte weiter mit Isabel, bis Caroline hereinkam, um zu sehen, was es mit diesem Tumult auf sich hatte. Leo spürte, wie die Energie und die Konzentration im Raum zersplitterten, erschüttert und zu einem Durcheinander verwirbelt wurden, das bald so wirr sein würde, dass es nicht wieder rückgängig zu machen war.

»Hey!« Ihre Stimme verlor sich im allgemeinen Gemurmel. »Hey!« Nie hätte sie ein silbriges Trainerpfeifchen so dringend gebraucht wie jetzt. »Würdet ihr bitte alle mal *herhören?*«

Ihre Freunde und ihre Familie saßen plötzlich da wie ein Schwarm Vögel auf einer Stromleitung, doch Leo spürte, dass schon ein Krächzer oder ein Piepser ausreichen würde, um gleich wieder ins Chaos zurückzufallen.

»Hört mal, wir müssen bereit sein, sobald die Zutaten eintreffen«, sagte sie. Isabel wollte sie unterbrechen, doch Leo sprach schnell weiter. »Wir haben einen guten Plan. Mai wird hacken, Brent säubern. Tricia und ich präparieren die Kerzen und Abuela kann uns beaufsichtigen. *Nur beaufsichtigen*!« Warnend hob sie einen Finger und sah Abuela an. »Nichts anfassen. Stell dir vor, du wärst immer noch im … … immi … immat …«

»Immateriell«, half Caroline schnell aus.

Leo schnalzte mit der Zunge, lächelte ihre Freundin aber an. »Ja, genau. Denk dir, du wärst immer noch ohne Körper. Caroline und Isabel stellen alles auf und zünden die Kerzen an. Tía Paloma sorgt dafür, dass jeder seine Aufgabe richtig macht und greift notfalls helfend ein.« Sie blickte in die Runde. »Oh, und die übrigen Geister malen weiter aus, bis wir hier fertig sind. Klingt das nach einem Plan?«

Abuela nickte. Auch Brent, Tricia und Mai nickten. Tía Paloma lächelte komisch vor sich hin, als würde sie einen dieser Reality-Show-Clips auf YouTube schauen, in dem schweigsame alte Ladys in Pantoffeln plötzlich losschmettern und das beste Opernlied singen, das die Welt je gehört hat – aber auch sie nickte. Isabel dagegen sagte achselzuckend: »Das habe ich im Wesentlichen doch schon gesagt.«

»Fein«, sagte Tía Paloma. »Caroline, hat dein Dad irgendwo alte Zeitungen? Die sollten wir vorsichtshalber unter die Kerzen legen, die ihr gleich aufstellen werdet. Sonst müsstest du hinterher das Wachs von eurem Parkettfußboden kratzen.«

Während Isabel Leos Freunden in der Küche ihren jeweiligen Platz zuwies, sah Leo Bürgermeister Rose mit dunkelbraunem Haar und faltenfreiem Gesicht im Wohnzimmer sitzen. Er hob den Kopf, zwinkerte ihr zu und hielt grinsend einen Daumen hoch, mit einer Hand voller Buntstifte.

Als Alma und Belén schließlich vor der Haustür standen, hatte sich das Haus der Campbells in eine wahre Bruja-Werkstatt verwandelt.

»Dieses Symbol muss in jede Kerze geritzt werden«, erklärte Isabel Leo und Tricia, die gerade eine Klarsichtfolie auf dem Küchentisch aus Holz glatt strichen, um die Tischplatte vor Öl und Kräutern und Kerzenwachs zu schützen. »Es sieht aus wie ein umgedrehtes U, seht ihr? Und dann mit Rosmarinöl einreiben, okay?«

»Dabei solltet ihr in der Mitte anfangen und das Öl von dort aus nach oben streifen«, fügte Abuela hinzu. »Schließlich wollt ihr uns wegschicken und nicht näher holen. Daran müsst ihr übrigens die ganze Zeit denken. Ihr wollt für uns ein Tor zurück in den Otro Lado öffnen. Konzentriert euch auf diesen Gedanken!«

Leo sah, wie Brent ein brennendes Salbeibüschel ins Spülbecken fallen ließ und schnell wieder herausholte. Mai, die an der Arbeitsplatte stand, musste niesen, und das klein gehackte Zitronengras flog davon und vermischte sich auf dem Fußboden mit den Ringelblumen-Blütenblättern. Panik schnürte Leos Kehle zu und sie ertappte sich bei dem Gedanken, dass sie ihre Freunde am liebsten wegschicken würde.

»Konzentriert bleiben!«, flüsterte Abuela ihr zu, während Alma gerade zwei gereinigte Kerzen zwischen Leo und Tricia auf den Tisch stellte und Belén Brent zwei weitere Kerzen reichte. Leo schluckte und nickte. Sie konnte ihren Job nicht gut machen, wenn sie sich ständig wegen der anderen Sorgen machte. Sie schloss die Augen und atmete tief ein und aus.

Ihre Kerze war hoch und gelb, dünn genug, um in einen Kerzenhalter zu passen, und hätte als Deko gut auf einen Esstisch gepasst. Isabels Skizze zufolge brauchten sie drei solcher Kerzen sowie drei der dickeren gelben Kerzen, die allein stehen sollten, und noch eine weiße Kerze in einem Glas. Gelb stand für die Toten und genau diese Farbe hatte Caroline auch für ihren Zauber verwendet. Zwei verschiedene Kerzenarten, gemeinsam verwendet, sollten die beiden verschiedenen Welten zusammenbringen. Die weiße Kerze bündelte die komplizierten einzelnen Elemente des Zaubers und auch die Kräfte der verschiedenen Magierinnen. Sie sollte ihre Absichten reinigen und ihnen helfen, sich auf das Ziel zu fokussieren. Und das Portal zu öffnen. Würde eine einzige weiße Kerze das alles können?

Konzentration. Mit dem spitzen Ende eines vertrockneten Filzstifts aus Carolines Restekiste kratzte Leo das Torsymbol in das dicke Ende der spitz zulaufenden Kerze und versuchte, sich auf die gekrümmte Linie in dem gelben Wachs zu konzentrieren. Sie musste an offene Türen denken, richtig? Als sie durch die offen stehende Küchentür ins Wohnzimmer schaute, sah sie die Geister herumlaufen, ihre bemalten Blätter vergleichen und immer wieder in die Küche spähen, um zu sehen, wie die magischen Vorbereitungen vorangingen. Sie sahen inzwischen so jung aus, dass man sie glatt für eine Gruppe von Highschool-Schülern hätte halten können, die in einem Fastfood-Restaurant herumhingen.

Was, wenn der Zauber nicht klappte? Hätten sie dann bald ein Haus voller Baby-Geister?

Konzentrier dich!, ermahnte sich Leo. Sie tröpfelte etwas Öl auf ihre Kerze und atmete den Rosmarinduft ein. *Denk nur an das Öffnen des Otro Lado! Denk an Türen!*

Prompt kam ihr die blaue Schwingtür in der Bäckerei in den Sinn. Die Türflügel ließen sich in beide Richtungen öffnen, sodass man sich auch mit vollen Händen durchschieben konnte. Unten an dem linken Türflügel war eine kleine Delle. An diese Stelle war Leo mal gedonnert und hatte einen Milchzahn verloren, als sie noch klein war und beim Spielen vor Alma und Belén weglief. Die Schwingtür trennte den Verkaufsraum der Bäckerei – in dem sich meist ein paar Kunden befanden – vom hinteren Bereich ab, wo man wütend, müde, eine Bruja oder was auch immer sein konnte, wenn einem gerade danach war.

Leo dachte auch an Grenzen, die Menschen, die sich liebten, manchmal voneinander trennten, aber hinter denen die Geister von Toten in Sicherheit waren. Sie zu überqueren konnte einen glücklich machen, einem aber auch das Herz brechen. Sie dachte an die positiven Seiten, die es hatte, dass die Geister durch den Schleier gekommen waren, und auch an das, was trotzdem noch immer verloren war. Der Rosmarinduft wurde eine Spur intensiver, als Leo sich in eine ruhige

Stelle in ihrem Kopf zurückzog, von dem ihre Magie herkam. Sie vergaß ihre Freunde, den langen, stressigen Tag voller Angst und Sorgen. Wenn sie sich auf einen Zauber konzentrierte, war alles andere vergessen, und sie war weder besorgt noch gestresst oder verlegen. Sie war keine kleine Schwester und auch keine Unruhestifterin mehr oder eine Petze oder junge Anführerin. Sie war nur noch Leo, eine Bruja. Und sie hatte eine Aufgabe zu erledigen.

Als sie fertig waren, brachte Leo die Kerzen zu Caroline und Isabel. Dann kniete sie sich auf den Wohnzimmerteppich zu Alma und Belén, die gespannt auf das warteten, was gleich passieren würde. Caroline stellte die weiße Veladora in die Mitte, die anderen Kerzen spiralförmig darum herum. Mai reichte Caroline eine Tüte mit frisch gehacktem Zitronengras, und Caroline streute damit einen Kreis um das Arrangement herum, während Isabel mit braunem Zucker ein kompliziertes Spiralmuster zwischen die Kerzen zeichnete.

»Woran werden wir merken, ob es funktioniert?« flüsterte Brent rechts von Leo. Leo zuckte mit den Schultern. Sie konnte den würzigen Geruch der Magie zwar riechen, doch ob der Zauber auch wirkte, würden sie erst merken, wenn die Kerzen brannten.

Isabel betrachtete die Aufstellung, blickte erneut auf ihre Skizze, stand dann auf und stützte die Hände auf die Hüften. »Was meinst du?«, fragte sie Caroline. »Da wir keinen Führer herbeirufen, sieht es einfacher aus als auf der Skizze, aber das ist gut, glaube ich. Dadurch kann weniger schieflaufen. Und es ähnelt auch mehr dem ursprünglichen Zauber, den du mit nur einer Kerze gewirkt hast.« Isabels Worte überschlugen sich fast, was ihre Nervosität verriet. »Aber du bist die Chef-Bruja hier, Caroline, deshalb darfst du auch bestimmen, wann wir so weit sind … Also, was meinst du?«

Carolines haselnussbraune Augen huschten nervös durch den Raum, wie die einer Maus, die von einer Katze in die Enge getrieben worden war. Leo zwinkerte ihrer Freundin aufmunternd zu. *Du schaffst es*, dachte sie laut und deutlich in ihrem Kopf.

Caroline richtete sich zu ihrer ganzen Größe auf – und war damit fast so groß wie Isabel. Sie nickte. »Es fühlt sich richtig an«, sagte sie. »Zünden wir die Kerzen an, bevor wir noch mehr Zeit verlieren.«

»Ich hole alle!« Alma sprang auf und eilte ins Esszimmer, wo einige der Geister noch immer am Ausmalen waren. Die anderen, die bereits neugierig zur Tür hereingespäht hatten, kamen von sich aus herein. Leos magisches Sehvermögen war verblasst und sie konnte die Lichtspuren der Geister nicht mehr sehen. Deshalb konnte sie nur hoffen, dass Mrs Campbell auch in der Nähe war, sich aber natürlich weiterhin versteckte.

Als sich alle Lebenden und Toten im Wohnzimmer versammelt hatten, nahm Isabel Brents Stabfeuerzeug und reichte es an Caroline weiter. Leo hielt gespannt die Luft an, als

Caroline die Flamme zuerst an den Docht der weißen Kerze in der Mitte hielt.

Ein Herzschlag verging, ein zweiter, dritter …

Dann endlich fing der Docht Feuer. Das Summen der Klimaanlage verstummte schlagartig und alle Lichter im Haus gingen aus. Mai quiekte leise, Caroline blinzelte auf ihre Hand und Leo grinste vor Erleichterung. Carolines Magie war echt und sie funktionierte!

Nach und nach zündete Caroline auch die übrigen Kerzen an, von der Mitte ausgehend nach außen. Als sie sich über den mit Zeitungspapier ausgelegten Altar beugte, spiegelten sich das orangefarbene Licht und die grauen Schatten in ihrem Gesicht, und ihr hochgewachsener Körper strahlte dieselbe konzentrierte Energie aus wie bei einem Test in der Schule. Sie ließ einen Plastikring ganz schnell um die Finger ihrer freien Hand kreisen, und mit ihren hochgezogenen Schultern und ruckartigen Bewegungen wirkte sie selbst wie eine Kerzenflamme – hell und lodernd und voller Kraft.

Sie war eine Bruja!

Nun flammte auch die letzte Kerze auf. Caroline lehnte sich zurück und setzte sich auf die Fersen. Ein Geraschel war zu hören, als sich alle im Raum gleichzeitig bewegten, um einander anzusehen.

Brent flüsterte: »Und was je…?«

In diesem Moment explodierte der Altar.

Ein Krachen wie Donner, ein Leuchten wie Blitze. Der

Wind spuckte Leo orangefarbene Blütenblätter in Augen und Mund, während sie rückwärts taumelte und mit jemandem zusammenstieß. Bis sie und Tricia sich wieder voneinander gelöst hatten, hatte sich der Wind gelegt und die Blütenblätter schwebten langsam zu Boden. Sämtliche Kerzen waren umgefallen und ausgegangen, das schützende Zeitungspapier war zerknüllt, Kräuter, Salz und Zucker lagen auf dem ganzen Teppich verstreut.

Anstelle des ruinierten Altars bildete nun ein leuchtendes Gitter aus orange- und türkisfarbenen, rosa und roten Lichtstrahlen die Muster nach, die Isabel gezeichnet hatte. Zwei Säulen aus Licht ragten bis zur Decke und die Luft zwischen ihnen schimmerte wie ein gläserner Wasserfall oder wie helle, fließende Seide. Leo taten allein schon vom Hinsehen die Augen weh. Sie hätte diesen hellen Nebel zu gern berührt.

»Ist das … sollte das passieren?«, fragte Brent.

Leo ging auf den Schleier zu. Tricia wollte sie noch am Ellbogen festhalten, doch Leo schüttelte ihre Hand ab und machte einen weiteren Schritt auf die einladende Farbenpracht zu.

»Es ist …«, stammelte Belén. »Es sollte … ich weiß nicht.«

»Ist etwas schiefgelaufen?«, fragte Mai besorgt. »Vielleicht ist es meine Schuld, weil ich so nervös bin.«

»Oder meine, weil ich so hungrig bin«, meldete sich Brent zu Wort. »Au! Lass den Quatsch!«

»Tía Paloma, was meinst *du*?«, fragte Isabel. Sie raffte ihre

Listen mit Skizzen und Zutaten an sich und setzte sich auf die Couch.

Leo aber ließ sich von nichts beirren. Sie trat in den Lichtkreis und merkte, dass ihre Füße das farbenfrohe Muster genauso leicht durchschritten wie die goldenen Lichtstrahlen, die die Geister hinter sich hergezogen hatten.

»Ich denke nicht, dass es das erwartete Resultat ist«, antwortete Tía Paloma. »Tut mir leid, Kinder. Ich mache keinem von euch einen Vorwurf, aber ich denke, wir müssen einen neuen Versuch starten, und diesmal sollten nur die Brujas mithelfen. Hoffen wir, dass es irgendetwas bringt – hey, Leo, was machst du da?«

Leo hörte die Stimme ihrer Tante, doch ihre Finger waren nur noch wenige Zentimeter von dem zarten, farbigen Schleier entfernt, und der Drang, ihn an ihrer Haut zu spüren, war übermächtig. Sie konnte nicht anders. Der Schleier fühlte sich kalt und dünnflüssig an und kitzelte an ihrem Gaumen, als hätte sie eine Allergie. Unwillkürlich streckte sie ihre Hand und ihren Arm bis zum Ellbogen hindurch.

»Leo!« Isabel sprang erschrocken von der Couch auf, sodass ihre Papiere und gelbe Blütenblätter in alle Richtungen flatterten.

»Oh, wow! Wahnsinn!« Brent fuchtelte mit den Armen und schlang sie dann so dicht um seinen Oberkörper, dass es aussah, als hätte er eine Zwangsjacke an.

Leo zog ihren Arm zurück. »Was ist?«, fragte sie, obwohl ihr das Sprechen wegen der surrenden Aufregung, die durch ihren Körper pulsierte, etwas schwerfiel. »Es tut nicht weh.«

»Dein Arm war verschwunden!«, rief Alma, und ihre Stimme stolperte über die ihrer Zwillingsschwester, die genau dasselbe sagte.

»Leo?« Abuela trat einen Schritt näher, während alle anderen zurückwichen. »Was siehst du?«

Leo drehte sich wieder zu dem hohen, strahlenden, schimmernden Tor. »Seht ihr es etwa *nicht*?«

KAPITEL 18

Das Tor

Es steht doch hier«, fuhr Leo fort, als alle sie verdutzt anstarrten. »Es ist ein Tor, vor dem ein Schleier hängt, und ich bin mir ziemlich sicher, dass es in den Otro Lado führt. Und es *schimmert*! Wieso könnt ihr es nicht sehen?«

»Ist dir nicht klar, dass es vermutlich keine gute Idee ist, deine Hand durch ein Tor zum Tod zu strecken?«, rief Tricia mit weit aufgerissenen Augen. Mai nickte zustimmend und Brent schauderte.

»Es ist der Schleier, von dem sie geredet haben«, sagte Leo unbeeindruckt. »Die Geister sind schon zweimal hindurchgegangen und es geht ihnen gut. Es tut kein bisschen weh.«

»Du vergisst, dass sie beim ersten Durchgang gestorben sind«, murmelte Brent.

»Könnte das ein Nebeneffekt der Ojos de Buey sein?«, fragte Caroline. »Ich habe die orangeglühenden Lichtstreifen, von denen ihr geredet habt, auch nicht gesehen.«

»Aber keiner von uns sieht jetzt, was Leo sieht«, gab Tricia zu bedenken.

»Brent hat die meisten dieser Muffins gefuttert, und wenn jemand Nebenwirkungen haben müsste, dann er!«, meinte Mai.

Leo klopfte mit dem Fuß auf den Boden. »Können wir das vielleicht später klären? Das Portal ist offen, und wir sollten zusehen, dass wir die Geister möglichst rasch auf die andere Seite bringen.« Seltsam, dass ihre Freunde und ihre Familie sich nicht auf ihr dringlichstes Ziel konzentrierten, sondern lieber diskutierten, warum sie das schimmernde Tor nicht sahen.

»Meinst du, sie sollten einfach …« Caroline zeigte in die Richtung, in der sie das Tor vermutete. »Hindurchgehen?«

»Warum nicht?«, fragte Leo. »Das war unser Plan, oder?«

»Tja«, sagte Abuela und nickte. »Wenn Leo ein Portal sieht, das wir anderen nicht sehen können, dann hat der Portalzauber gewirkt.«

»Stimmt«, sagte Isabel, »aber woher wissen wir, ob das Portal dorthin führt, wohin es führen soll?«

»Sobald der erste Geist drüben ist, kann er uns sagen, wie es ist«, meinte Belén.

Alma nickte. »Oder er kann uns zumindest sagen, ob er dann wieder ein normaler Geist ist.«

Die Zwillinge tauschten einen besorgten Blick aus. »Aber was ist, wenn nicht …?«

Da meldete sich Bürgermeister Rose zu Wort. »Wenn alle einverstanden sind, würde ich es gern ausprobieren. Ich bin ziemlich erschöpft und bereit, das Schicksal der Stadt aus der Hand zu geben.« Er stellte sich in die Mitte des Teppichs, wo sich seine Füße mit den filigranen Lichtmustern verhedderten, und stand nur einen halben Schritt von dem Schleier entfernt. »Hier?«, fragte er Leo. Sie nickte. »Gut, dann lasst mich noch sagen, dass es mir eine wahre Freude und große Ehre war, euch alle zu treffen. Es mag wie eine Bagatelle erscheinen, doch der Mut und Erfindungsreichtum, deren ich heute hier Zeuge wurde, hat mir alter Seele Hoffnung gegeben, was die Zukunft von Rose Hill, Texas und der ganzen Welt angeht. Lebt wohl, Freunde und Mitbürger.« Und mit einem letzten Aufblitzen seines strahlenden Lächelns drehte er sich um und machte einen Schritt nach vorn.

Und dann noch einen Schritt und noch einen, bis er den Schleier durchquert hatte und auf der anderen Seite stand. Der Schleier hatte nicht einmal gewogt. Und der Bürgermeister war immer noch zu sehen.

»Hmm.« Fragend blickte er Leo an. »Habe ich das Portal verpasst?«

Leo schüttelte den Kopf. »Nein, Sie haben es durchquert.« Sie krauste die Stirn. »Haben Sie nichts gespürt?«

Der Bürgermeister zuckte nur mit den Schultern. Daraufhin trat Mr Pérez ans Tor und wedelte mit beiden Händen. »Da ist nichts«, sagte er verdutzt.

»Doch!« Leo stellte sich neben ihn und streckte einen Arm durch das Tor. Sie war unerklärlich erleichtert, als sie die kalte Energie spürte und die weit aufgerissenen Augen der anderen sah. »Seht ihr?«

»Vielleicht muss man das Tor sehen können, um es durchschreiten zu können?«, sagte Abuela nachdenklich. »Aber das hilft uns nichts, wenn wir nicht wissen, warum Leo es sehen kann und wir anderen nicht.«

»Sollen wir die restlichen Ojos de Buey aus der Bäckerei holen?«, schlug Tricia vor.

»Nein, wir müssten erst ein neues Blech backen«, antwortete Alma. »Die alten dienten außerdem zum Auffinden von Geistern, nicht zum Sehen von Geistertoren.«

»Außerdem – wissen wir, ob das Tor lange genug offen bleibt, dass wir es zur Bäckerei und zurück schaffen?«, fragte Caroline.

»Genau genommen wissen wir gar nichts mit Sicherheit«, sagte Isabel und presste frustriert die Lippen aufeinander.

»Es wird nicht klappen«, sagte Tía Paloma. Obwohl sie sehr leise sprach, hallte die Endgültigkeit ihrer Aussage durch den Raum. »Sie brauchen jemanden, der sie führt.«

»Der sie führt?« Bedächtig schüttelte Isabel den Kopf. »Das haben wir bei den Portalzaubern in den Büchern gelesen. Aber du hast gesagt, wir sollten diesen Teil des Zaubers weglassen.«

»Ja, das habe ich gesagt.« Tía Paloma seufzte in ihre Hände. »Ich nehme an, dass … diese Portalzauber in keiner ethisch vertretbaren Quelle vollständig beschrieben werden, weil sie so gefährlich sind. Die Wesen, die es dafür braucht, also Brujas, die zwischen den Welten hin und her wandern können … sind sehr mächtig und oft unangenehme Zeitgenossen. Die Aufmerksamkeit einer solch mächtigen Bruja zu erregen, ist das Letzte, was eine weise Bruja tun sollte.«

»Das verstehe ich nicht.« Wieder schüttelte Isabel den Kopf. »Wenn du gewusst hast, dass das passieren würde, warum hast du uns diesen Zauber überhaupt ausarbeiten lassen? Warum die ganze Mühe?«

»Ich hatte gehofft, dass die Geister ohne Hilfe durch den Schleier gehen können!« Tía Paloma schrie jetzt fast. »Sie gehören schließlich alle in den Otro Lado, und deshalb dachte ich, sie würden es allein schaffen.«

»Einmal hat es aber doch geklappt«, gab Caroline zu bedenken. »Ich habe sie alle schon einmal durch den Schleier gezogen.«

Tía Paloma schüttelte den Kopf. »Das war etwas anderes«, sagte sie. »Du hast sie ins Diesseits gezogen. Du warst die Führerin. Um sie ins Jenseits zurückzubekommen, brauchen wir jemanden, der von drüben zieht.«

»Gut, dann rufen wir jemanden aus dem Otro Lado herbei«, sagte Isabel resolut. Sie griff nach ihren Blättern und zog einen Stift aus der Tasche. »Wir nehmen das Pentagramm wieder rein und rufen einen Geist herbei, der sie führen kann, und dann …«

»Das machst du nicht!« Resolut riss Abuela Isabel die Blätter aus der Hand. Ihre Stimme war ruhig, aber bestimmt. »Wage es ja nicht, Isabel Lucero!«

»Abuela, sei nicht …«

»Nein!« Abuelas Blick war richtig einschüchternd. »Ich habe meine Isabel an einen solchen Zauber verloren. Ich lasse nicht zu, dass du denselben Fehler machst wie sie!«

Die fünfzehn Menschen und Geister im Raum verstummten. Leo erinnerte sich an die mit Stickern beklebte Tür von Tía Isabels Jugendzimmer und hörte im Geiste erneut die traurige Leere von Tía Palomas Anklopfen.

»Ich dachte, sie hätte einen Unfall gehabt«, wandte sich Leo an Tía Paloma.

»Ja, einen Zauberunfall«, antwortete Belén, weil Tía Paloma schwieg. »Sie war zu neugierig. Sie wollte ergründen, woher unsere Geburtstalente kommen und vermutete, dass sie etwas mit dem Otro Lado zu tun haben. Sie experimentierte herum, weil sie ihre Macht um jeden Preis vergrößern wollte. Sie war so besessen davon, dass es ihr egal war, welches Risiko sie einging.«

»Das habe ich nicht gewusst«, wisperte Isabel. »Niemand hat es mir erzählt.«

»Uns hat es Marisol erzählt«, sagte Alma leise. »Damals, nachdem Belén ohnmächtig wurde, weil wir versucht hatten, den Rekord im längsten Channeling zu brechen. Sie sagte, wenn wir nicht aufpassten, würden wir enden wie …«

»Und woher hat *sie* es gewusst?« Isabel runzelte die Stirn.

Tía Paloma zuckte mit den Schultern. »Marisol hatte einen Verdacht und kam damit zu mir. Sie stand unseren Zauberkräften schon immer sehr skeptisch gegenüber.«

Leo wäre gern traurig gewesen. Sie hätte sich gern zu Hause auf die Couch gesetzt und mit Mamá über das Leben, den Tod und Freundschaften geredet, und darüber, was es bedeutete, dass ihre Schwestern ihr falsche Ratschläge gaben, dass Tía Paloma sie belogen hatte und dass Magie gefährlicher sein konnte, als sie sich je vorgestellt hatte.

Doch dafür war im Moment keine Zeit. Zuerst mussten die Geistwesen wieder hinter den Schleier gebracht werden. Eine Lösung musste her.

Sie setzte sich vor dem Tor auf den Boden und streckte einen Arm durch den Schleier, während Isabel weitere Einwände machte. Leo hörte die Verzweiflung in der Stimme ihrer Schwester. Sie brauchten einen Geist, der auf der anderen Seite des Schleiers stand und die Geister durchzog. Jemanden, der das Tor sehen und hindurchgehen konnte.

Sie, Leo, konnte das Tor sehen.

Kurz entschlossen streckte sie ihren Arm bis zur Schulter durch den Schleier und beugte ihn dann, sodass ihre Finger wieder ins Wohnzimmer zeigten. Sie streckte sich ein bisschen und bekam ein Stück Zeitung in die Finger, das von der dramatischen Toröffnung noch dalag, und hielt den Papierfetzen durch den Schleier.

Das Stück Papier glitt hindurch und blieb auch zwischen ihren Fingern, als sie in der Kälte waren.

Das war der Beweis, den Leo gebraucht hatte. »Ich kann es machen«, sagte sie. »Ich kann die Führerin sein.«

»Was?!«, keuchte Caroline entsetzt.

»Nein!«, rief Tía Paloma.

»Sei nicht albern, Leo«, schimpfte Isabel.

»Es ist mein Ernst.« Leo stand auf und fuchtelte mit ihrem Arm hinter dem Schleier herum. »Ich kann mich mühelos durch den Schleier bewegen. Ich bin mir ziemlich sicher, dass ich hindurchgehen und alle Geister auf die andere Seite ziehen kann. Es geht bestimmt ganz leicht!«

»Leo«, sagte Tía Paloma, »das ist eine sehr kühne Behauptung, aber du hast keine Ahnung, was du da sagst. Keiner von uns hat eine Ahnung. Ein Mensch, der unbegleitet durch den Schleier gehen und zurückkehren kann, ist … soweit ich weiß, hat es das nie gegeben … es ist völlig …«

»Präzedenzlos«, sagte Caroline.

»Wir haben nicht die leiseste Ahnung, was passiert, wenn du komplett auf die andere Seite gehst.« Tía Paloma schüttelte den Kopf. »Es wäre ein viel zu großes Risiko!«

»Ich werde einen Führer herbeirufen, ich ganz allein«, sagte Isabel. »Niemand von euch ist daran beteiligt. Ich kann es schaffen.«

»Leichtsinnig und töricht …« Abuela redete schnell und fast zu sich selbst. »Alle beide, genau wie ihre Tante …«

»Es war mein Zauber«, warf Caroline ein. »Deshalb sollte ich …«

»Ich warte hier, notfalls bis ich mich auflöse …«

Frustriert schnalzte Leo mit der Zunge. Die Angst und die Blicke ihrer Schwestern, die sie anstarrten, als hätte sie angeboten, sich in einen Vulkankrater oder ins Maul eines Löwen zu werfen, das alles war total unnötig. Sie hätte nicht sagen können, woher sie das wusste, wieso sie sich so sicher war, dass es ihr nicht schaden würde, hinter den Schleier zu gehen. Doch sie spürte es bis ins Mark. Und um die Diskussion abzukürzen und keine weitere Zeit zu verlieren, verschränkte sie trotzig die Arme vor der Brust und machte einen großen Schritt rückwärts – geradewegs durch den Schleier hindurch.

Leo strauchelte, fiel nach hinten und landete auf dem Po auf einem glatten, festen Untergrund.

Es war kalt im Otro Lado. Nicht kalt wie draußen, wenn es schneite und ein eisiger Wind wehte, was Leo, die in Texas lebte, nur selten erlebte und was ihr kein bisschen gefiel. Nein, hier war es kalt wie in einem klimatisierten Raum nach einem langen Spaziergang im Sommer, es fühlte sich an wie ein Eis am Stiel an den Lippen oder wie ein Eisbeutel auf einer Prellung. Sie war Entspannung und Erleichterung, diese Kälte, von der Leo zwar eine Gänsehaut bekam, die ihr aber nicht bis in die Knochen drang.

Sie rappelte sich auf und sah sich um. Sie war immer noch vom Wohnzimmer der Campbells umgeben, und die anderen waren alle noch da, doch wegen des flirrenden Schleiers konnte Leo sie nur verschwommen sehen. Und entweder waren alle verstummt oder sie konnte sie nicht mehr hören. Liefen Isabel etwa Tränen über die Wangen oder rührte ihr feuchtes Gesicht nur von der Unschärfe der Magie her?

Die beiden Säulen ragten immer noch neben dem Tor empor. Leo streckte eine Hand durch den Schleier und winkte den anderen zu.

»Leo!« Isabel schlug sich beide Hände vor den Mund und ihre Stimme kam nur blechern bei Leo an, ganz ähnlich wie bei einer schlechten Telefonverbindung. »Du kriegst gleich mächtig Ärger mit mir, du, du – du kleine Cucaracha!«

Leo streckte den Kopf ins Wohnzimmer und die Zunge heraus. »Na, was sagt ihr jetzt? Ich habe euch gesagt, dass ich es kann!«

»Du ungezogenes Balg!«, stöhnte Isabel. »Nicht zu fassen! Du bist …«

»Du bist ehrlich gesagt fantastisch, Leo!«, fiel Alma ihrer großen Schwester ins Wort. »Selbst Belén und ich konnten dich vorhin nicht mehr sehen.«

Leo streckte eine Hand aus. »Bürgermeister Rose?«, sagte

sie. »Darf ich bitten? Oder wollen Sie noch eine kleine Rede halten?«

»Nein, danke.« Grinsend griff er nach Leos Hand, wie beim Kennenlernen, als er sie geschüttelt hatte. »Es ist mir ein Vergnügen, mich von dir führen zu lassen, Leo Logrono.«

Leo zog an seinem Arm und er ging zu ihr hinter den Schleier.

»Aah …« Der Atemzug, den er ausstieß, wärmte das Otro Lado kurz, wirklich sehr kurz auf. »Danke, schon besser.« Er drückte Leos Hand, ließ dann los und … verschwand. Sein Körper löste sich auf wie Zuckerwatte, und nur ein paar Lichtpunkte zuckten noch in verschiedene Richtungen, bevor er komplett verschwunden war.

»Bürgermeister Rose?«, rief Leo. »Bürgermeister Rose?« Doch sie bekam keine Antwort.

Sie streckte den Kopf durch das Tor. »Äh, hallo? Alma? Belén? Tía Paloma? Kann eine von euch den Bürgermeister noch sehen?«

»Wo ist er hin?«, fragte Alma. »Er war etwa zwei Sekunden lang ein Geist und dann war er weg. Einfach weg.«

»Was meinst du mit ›weg‹?«, keuchte Tricia. »Er kann nicht weg sein! Was zum Kuckuck ist hier los?«

Leo zog ihren Kopf ins Otro Lado zurück, aber auch hier war kein Bürgermeister Rose mehr, nur dieselbe kühle Ruhe wie zuvor. Leo kehrte ins Wohnzimmer zurück und sah sich ratlos um. »Hab ich etwas falsch gemacht?«

Abuela trat einen Schritt vor und legte Tía Paloma eine Hand auf die Schulter. »Ich denke, ich kann es erklären«, sagte sie.

»Was erklären?« Isabel sah abgespannt und ängstlich aus, ihre Augen waren immer noch gerötet.

»Ich wollte es schon früher ansprechen, aber es war nur eine vage Ahnung, eine Vermutung von mir.« Abuela zögerte. »Ich habe gespürt, dass es nicht leicht für uns sein würde, uns zusammenzuhalten, wenn wir ins Otro Lado zurückkehren.«

Da Leo sich gerade aufgrund einer vagen Ahnung durch ein mysteriöses Portal gewagt hatte, fiel es ihr nicht schwer zu glauben, dass Abuela recht hatte, besonders jetzt, wo Bürgermeister Rose ihre Theorie bestätigt hatte. »Aber warum?«

»Ich habe es doch schon gesagt«, erklärte Abuela. »Jenseits des Schleiers werden Geistwesen wieder ein Teil von allem, sie verschmelzen mit allem. Es kostet Energie, sich gegen diesen Sog zu sperren, und wir sind alle erschöpft von unserem Aufenthalt in eurer Welt.«

»Also geht euch die Energie aus und ihr löst euch auf?«, fragte Belén. »Haben wir nicht genau das mit unserem Zauber zu verhindern versucht?«

»Warum haben wir uns überhaupt so viel Mühe gegeben, wenn ihr euch sowieso auflöst?« Alma klang schrill und zornig.

»Mädchen!« Diesmal meldete sich Mrs Morales zu Wort.

Sie legte eine Hand auf Abuelas Schulter und sah die Zwillinge streng an. »Bitte habt etwas Geduld. Es ist schwer zu verstehen, aber ich verspreche euch, dass eure Mühe nicht umsonst war. Es ist nicht dasselbe.«

Sie erklärte ihnen, was Leo bereits gehört hatte – dass es im Otro Lado positiv war, sich aufzulösen, nicht schlecht. Dass die Geister erschöpft waren, weil es sie so viel Energie gekostet hatte, ihren Körper in der Welt der Lebenden zusammenzuhalten. Sie wollten zurückkehren und loslassen, um sich im Ozean des Otro Lado aufzulösen.

»Der Bürgermeister konnte seine Ängste und sich selbst loslassen«, sagte Mrs Morales. »Macht euch um ihn keine Sorgen. Wenn wir uns hier bei euch verlieren, sind wir allein und leer, doch drüben sind wir heil und ganz.«

»Aber ihr werdet nicht mehr ihr selbst sein, oder?« Alma blickte Abuela, nicht deren Freundin an. »Und wir können dann nicht mehr mit euch kommunizieren.«

Abuela schüttelte den Kopf und starrte auf den Boden. »Wenn wir Geistwesen uns lange in der Nähe des Schleiers aufhalten, dann nur, weil uns noch irdische Sorgen plagen. Unerledigte Angelegenheiten, wie wir sie alle hatten. Nachdem wir das alles nun geregelt haben, sind wir frei und ungebunden. Das passiert allen Geistwesen irgendwann. Wir finden unseren Frieden. Selbst wenn ich dagegen ankämpfen wollte, würde ich vermutlich Jahre brauchen, um genügend Kraft zu sammeln.« Abuela blickte in die Runde der

Lebenden. »Vielleicht mehr Jahre, als ein Menschenleben dauert.«

»Warum hast du uns das nicht gleich gesagt?«, fragte Leo aufgebracht. Sie trat aus dem Schleier, doch es fühlte sich im Wohnzimmer kälter an als im Otro Lado, und sie spürte, wie ihre Hände zitterten, als sie daran zurückdachte, wie sich der Bürgermeister vor ihren Augen aufgelöst hatte. »Das hättest du mir sagen müssen!«

Abuela ließ Mrs Morales stehen, stellte sich zwischen Alma und Belén und hakte sich bei beiden ein. Leo ging zu ihnen und schlang die Arme um die kleine Gruppe. Ihr Gesicht verknautschte, als sie es an Abuelas Schulter drückte.

»Ich habe diesen Tag mit meinen Enkeltöchtern sehr genossen«, sagte Abuela. »Aber jetzt bin ich erschöpft. Es ist Zeit für mich zu gehen.«

»Wirst du es wenigstens versuchen?«, fragte Leo. »Wirst du versuchen, dich auf der anderen Seite zusammenzuhalten, damit wir dich weiterhin rufen und mit dir reden können?«

Abuela stieß einen tiefen Seufzer aus und ihre Schulter hob und senkte sich. »Ein Teil von allem zu sein, hat den Vorteil, dass ich immer in eurer Nähe bin«, sagte sie. »Ihr müsst mich nie vermissen, nicht wirklich.«

Tricia lief zu Mrs Morales und fiel ihr um den Hals. »Das ist nicht fair, Oma«, sagte sie leise. »Ich wusste bis heute nicht mal, dass ich noch mit dir reden kann, und gleich geht es nicht mehr.«

»Oh doch, es geht.« Mrs Morales strich Tricia über den Kopf. »Ich kann dich immer hören.«

Isabel und Tía Paloma nahmen auch an der Gruppenumarmung der Logronos teil. Leo atmete den Geruch der Ringelblumenblüten und Kräuter und des Kerzenrauchs ein, als ihre Familie ihre kühle Haut wärmte.

»Es ist nicht fair«, murmelte Isabel.

»Ach was.« Abuela löste sich aus der Umarmung und gab Isabel einen leichten Klaps auf den Kopf. »Wir erleiden ja kein tragisches Schicksal. Das haben wir euch Mädchen zu verdanken. Aber jetzt komm, Leonora. Es ist höchste Zeit, dass du mich rüberbringst.«

Widerwillig schüttelte Leo den Kopf, aber nur für drei Sekunden. In diesen drei Sekunden stellte sie sich vor, was wäre, wenn sie sich weigern könnte. Sie würde Abuelas Arm einfach nicht loslassen, und sie würden gemeinsam nach Hause gehen, zusammen mit Mamá und Daddy und den anderen warme Quesadillas essen, und es gäbe keine Grenzen.

Doch als die drei Sekunden vergangen waren, löste sich Leo aus der Gruppenumarmung. »Gut«, sagte sie. »Wer ist der Nächste?«

KAPITEL 19

Abschiede

Old Jack hielt einen kurzen und konfusen Vortrag über Hortensien, bevor Leo ihn durchs Tor zog, und seine Seele erblühte zu einem Lichtkreis, bevor er verschwand.

Leo hätte geschworen, dass sie eine zarte, klimpernde Melodie hörte, als Mr Nguyen ihre Hand losließ.

Mr Pérez verharrte etwa fünfzehn Sekunden in seinem materiellen Körper und hatte noch Zeit, seine Lederjacke zurechtzurücken und Leo zuzunicken, bevor er zu Lichtpünktchen verwirbelte, die wie Feuerwerkskörper zerplatzten.

Mrs Morales ermahnte Tricia noch, immer brav zu sein, ihrem Vater ins Gewissen zu reden und weiterhin eine gute Schülerin zu sein. Kaum war sie jenseits des Schleiers, schmolz sie dahin.

Schließlich ging Leo Arm in Arm mit Abuela zum Tor.

»Bereit?«, fragte Leo. Das Wort lag wie ein Wattebausch auf ihrer Zunge.

»Leonora Elena, du wirst zu einer bemerkenswerten Bruja heranwachsen«, sagte Abuela. »Und ich kann dir verraten, dass deine Schwestern alle neidisch sein werden auf dein Geburtstalent.«

»Mein Geburtstalent?«, wiederholte Leo verdutzt. Sie schaute auf den Schleier, dann wieder auf Abuela. »Ist das mein …?«

»Deine Tía Isabel glaubte, dass alle Geburtstalente aus dem Otro Lado kommen«, sagte Abuela. »Erstgeborene haben die Gabe der Beeinflussung und können dank der Energie, die auf jener Seite des Schleiers fließt, die Gefühle ihrer Mitmenschen verändern. Zweitgeborene zapfen diese Energie an, um materielle Dinge aus dem Nichts zu zaubern, wie zum Beispiel diese Caléndula-Blütenblätter. Drittgeborene können, wie du weißt, hinter den Schleier blicken. Und du, Leo, bist offensichtlich fähig, ihn zu durchschreiten.«

»Mein Neid hält sich ehrlich gesagt in Grenzen«, sagte Belén und lächelte mit tränenfeuchten Augen.

»Aber wir mussten zuerst diesen ganzen Portalzauber austüfteln, bevor ich das konnte«, sagte Leo. »Müsste einem die Ausübung seines Geburtstalents nicht etwas leichterfallen?«

»Du bist noch so jung«, warf nun Tía Paloma ein. »Es ist denkbar, dass deine Kräfte mit zunehmendem Alter stärker werden. Ich weiß nicht, was es in deinem Fall bedeutet, was genau du können wirst, aber ich bin schon sehr gespannt darauf, es zu beobachten. Oh, deine Mutter wird mächtig stolz sein.«

Abuelas schwarze Augen funkelten, als sie an Leos Ellbogen zog. »Genug geredet, Leonora. Zieh mich rüber, damit ich altes Weib mich ausruhen kann, bevor wir alle hier an Altersschwäche sterben.«

Erneut trat Leo in die kalte, diesige Welt hinter dem Schleier, streckte einen Arm aus, schloss die Augen und zog an der Hand ihrer Abuela.

»Lebwohl«, flüsterte sie, als das Gewicht von Abuelas Hand in ihrer leichter wurde und an Substanz verlor, bis schließlich nichts mehr da war.

»Geschafft«, murmelte Caroline erleichtert. »Es ist vorbei.« Ihre Augen waren gerötet, und sie saß mit ausgestreckten Beinen auf dem Teppich, als wollte sie sich nie wieder bewegen.

Leo hätte sich gern zu ihr gesetzt. Ihr Herz war schwer, obwohl es auch vor Stolz auf ihre Freunde, ihre Familie und auf sich selbst glühte. Sie hatten es geschafft!

Warum war die Erleichterung nicht größer?

Nun, weil sie persönlich noch keine Zeit zum Ausruhen hatte.

»Caroline?«, fragte sie. »Wann kommt dein Dad nach Hause?«

»Oh.« Caroline blickte sich um und sah das Durcheinander aus zerknülltem Zeitungspapier, Kerzenwachs und interessanten Zauberbüchern. »Sieht ziemlich chaotisch aus, hm?«

Oh ja, dachte Leo. *Und dabei kann sie das leuchtende hohe Portal ins Jenseits mitten im Raum nicht mal sehen.*

»Ich helfe dir aufräumen«, bot Brent spontan an.

»Wir auch«, sagte Mai. »Ruh du dich erst mal aus, Caroline!«

Tricia nickte zustimmend.

Eine Sekunde lang wünschte sich Leo, ihre Freunde wären nicht alle so hilfsbereit. Wie konnte sie Caroline ablenken, wenn die ihr alles abnehmen wollten?

»Wie wär's, wenn du uns Tee machst?«, schlug Leo vor.

»Eine sehr gute Idee«, sagte Tía Paloma. »Komm, Caroline, ich helfe dir.« Sie zog die junge Bruja auf die Beine. »Was für Teesorten habt ihr da?«

Leo sah die beiden in der Küche verschwinden. »Okay«, wisperte sie und schaute sich um. »Wir können!«

»Hä?«, fragte Brent viel zu laut. Leo starrte ihn finster an (*Abuela, hilf mir, so Angst einflößend dreinzuschauen wie du*, dachte sie). Sie stellte sich vor das Tor.

»Kommen Sie, schnell!«

Mrs Campbell schlängelte sich unter dem Sofa hervor.

Tricia, die Leos strengen Blick schneller gedeutet hatte als Brent, hielt ihm rasch den Mund zu, als er schreien wollte. Sie und Mai sahen Leo mit großen Augen an und Leo nickte.

»Bitte nichts verraten«, flüsterte sie.

»Erklärung folgt?«, fragte Belén, die gespannt verfolgte, wie Mrs Campbell aus ihrem Versteck kroch.

»Versprochen«, sagte Leo.

»Entschuldigt, wenn ich euch erschreckt habe«, flüsterte Mrs Campbell, bürstete sich ab und ging zu Leo. »Ich war schon immer gut im Verstecken, wie ich in aller Bescheidenheit behaupten kann.«

Leo versuchte zu lächeln, doch ihre Mundwinkel wollten nicht mitmachen. »Bereit?«, fragte sie nun schon zum siebten Mal und streckte erneut die Hand aus. Sie selbst fühlte sich allerdings nicht bereit. Es waren einfach zu viele Abschiede.

»Schnell«, sagte Mrs Campbell leise.

Leo zog Carolines Mutter wunschgemäß in den Otro Lado.

Wie Mr Pérez blieb Mrs Campbell zunächst sichtbar, und ihre Hand behielt ihre Form auch noch, als Leo sie losließ und sich umdrehte.

»Danke«, sagte Mrs Campbell, »für all deine Hilfe.«

»Wollen Sie wirklich wieder gehen?«, fragte Leo, obwohl es für eine andere Entscheidung vermutlich schon zu spät war. »Sind Sie sich ganz sicher, dass Sie Caroline nicht doch noch sehen wollen? Und dass auch Caroline Sie nicht noch ein letztes Mal sehen soll?« Es schmerzte, dass Abuela fort war, dass diese Trennung noch endgültiger war. Doch Leo hätte diesen Tag gegen nichts auf der Welt eingetauscht. Sie hatte einen ganzen Tag mit ihrer Großmutter verbracht, und das war gut – egal was als Nächstes passieren würde.

Mrs Campbell seufzte. »Einer der wenigen Vorteile bei einem langen Kampf gegen den Krebs«, sie lächelte gequält,

»besteht darin, dass man genug Zeit zum Abschiednehmen hat. Man kann planen, Briefe schreiben, Videos machen. Es gibt nichts, was ich noch sagen könnte und nicht schon gesagt habe. Aber es gab noch eine Sache, die ich tun musste.«

»Ihre unerledigte Angelegenheit«, sagte Leo. »Was war sie?«

»Ich habe es nicht geplant«, antwortete Mrs Campbell. »Und ich habe gewiss nicht damit gerechnet, dass das passieren würde. Doch als ich Caroline in Costa Rica beobachtet habe und als sie dann hierher zurückgekommen ist – da fühlte sie sich so fehl am Platz, so allein. Und … ach je.« Mrs Campbells Beine begannen zu sprudeln und zu blubbern wie eine Sprudelflasche, die man geschüttelt hatte. »Ich habe mir gewünscht, ich könnte ihr zeigen, dass sie nicht allein ist, ob mit mir oder ohne mich. Dass ihr costa-ricanisches Erbe nicht verloren ist und immer zu ihr gehören wird. Dass sie gute Freunde hat. Brent, Tricia, Mai und vor allem dich. Dass sie mit so vielen Menschen auf mannigfache Weise verbunden ist.« Mrs Campbell bestand inzwischen von der Taille abwärts nur noch aus Licht und Staubpartikeln, und auch ihre Fingerspitzen hatten begonnen zu blubbern. »Ich hoffe, dass sie das jetzt weiß.«

»Ganz bestimmt«, sagte Leo zu der leeren Stelle, an der Mrs Campbell bis eben noch gestanden hatte. »Und ich werde dafür sorgen, dass es auch so bleibt.«

»Hey, warum warst du noch mal drüben?« Caroline war ins Wohnzimmer zurückgekehrt, mit einem Becher Tee und einem

Handstaubsauger. Isabel, Tía Isabel und die Zwillinge standen zwar zwischen ihr und dem Tor, doch dass Leo gerade wieder daraus hervortrat, hatten sie nicht verdecken können.

»Och, ich … ich habe noch ein bisschen herumexperimentiert«, stotterte Leo.

»Erstaunlich, was du für eine Energie hast!« Caroline lachte. »Ich bin so kaputt, dass ich zwölf volle Stunden lang schlafen könnte, und du machst weitere magische Experimente. Aber erzähl – wie ist es da drüben?«

Leo zögerte. Was könnte sie ihrer Freundin erzählen. »Hmm … eher kühl.«

Es gab ein leises Ploppen und einen Lufthauch und das Licht hinter Leo verblasste. Als sie sich umdrehte, fielen die Lichtsäulen gerade in sich zusammen, und ihr farbiger Untergrund wickelte sich wie ein Faden auf einer Spule in die Öffnung, die so lange schrumpfte, bis sie schließlich ganz verschwunden war. Es gab einen letzten leisen Knall, Blütenblätter wirbelten auf, Lichtstrahlen zuckten und alles fiel auf den Boden.

»Oh wow!«, rief Caroline. »Was hast du gemacht?«

Leo wollte Caroline nicht sagen, dass der Zauber jetzt erst zu Ende war, nachdem sämtliche Geistwesen das Tor durchschritten hatten. Deshalb zuckte sie nur mit den Schultern.

Caroline reichte ihr den Becher. »Hier, für dich. Du hast gesagt, dass deine Schwestern immer erschöpft sind, nachdem sie ihre Kräfte eingesetzt haben.«

Freudig nahm Leo den Tee entgegen und atmete den Dampf ein. »Hmm, Kamille – zur Entspannung.«

»Mit Zimt, für neue Kraft.« Caroline nickte. »Deine Tante hat gesagt, sie würde mich nun auch unterrichten, aber die meisten Kräuter kenne ich ja bereits, weil ich dich immer abgehört habe. Ist das nicht aufregend? Wir können in Zukunft zusammen lernen und alles über Magie erfahren!«

Leo strahlte. »Ja, das ist doppelt aufregend«, sagte sie. »Aber du weißt, dass wir sowieso zusammen gelernt hätten, auch wenn du keine Bruja-Kräfte hättest.«

»Ich weiß«, sagte Caroline. »Aber ich werde keine weitere Logrono-Bruja werden. Ich muss alles über die Traditionen meiner eigenen Familie herausfinden. Ich habe vorhin mit meiner Prima gesimst, und sie hat mir versprochen, die alten Sachen meiner Oma durchzusehen, um eventuell irgendwelche Zauberbücher oder magischen Kultgegenstände zu finden. Und wenn ich in den Osterferien wieder nach Costa Rica fliege, besuchen wir die Cousine meiner Oma, die vielleicht auch etwas weiß. Ich kann es kaum erwarten!«

Eine herrliche Wärme breitete sich in Leos Brust aus. Mrs Campbell musste sich wirklich keine Sorgen machen.

»Leo, nicht weinen«, sagte Caroline. »Entschuldige. Es ist nicht nett von mir, mich so zu freuen, wo du dich gerade von deiner Großmutter verabschieden musstest.«

»Ach was, alles gut«, sagte Leo. »Ich freue mich, wirklich. Für Abuela und die anderen Geistwesen. Sie sind jetzt in

Sicherheit und haben ihren Frieden. Ich denke, ich bin nur erschöpft, genau wie du gesagt hast.« Caroline drückte ihre Schulter und Leo trank einen Schluck von dem heißen Tee.

»Hey, seht nur!«, rief Alma da. Sie stand genau an der Stelle, wo das Portal gewesen war, und starrte auf die vielfarbigen Blütenblätter, die nun hier lagen. »Es sieht fast wie eine Ofrenda aus.«

Und tatsächlich – zwischen den orangefarbenen Ringelblumen-Blütenblättern hatten die violetten, grünen, gelben, roten und blauen Blütenblätter ein Rechteck aus verschachtelten Mustern gebildet, und in der unteren Hälfte war das Symbol einer aufgehenden Sonne zu sehen. Leo kannte diese mit Blumen gebildeten Muster und Bildmotive vom Día de los Muertos, dem Tag der Toten, doch da hatten sie normalerweise die Form von Schädeln oder Kreuzen. An diesem Blumenmotiv ragte jedoch etwas seitlich heraus, eine dünne Linie, sodass es fast wie eine Schubkarre oder ein Wagen aussah – jedenfalls nicht wie etwas, das Leo kannte.

»Ein Tor?«, mutmaßte Mai und legte den Kopf schief. »Oder eine Flagge?«

»Nein, eher eine Art Triumphwagen«, meinte Brent. »Seht ihr das Rad?«

»Du hast recht, Brent, aber es ist kein Triumphwagen«, sagte Caroline. »Eher eine Carreta.«

Leo sah Isabel fragend an. »Ein Wagen?«, übersetzte ihre große Schwester unsicher.

»Ja, ein Ochsenkarren. Ihr kennt ja diese kleinen bemalten Karren?« Caroline deutete auf den Kreis aus Blumen. »Ich kenne Carretas von Bildern bei meiner Großmutter. Sie haben eine lange Tradition in Costa Rica. Ich glaube, sie hat sie vor einem Fest immer geschmückt.«

»Hä?« Leo hatte keine Ahnung, wovon ihre Freundin sprach.

»Mach dir nichts draus«, sagte Caroline, und ein winziges Lächeln huschte über ihr Gesicht. »Es ist ein Tica-Ding, etwas typisch Puerto-ricanisches. Und noch etwas, das ich schnell wegsaugen muss, bevor mein Dad nach Hause kommt.«

Damit begann eine große Aufräum- und Putzaktion. Caroline machte sich mit dem Handstaubsauger ans Werk, doch Leo merkte, dass sie vorsichtig um die Ränder des Blumenmusters herumsaugte, um es so lange wie möglich zu erhalten.

Alle waren beschäftigt, entweder in der Küche oder mit Mülltüten, die sie nachher in die Bäckerei mitnehmen würden. (Damit Mr Campbell sich nicht wunderte, warum es in seiner Mülltonne wie in einer Gärtnerei roch.)

»Was kann ich sonst noch tun?«, fragte Leo ihre Freundin, als diese den Aufsatz des Staubsaugers wechselte, um auch unter dem Sofa zu saugen.

»Hey«, rief Caroline plötzlich, ging auf die Knie und griff unter die Couch. Als ihre Hand wieder zum Vorschein kam, hatte sie etwas Kleines, Glänzendes in den Fingern.

»Was ist es?«, fragte Leo leicht nervös. Hoffentlich hatte

Mrs Campbell keinen Beweis für ihre Anwesenheit liegen lassen! Wie würde sich Caroline fühlen, wenn sie jetzt doch noch die Wahrheit erfuhr?

Caroline hielt einen silbernen Ring mit einem Schmetterling hoch, dessen orangefarbene Flügel mit dünnen schwarzen Linien durchzogen waren. »Ich weiß, was es ist. Ich habe den Ring in Costa Rica bekommen, als ich noch klein war, aber ich habe ihn schon vor Jahren verloren.« Verwirrt blickte sie auf den Boden. »Und ich bin mir ziemlich sicher, dass wir die Couch seit damals umgestellt haben …«

»Wow, das ist ja cool. Er ist echt hübsch«, sagte Leo, um Caroline von weiteren Grübeleien abzulenken. »Die Flügel sehen fast wie die Blütenblätter der Geister aus, meinst du nicht?«

»Leo … kann ich dich etwas fragen, auch wenn es dumm klingt?«

»Mhm?«

»Meinst du … ähm, könnte es eventuell sein, dass meine Mom, auch wenn sie keine unerledigte Angelegenheit hatte und deshalb durch meinen Zauber nicht durch den Schleier gezogen wurde … ich meine, könnte sie vielleicht trotzdem zugeschaut haben? Ich hatte sowieso das Gefühl, dass da etwas war, etwas, das mir heute geholfen hat.«

»Das kann gut sein«, antwortete Leo. »Abuela sagte, dass man im Otro Lado ein Teil von allem sein kann, also alles gleichzeitig. Deshalb glaube ich ganz fest, dass deine Mutter bei dem, was passiert ist, dabei war.«

Caroline lächelte und schob sich den Ring über den kleinen Finger. »Das mit deiner Oma tut mir wirklich leid, Leo.«

»Und mir tut das mit deiner Mutter leid.« Noch während Leo es aussprach, merkte sie, dass sie nicht mal wusste, ob sie das schon einmal zu Caroline gesagt hatte.

»Schon gut.« Caroline schüttelte sich. »Aber wir sollten jetzt wirklich weiterputzen, sonst müssen wir meinem Dad nachher dieses ganze Bruja-Zeug erklären. Dazu habe ich ehrlich gesagt keine Lust. Das hebe ich mir für den Tag auf, an dem ich etwas mehr über mich und meine Kräfte weiß!«

Leo nickte. »Das dürfte nicht mehr lange dauern. Ich habe das sichere Gefühl, dass du sehr schnell lernen wirst.«

KAPITEL 20

Überall zugleich

Es war noch dunkel draußen, als Leo aufwachte. Der Mond schickte silbrige Strahlen durch die Lamellen ihrer Jalousie und auf ihrem Wecker stand 4:01. Sie hätte also noch schlafen sollen. Nichts hatte sie geweckt, keine Hand, keine Stimme und auch kein lautes Lachen in ihrem Traum. Sie rieb sich die Augen und setzte sich ohne ihren üblichen Widerwillen auf.

Es war der sechste Januar, der Día de los Reyes, und Leo tapste in Socken und in ihrem flauschigen Pyjama in die Küche, denn sie hatte etwas Bestimmtes vor.

Alma und Belén kamen ebenfalls in die Küche, gerade als Leo alle Zutaten zusammengesucht hatte und die Orangen in Scheiben schneiden wollte. Auch Isabel kam rechtzeitig, um den Zuckerguss in einem Topf auf dem Herd zu erhitzen. Marisol schlurfte erst sehr viel später herbei, als sie mit dem

Aufkochen und Abkühlen (und noch mal Aufkochen) fertig waren, doch sie half immerhin mit, die trocknenden Scheiben in der letzten Zuckerschicht zu rollen.

»Na, meine Mädchen?« Mamá betrat die Küche, mit einem Sweatshirt über ihrem langen Nachthemd. »Warum seid ihr so früh auf den Beinen?«

Leo streckte ihr einen der Teller mit kandierten Orangenscheiben entgegen, den Teller, auf dem Isabel sie so ausgelegt hatte, dass die Halbkreise wie sich überlappende, helle Blütenblätter einer großen, blühenden Ringelblume aussahen.

»Einen schönen Dreikönigstag, Mamá!«

»Ach, ihr Süßen.« Mamá lächelte. Sie wählte sich sorgsam eine Scheibe aus und kaute sie mit geschlossenen Augen. »Hattet ihr das geplant?«

Leo blickte zu Isabel, die ihrerseits zu den Zwillingen blickte, die daraufhin Marisol ansahen. Marisol steckte sich achselzuckend zwei weitere Scheiben von ihrem fast schon leeren Teller in den Mund. »Nicht wirklich«, sagte sie und spuckte dabei ein paar Zuckerbrösel durch die Gegend.

Zu guter Letzt kam auch noch Daddy in die Küche. Er legte die Hände auf Mamás Schultern und ließ sich von ihr eine der süßen Orangenscheiben in den Mund stecken. »Nicht schlecht«, nuschelte er mit seiner knurrigen Aufwachstimme. »Was für ein Rezept habt ihr verwendet?«

Leo hob gleichzeitig mit ihren Schwestern die Schultern. »Nur Wasser und Zucker zu gleichen Teilen«, erklärte Isabel.

»Mit einem Spritzer Orangensaft«, ergänzte Alma.

»Wir waren nur …« Marisol überlegte kurz. »… inspiriert.«

»Von den Ferien«, sagte Belén.

Lächelnd stellte Mamá die fünf Teller mit den kandierten Orangenscheiben auf den Küchentresen, obwohl sie kurz blinzeln und sich räuspern musste. »Ich selbst habe immer ganze Kreise gemacht. Oder nur die Schale zum Dekorieren verwendet. Eure Großmutter dagegen hat sie immer auf diese Weise angerichtet.«

Leo war nicht sonderlich überrascht, doch als sie diese Worte hörte, war es, als würde die traumähnliche Blase, die sie hineingearbeitet hatte, platzen, und alles, was sich seit ihrem Aufwachen klar und einfach angefühlt hatte, verschmolz zu einer geheimnisvollen Sehnsucht.

»Ich habe aufgehört, sie auf unsere Roscas de Reyes zu legen«, sagte Mamá. »Manche Kunden finden es zu bitter und es gibt ja genügend Alternativen.«

»Wir könnten einen speziellen Kuchen damit backen«, schlug Isabel vor. »Und ihn heute Abend essen! Oh, und wie wär's, wenn wir Caroline und ihren Dad einladen?«

»Klingt gut«, sagte Daddy. »Ich mag Mr Campbell.«

»Sollten wir nicht vielleicht Leos ganze Clique einladen?«, schlug Alma vor. »Sie haben alle enorm viel mitgeholfen. Und ich finde, dass wir diesem Jungen, Brent, genau genommen noch einen Kuchen schuldig sind.«

»Moment mal, wenn Leos Clique kommen darf, dann

möchte ich auch meinen Freund – ähm, meinen Kumpel einladen«, rief Marisol.

»Wie bitte?«, antwortete Mamá lachend. »Ihr wollt eine Last-Minute-Party machen, an einem Tag, an dem ich arbeiten muss und in der Küche das absolute Chaos herrscht?«

»Aber Elena.« Daddy schlang von hinten beide Arme um Mamá. »Wo bleibt deine Feierstimmung?«

»Ich habe nicht Nein gesagt.« Mamás Lächeln fiel etwas schief aus. »Ladet meinetwegen die ganze Stadt ein. Aber ich denke nicht daran, das Ganze zu organisieren!«

»Gut, ich habe ihm nämlich schon eine SMS geschickt.« Mit einem verschmitzten Lächeln steckte Marisol ihr Handy wieder weg.

Daddy stellte sich Mamá in den Weg, als sie ans Spülbecken gehen wollte. »Überlass das Geschirrspülen mir! Ich bringe alles tipptopp in Ordnung für unsere Party. Um welche Zeit macht der Dollar Store auf, was denkt ihr?«

Mamá verdrehte die Augen, doch sie lächelte dabei, legte Leo einen Arm um die Schultern und drückte ihre Jüngste an sich. »Womit habe ich eine so großartige Familie verdient?«, fragte sie, als Isabel sich eine saubere Pfanne angelte und einen Karton Eier, um mit der Zubereitung eines richtigen Frühstücks zu beginnen.

Leo lächelte. »Nun, du hast magische Bruja-Kräfte, das hilft vermutlich.«

»Hey«, protestierte Daddy. »Ich höre dauernd so viel von

Brujas und Nicht-Brujas und will nur kurz darauf hinweisen, dass ihr Mädchen auch einen nicht-magischen Elternteil habt, der *direkt* vor euch steht, falls ihr irgendwelche Fragen dazu habt, ob man auch Menschen ohne magische Kräfte Geheimnisse anvertrauen kann. Ich persönlich finde, dass ich ziemlich gut darin war und bin, mich in die Welt eurer Mutter zu integrieren.«

»Entschuldige, Daddy«, sagte Isabel betreten. »An dich habe ich nicht gedacht, als ich Leo das alles eingeschärft habe. Du zählst nicht wirklich.«

»Genau«, bekräftigte Leo. »Außerdem hat Abuela mir erzählt, dass jeder Mensch eine Art von Magie besitzt, die nur vielleicht nicht so offensichtlich ist wie bei uns. Also auch deine Familie.«

»Na, falls das stimmt, dann wäre es mir neu.« Daddy zuckte mit den Schultern. »Bevor ich Elena kennenlernte, war ich der Überzeugung, dass Brujería nur Gerüchte oder Aberglaube seien. Ich war mir sicher, dass man alles auf der Welt mit nackten Fakten und Logik erklären kann. Doch sie hat mich eines Besseren belehrt.«

»Das klingt ganz ähnlich wie das, was Mario sagte, als ich es ihm erzählt habe.« Marisol kicherte.

»Moment mal, Mario?«, sagte Daddy verblüfft. »Heißt so der Junge, den wir heute Abend kennenlernen? Was ist aus George geworden?«

»Mann, Daddyyy«, stöhnte Marisol. »Der ist längst passé.«

Mamá, die neben Leo stand, schielte auf den Tresen und hatte plötzlich wie aus dem Nichts eine kleine Ringelblumenblüte in der Hand, die sie auf den Rand von Isabels Teller legte.

»Ich sollte mich besser für die Arbeit umziehen«, sagte sie. »Aber lasst wenigstens sieben übrig, okay? Falls unsere Besucher von gestern sie auch genießen wollen …«

Leo dachte an Abuelas Worte zurück. Der Vorteil davon, wenn man alles ist …

Als sie auf Mamás Blume schaute, glaubte sie eine schimmernde Schicht darüber zu sehen.

»Das können sie«, sagte sie. »Sie tun es bereits.«

Und als niemand zu ihr schaute, streckte sie eine Hand nach der Blume aus und spürte einen kühlen Hauch an ihren Fingerspitzen, als sie kurz unsichtbar wurden.

EPILOG

Ein Besucher im April

Leos Körper zuckte so sehr, dass sie aus einem Traum erwachte, in dem es nach Ringelblumen duftete und der ihr eine Gänsehaut verursacht hatte. Es war ein schöner Traum gewesen, aber als sie nun ihre verkrampften Muskeln spürte, hatte sie kein gutes Gefühl. In ihrem Zimmer bewegte sich etwas.

Langsam öffnete sie zuerst ein Auge und schaute blinzelnd auf ihren Nachttisch, zu ihren Bücherregalen, dann auf das Puppenhaus am Fenster und schließlich zu der offenen Schranktür in der Ecke. Nichts war anders als sonst. Sie rutschte an den Rand der Matratze und spähte unter ihr Bett, so selbstverständlich, als täte sie das ständig.

Da war nichts. Es war nur eine Ahnung – oder ein Albtraum. Leo setzte sich auf und zog die Knie an die Brust, um ihr pochendes Herz zu beruhigen.

An der leeren Stelle, auf die sie gestarrt hatte, war plötzlich eine dunkle Gestalt zu sehen.

»Ah!« Leo trat mit den Beinen um sich, schlug sich die Hände vors Gesicht und war drauf und dran, nach ihren Eltern zu rufen. Doch dann stutzte sie. »Abuela?«

»Knapp daneben«, antwortete eine unbekannte Stimme. Sie war tief und freundlich, doch das brachte Leo nicht dazu, ihre geballten Fäuste zu entspannen.

»Wer sind Sie?«, fragte sie möglichst furchtlos. »Und was machen Sie hier?« Der Wecker auf ihrem Nachttisch sagte ihr, dass es Mitternacht war. »Was wollen Sie?«

Mit langsamen Bewegungen trat die Gestalt näher, mit erhobenen Händen, um zu zeigen, dass sie nichts Böses im Sinn hatte. Leo konnte ein runzeliges braunes Gesicht und graue, seitlich gescheitelte Haare erkennen. Der Mann – oder Geist – lächelte. »Ich will nur reden«, sagte er.

»Pech gehabt! Ich rede nicht mit Fremden!«, sagte Leo patzig und beschloss, jetzt wirklich um Hilfe zu rufen.

»Aber, aber, Leo. Ist das eine Art, deinen Abuelo Logrono zu begrüßen?«

Beim Kochen ist es unabdingbar, auf die Sicherheit zu achten. Ohne Erlaubnis sollten Kinder nicht kochen und sie sollten dabei auch stets von Erwachsenen beaufsichtigt werden. Die Verleger und die Autorin übernehmen keine Haftung für Schäden oder Verletzungen, die durch die Anwendung der Rezepte in diesem Buch, ob sachgemäß oder unsachgemäß, entstehen.

LOVE, SUGAR, MAGIC

Leonora Logronos
magisches Rezeptbuch

ROSCA DE REYES:
(Dreikönigskuchen)

Ergibt einen Kuchen. Beim Reinbeißen aufpassen …
vielleicht ist das winzige Figürchen ausgerechnet
in deinem Stück!

Zutaten:

Für den Teig:

60 g Butter
etwas Margarine zum Einfetten des Backblechs
1 Tasse Zucker
4 Eier
½ Tasse Milch
1½ Teelöffel Salz
2 ½ Tassen Mehl
2 EL Hefe (in warmer Milch aufgehen lassen)
1 Tasse Schmalz, falls gewünscht
2 kleine Keramikfigürchen des Jesuskindes
(KEIN PLASTIK!*)

* Plastikfigürchen kann man ebenfalls verwenden, aber erst in den Kuchen stecken (von unten!), wenn er gebacken und wieder abgekühlt ist.

Für die Glasur:
1 ½ Tassen Mehl
120 g Butter
½ Tasse Puderzucker
½ Tasse Kristallzucker

Zum Dekorieren:
Trockenfrüchte oder kandierte Früchte

Zubereitung:

Butter und Zucker in einer großen Rührschüssel verrühren, ungefähr vier Minuten lang. Die Eier jeweils einzeln dazugeben, wieder rühren, dann Milch und Salz hinzugeben.

Nun gibt man die Hefe dazu, die vorher bereits in 2 EL warmer Milch aufgegangen ist, und Mehl. Das alles 3 Minuten lang durchkneten.

Wenn gewünscht, jetzt den Schmalz dazugeben und weitere 8 Minuten lang kneten, bis der Teig nicht mehr am Rand der Rührschüssel klebt.

Die Rührschüssel mit einem sauberen Tuch oder einer Plastikfolie abdecken, an einen warmen Ort stellen und warten, bis sich der Teig verdoppelt hat. Das dürfte 1 bis 1 ½ Stunden dauern.

Die Rührschüssel anschießend in den Kühlschrank stellen und den aufgegangenen Teig weitere 30 Minuten ruhen lassen.

Den Teig auf eine leicht bemehlte Arbeitsfläche geben. Ausrollen und daraus einen runden Kranz formen (sollte wie ein übergroßer Donut aussehen).

Wenn das Backblech mit etwas Butter oder Margarine eingefettet ist, den Teigring darauflegen. Der darf nun unbedeckt für weitere 30 Minuten ruhen.

Backofen auf 180° vorheizen und den Hefekranz dann 30 Minuten backen.

Zubereitung der Glasur:

Mehl, Butter, Puderzucker und Zucker 7 Minuten lang verrühren oder bis die Masse die Beschaffenheit von weicher Butter hat.

Sobald der Kuchen etwas abgekühlt ist, mit der Glasur bestreichen und anschließend mit den kandierten Früchten oder Trockenfrüchten dekorieren.

HEISSE SCHOKOLADE

Ergibt 4 Portionen

Zutaten:

3 Esslöffel gemahlene Zimtstangen
¾ l Vollmilch
180 g geraspelte Schokolade
3 Esslöffel Zucker
¾ Teelöffel Vanille- oder Mandelextrakt
1 Prise Salz
¼ Teelöffel gemahlenen Cayennepfeffer, und noch etwas mehr zum Garnieren, sofern gewünscht
geschlagene Sahne
Kakaopulver

Zubereitung:

Zimt und Milch in einem Topf bei mittlerer Hitze erhitzen. Dabei ständig umrühren, damit die Milch nicht anbrennt, bis man den Zimt riechen kann. Das dürfte ungefähr zehn Minuten dauern.

Mit einem Schneebesen Schokolade, Zucker, Vanille- oder Mandelextrakt, Salz und Cayennepfeffer darunter rühren. Fleißig umrühren, bis die Masse schön glatt und die Schokolade geschmolzen und cremig ist. Das dauert circa 6 Minuten.

Den Topf vom Herd nehmen. Die heiße Schokolade auf vier Becher verteilen. Mit Schlagsahne verzieren, Kakaopulver darüber streuen und, falls du magst, auch noch weiteren Cayennepfeffer.

Danksagung

In diesem Buch erfahren Leo und ihre Schwestern, dass es nie zu viele Hexen in der Küche geben kann. Und genau wie ein vielschichtiger Zauber hängt auch die Veröffentlichung eines Buches von der Zusammenarbeit vieler talentierter und engagierter Einzelpersonen ab. Deshalb möchte ich hier allen, die mit ihrer Liebe und Magie zur Entstehung dieses Buches beigetragen haben, von Herzen danken. Dazu gehören mit Sicherheit (aber nicht ausschließlich!) folgende Personen:

Dhonielle Clayton und Sona Charaipotra von CAKE Literary LLC, die Leo und ihren Geschichten den ersten Lebensfunken eingehaucht haben.

Jordan Brown danke ich für seinen unermüdlichen Einsatz dafür, das Beste aus diesem Buch herauszuholen, und Debbie Kovacs für ihre Fachkompetenz.

Victoria Marini danke ich für ihre fortwährende Unterstützung, während ich sämtliche Facetten meiner Schriftstellerkarriere auslote.

Mirelle Ortega hat mich mit ihrem wunderbar künstlerischen Cover erneut vom Hocker gerissen, und Jessie Gang und Sarah Nichole Kaufman zeichnen für das Logo und die

Umschlaggestaltung verantwortlich. Die Bücher sind so wunderschön geworden, dass ich vor Freude heulen könnte.

Ich danke allen bei Walden Pond Press und HarperCollins für die Zeit und Mühe, die sie in diese Geschichte investiert haben und dafür, dass sie an mich geglaubt haben.

Meinen Eltern und meinen Brüdern danke ich dafür, dass sie mich unterstützt und mir stets zugehört haben, wenn ich über unklare Stellen im Buch reden wollte. Meine ganze Familie rührt wie verrückt die Werbetrommel für mein erstes Buch und hat mir beim Schreiben von Band zwei immer wieder Mut gemacht. Von ihnen bekam ich sogar schon alle möglichen Vorschläge für die Bände drei bis hundert. Ich liebe und schätze euch alle (kann allerdings nicht versprechen, dass ich den Vorschlag mit der Pups-Magie jemals in eines meiner Bücher aufnehmen werde).

Ich danke meinen Freundinnen und Freunden für ihre Nachsicht, wenn ich wegen Werbekampagnen und Abgabenfristen eine Zeit lang aus dem Verkehr bin. Dann der Truppe von der New School, die absolut spitze ist und großartige Ratschläge und Motivation gibt. Andrea, Devon und Claire sowie Brandon gilt mein Dank bei dringenden Spanischfragen, Infos über Costa Rica und Namensdebatten. Mary, die mir zuhört, wenn ich über den Entwurf des ursprünglichen Plots schwafle. Ariel fürs Probelesen und Redigieren – und auch dafür, dass du mich manchmal hinten auf deinem Fahrrad mitnimmst.

Ich danke meinen Schriftstellerkollegen, befreundeten Lehrern, Buchhändlern und Bibliothekaren, Schülern, Studierenden und allen, denen es Spaß machte, Leos Geschichte zu lesen. Ich kann euch nicht sagen, wie viel es mir bedeutet.

Euch allen ganz, ganz herzlichen Dank.

Anna Meriano wuchs in Houston, Texas, mit zwei Brüdern und jeder Menge Cousins und Cousinen auf. Sie studierte an der Rice University und machte ihren Master in Kreativem Schreiben mit Schwerpunkt Kinderliteratur an der New School in New York. Sie ist in der Lehre tätig und in ihrer Freizeit strickt sie, lernt Gebärdensprache und spielt Muggel-Quidditch.

Von Anna Meriano ist bei cbj erschienen:
Love Sugar Magic – Fünf Schwestern und ein Zauberspruch (17475, Band 1)

ABUELA
MAMÁ
TÍA PALOMA
MARISOL